Tristan

La merveilleuse histoire
de Tristan et Iseut
et de leurs folles amours,
restituée en son ensemble
et nouvellement écrite
dans l'esprit
des grands conteurs
d'autrefois

par

ANDRÉ MARY

*Préface
de Denis de Rougemont*

*Notes et gloses
d'André Mary*

Gallimard

PRÉFACE

Gaston Paris, Joseph Bédier, Ernest Vinaver, et à leur suite André Mary, en restituant pour les lecteurs du xxe siècle les textes originaux de la légende de Tristan et son contexte culturel et historique, ont fait bien plus qu'une œuvre scientifique et « sérieuse » aux yeux de leurs confrères : ils ont permis à l'Occident moderne de reprendre conscience d'une de ses sources, d'une de ses dimensions constitutives, celle de l'émotion, celle de l'âme.

Je voudrais résumer leur œuvre en une seule expression moins pédante qu'elle ne paraît à première vue : avec la légende de Tristan, c'est l'étymologie de nos passions que ces savants ont retrouvée. Selon Littré :

« Les étymologies servent à faire entendre la force des mots et à les retenir par la liaison qui se trouve entre le mot primitif et les mots dérivés. De plus, elles donnent de la justesse dans le choix de l'expression. »

Il me plaît de traduire cette belle définition dans les termes de notre sujet, et cela donne à peu près ceci :

« *Les restitutions de* Tristan *servent à faire entendre la force du mythe, par la liaison qui se trouve entre la légende primitive et ses expressions dérivées dans nos littératures et dans nos vies. De plus, elles donnent de la justesse dans le style de nos émotions.* »

A mon sens, en effet, les textes primitifs de la légende de Tristan, *qui remontent aux* XIIe *et* XIIIe *siècles, expriment bien autre chose qu'un thème romanesque, fût-il même le thème exemplaire, l'archétype de tous les romans dignes du nom. Ils sont comme les premières apparitions, comme les épiphanies quasi sacrées d'un des grands mythes de l'âme occidentale.*

Mais qu'est-ce qu'un mythe, et qu'est-ce que l'âme ? Tout auteur qui se permet ces grands mots doit au public une justification de l'usage personnel qu'il en fait.

Un mythe, c'est une histoire, généralement très simple et invariable en sa donnée — bien qu'offrant des virtualités presque infinies d'adaptation aux circonstances individuelles les plus diverses — une histoire qui décrit et révèle d'une manière imagée, symbolique, une structure de notre existence. Mais non pas de notre existence intellectuelle, qui a bien d'autres manières de s'exprimer, plus directes et abstraites à la fois, comme la logique et la mathématique ; et non pas de notre existence physique ou animale, car celle-là échappe au discours, s'exprime en sensations, et peut être traduite à la rigueur en formules de biochimie. De quoi s'agit-il donc ici ?

Entre le corps et l'intellect, la tradition distingue une troisième forme de l'existence proprement humaine, qui est l'âme.

Je ne prends pas ce mot dans le sens noble et vague que lui donnent un peu trop facilement les poètes du siècle dernier, ni dans le sens goethéen de « belle âme », encore moins dans le sens religieux de l'éloquence classique de la chaire, quand elle parle du « salut des âmes », ou de l'« immortalité de l'âme ». Je prends le mot au sens précis et véritablement traditionnel, qui se retrouve dans certains dérivés comme animé, animation, ou même animosité. Le jeu « animé » d'un pianiste, par exemple, manifeste une réalité qui n'est ni proprement physique ni proprement spirituelle, qui n'est pas celle du corps ni celle de l'intellect, encore qu'elle tienne aux deux, c'est l'évidence, mais qui est bien plutôt celle du « cœur » comme on dit, celle de l'âme.

L'âme est en propre le domaine des émotions et des passions. L'émotion est la preuve de l'âme, tout comme la sensation est la preuve du corps, et la pensée, la preuve de l'intellect. La passion, c'est une impulsion qui outrepasse les lois et routines de l'instinct, et qui va se heurter aux conventions sociales.

Ainsi, l'amour-passion est cette forme de l'amour qui se libère des contraintes naturelles, des rythmes

*trop prévus de la sexualité, mais aussi des décrets
de la morale et des conseils de la raison.*

L'amour-passion relève par excellence de l'âme.

*Or, c'est dans le mythe de Tristan qu'il a trouvé
son expression la plus totale, délicieuse et tragique
à la fois. C'est à ce mythe qu'il doit, depuis le XII*e
*siècle, et dans nos sociétés occidentales, son pouvoir
à jamais contagieux.*

*Cela posé, considérons le mythe lui-même dans sa
pleine stature et ses profonds pouvoirs.*

*

Tristan, c'est tout d'abord le mythe de l'amour plus
fort que la vie, *plus fort que la vie quotidienne, plus
fort que la vie qui dégrade, assagit, amortit, et réduit
aux routines. C'est le mythe de l'amour inaltérable,
inaltéré par l'érosion de la vie « courante », par la
réalité des caractères qui se heurtent à propos de rien,
et des tempéraments qui s'accordèrent un jour dans
l'instant du premier regard, mais que le temps modi-
fie fatalement, créant un risque permanent de disso-
nance. C'est le mythe d'un amour qui méprise l'épreuve
de l'engagement dans les rapports sociaux, et même
de l'engagement dans un rapport concret avec un
Autre toujours insuffisant, jamais digne de son
image, jamais digne de l'Ange dont le premier
regard, par une intuition fulgurante — et c'est le
fameux coup de foudre romantique — a cru voir en*

lui la lueur, *toujours fuyante mais en fuite vers la hauteur où elle entraîne l'amant ravi.* On aura reconnu la conclusion gnostique du Second Faust de Goethe, mais aussi, le mouvement de l'ascension mystique de Dante, poursuivant l'image aimée d'une Béatrice à peine connue dans sa réalité terrestre.

Ce que le mythe de Tristan élève ainsi devant nos yeux, ce qu'il illustre en sa simplicité majestueuse, c'est l'intensité de l'amour, passion de l'âme ouverte sur l'esprit, libérée des corps dont elle vient, et survolant les irritantes vicissitudes de notre incarnation présente. C'est l'amour de l'Amour, *plus que de l'être aimé dans sa réalité toujours irréductible à l'image idéale que la passion s'en fait.* Cette image, étant idéale, doit rester à jamais fuyante, inaccessible. Mais la réalité est lourdement présente. Elle ne saurait donc que freiner l'élan de l'âme vers l'Ange désiré. « Ce n'est pas amour, qui tourne à réalité », s'écrie un troubadour tardif, contemporain de nos légendes tristaniennes.

Mais qu'est-ce alors, quel est le faux amour qui « tourne » ainsi ? Ce n'est pas le désir comblé, au sens sexuel de l'expression, car cet acte instinctif, lié aux lois du corps, ne mérite pas en soi le nom d'amour. Mais c'est l'amour « bouché » par la présence inévitable et continuelle, l'amour légalisé, socialisé et sacralisé par l'Église. C'est le mariage.

Constater que Tristan est tout d'abord le mythe de l'amour plus fort que la vie, c'est reconnaître aussi

que la vraie victime du mythe n'est pas Tristan, n'est
pas Iseut, et n'est pas non plus leur passion, qui
triomphe au contraire de tout. La vraie victime, c'est
le roi Marc, symbole du mariage légal. Les amants
ont perdu la vie, gagné l'amour. Le mari, lui, a
partagé la vie d'Iseut. Il reste seul vivant, mais sans
amour. Aux yeux du mythe, il est perdant.

*

A ce premier aspect de notre légende : l'amour-
passion triomphant du mariage, c'est-à-dire de
l'amour-réalité, se rattachent deux grandes traditions
de la culture occidentale : le romantisme et le roman.
Retracer leur évolution du XIIᵉ siècle jusqu'à nos
jours, comme j'ai tenté de le faire jadis, serait hélas
illustrer la lente dégradation du mythe, grandiose
en sa simplicité première, jusqu'au niveau de confu-
sions morales les plus banales et complaisantes. Ce
serait aller de l'apparition d'un mythe sacré, voilant
de poésie ses secrets religieux, jusqu'à son utilisa-
tion tout impudente, ou ignorante, ou inconsciente,
à des fins de rendement commercial : comédies à
succès sur le thème du triangle, roman pour midi-
nettes et films de série, dont le love interest est l'in-
grédient forcé, dernière dilution populaire du philtre
magique de la Reine, du « vin herbé » dont la vertu
jadis fut mortelle aux amants séparés, mais fut
aussi transfigurante.

L'histoire du mythe, dans nos mœurs et coutumes, ne serait-elle que l'histoire d'une longue profanation ? Faut-il penser que les pouvoirs du mythe sont épuisés et que nous serons peut-être les derniers à subir son « tourment délicieux », selon l'expression célèbre de Thomas, l'un des auteurs de la légende primitive ? Mais si le mythe est épuisé, et s'il était vraiment un mythe de l'âme, faut-il conclure que c'est l'âme elle-même, la fonction émotive, dans l'homme contemporain, qui s'épuise et qui s'atrophie, entre le corps et l'intellect seuls cultivés par notre civilisation ? L'hygiène, la technique et la science, et une dose de psychanalyse, vont-elles exorciser la société future, évacuant les dernières passions ?

*

Une analyse sociologique de la dégradation du mythe, au cours des siècles, inclinerait à des conclusions très pessimistes. Elle consisterait à montrer la dégradation continue et, semble-t-il, irréversible, des obstacles opposés à la passion.

Or on sait que la passion vit d'obstacles, naturels ou sacrés, coutumiers ou légaux ; qu'elle s'en nourrit et même les invente au besoin. Sans les obstacles accumulés entre les amants légendaires — le principal étant le mariage d'Iseut avec le Roi, père adoptif du héros — il n'y aurait pas de roman, ni de passion mortelle, il n'y aurait donc pas eu de mythe.

*On ne saurait imaginer le grand roi Marc s'incli-
nant devant les « droits divins de la passion » qu'in-
ventera bien plus tard le romantisme, puis acceptant
le divorce et permettant que la reine convole en justes
noces avec le chevalier. Et l'on recule épouvanté
devant l'idée d'Iseut devenant Madame Tristan !
C'est pourtant bien à cela que nous en sommes
aujourd'hui, dès lors que le mariage n'est plus un
lien sacré, adversaire à la taille de la passion ; et
que, loin de provoquer celle-ci par ses refus intransi-
geants, il prétend se fonder sur l'amour-sentiment,
succédané édulcoré, achevant ainsi de déprimer le
mythe en même temps que ses propres fondements.*

*La passion se fait rare de nos jours, s'il faut en
croire nos romanciers. Ils savent bien que le roman
véritable n'est jamais qu'une version renouvelée de
l'archétype de Tristan et Iseut. Ils cherchent donc
partout l'obstacle qui résiste, et n'en trouvent guère.
L'Homme sans qualités, de Musil, la Lolita de
Nabokov, sont les derniers échos du mythe ressuscité
grâce aux derniers tabous qui tiennent encore. Mais
déjà, le héros de Lolita nous est décrit comme un
anti-héros, c'est-à-dire un malade mental. Un psycha-
nalyste l'eût guéri, et le roman n'eût pas eu lieu. Si
les derniers tabous viennent à céder, c'en sera fait de
la passion. Que deviendront nos romanciers ? Il
leur reste le réalisme, le regard pseudo-scientifique
détaillant des objets communs ou des fichiers de
cartes perforées : c'est littéralement sans histoire. Ou*

bien encore, et ce serait mieux, je crois, il leur reste le mythe de Don Juan, ce cliché négatif de Tristan : la surprise opposée à la fidélité, l'excitation rapide au lieu de l'intensité, la noirceur dans le style des roués au lieu de la candeur monumentale, les jeux d'esprit au lieu des drames du spirituel.

Selon les sociologues, la passion doit mourir. Je vous dis que je n'en crois rien. Car s'il est vrai que la passion se nourrit d'obstacles choisis, et que notre culture tend à les supprimer, il reste un obstacle suprême, celui-là justement dont triomphe la passion de Tristan et d'Iseut : et c'est la mort.

*

J'ai laissé jusqu'ici dans l'ombre cet aspect, trop souvent, trop facilement cité, du « beau conte d'amour et de mort ».

Les obstacles sociaux, coutumiers ou sacrés, ont cédé à nos sciences, ou c'est tout comme. Qu'en est-il du dernier barrage que notre condition d'êtres finis oppose à notre amour d'un être, à l'Amour même ?

Si la passion vit de séparations, il est bien clair que la séparation la plus irrémédiable est dans la mort, et toutes nos sciences, ici, se récusent et se taisent.

Or c'est ici que la passion mythique va se dresser dans sa pleine stature. En buvant le breuvage magique, les amants légendaires sont entrés, nous disent-ils,

dans les voies d'une destinée « qui jamais ne leur
fauldra jour de leur vie, car ils ont beu leur destruction et leur mort ». *Certes, c'est vrai pour leur exis-*
tence dans ce monde, mais ils ont aussi bu l'Amour,
un amour qui s'adresse à la part immortelle que
lui seul pourra deviner, ou susciter dans l'autre :
la part de l'Ange.

Pétrarque, en proie au mythe, ose parler d'un
plaisir

que l'usage en moi a fait si fort
qu'il me donne l'audace de négocier avec la mort.

Et Wagner, le dernier auteur de la légende qu'il a
su recréer d'après nature, s'inspirant de Gottfried
de Strasbourg, inspiré lui-même des Bretons, de
Béroul, et d'on ne sait qui d'autre, Wagner décrit
par sa musique, vrai langage du mythe essentiel,
la mort transfigurante des amants. Cette mince
bande jaune sur la mer, dans le nouveau décor de
Bayreuth, cette frileuse aurore jaune au bas du ciel,
c'est un jour qui renaît, non pas le jour des hommes
et de leur peine quotidienne, mais l'horizon du nou-
veau jour qui révélera le sens caché de nos « appa-
rences actuelles », le jour de l'Ange.

Cet horizon de la mort est l'ultime sens du mythe.
Mais il faut croire aux Anges pour y croire.

*

Selon la mythologie de l'ancien Iran, du mazdéisme de Zarathoustra, toutes les actions d'un homme sur la terre, ses intentions et ses désirs et ses amours, composent au Ciel un être de lumière, une contre-partie transcendante, qui est son Nom divin, sa personne éternelle. Tout homme est double : individu sur Terre, donc transitoire — et germe d'un être éternel qui est son vrai moi, et qui est un ange au ciel. Or, ces anges, nommés Fravartis, sont des entités féminines. On retrouve ici Dante, et Goethe, et peut-être bien notre mythe.

L'événement majeur, la scène capitale du drame de la personne ainsi constituée se produit à l'aube de la troisième nuit qui suit la mort terrestre : c'est la rencontre de l'âme avec son moi céleste à l'entrée du Pont Chinvat. Dans un paysage nimbé de la Lumière-de-Gloire restituant toutes choses et tous les êtres dans leur pureté paradisiaque, « dans un décor de montagnes flamboyant aux aurores, d'eaux célestes où croissent les plantes d'immortalité ª », au centre du monde spirituel (qui est le monde réel des Archétypes), le Pont Chinvat s'élance, reliant un sommet au monde des Lumières infinies. A son entrée, se dresse devant l'âme sa Dâenâ, son moi céleste, jeune

a. Cf. Henry Corbin, *Terre céleste et Corps de Résurrection,* Buchet-Chastel, Paris, 1960.

femme d'une beauté resplendissante et qui lui dit :
— Je suis toi-même! Mais si l'homme sur la Terre
a maltraité son moi, au lieu de la Fravarti c'est une
apparition monstrueuse et défigurée qui reflète son
état déchu.

Je ne puis m'empêcher d'imaginer que cette « ren-
contre aurorale » avec le moi céleste en forme d'ange,
et femme, figure la conclusion du mythe de Tristan :
ce qui se passe trois jours après la mort d'amour.
Iseut n'évoque-t-elle point cette forme de lumière
qu'on ne rejoint que dans un au-delà, et qui aurait
été, sur la Terre, le véritable objet du désir de
Tristan, sa Princesse lointaine et son « amour
de loin » comme parlait le troubadour Jaufré
Rudel ? L'apparent narcissisme de Tristan trou-
verait ici son interprétation spirituelle. Toute
filiation historique mise à part — ce serait le sujet
d'autres études — je me demande souvent si l'angé-
lologie de l'ancien Iran ne détient pas le secret dernier
de notre mythe.

La tradition chrétienne de l'amour du prochain ne
s'en trouverait-elle pas éclairée, à son tour ?

*

Aimer le prochain « comme soi-même » suppose
d'abord une dualité entre l'individu et le vrai moi,
sans laquelle on ne saurait s'aimer soi-même,
puisqu' « il faut être deux pour aimer », comme dit la

sagesse populaire. Aimer vraiment, ce serait aimer l'ange en soi-même et dans l'autre, identiquement; ce serait deviner l'ange, en soi-même et dans l'autre, l'aider à naître, et le rejoindre enfin dans le monde lumineux de la nostalgie.

Mais alors l'obstacle dernier à notre amour, provoquant la passion créatrice, ce ne serait plus la mort, ce serait dès ici-bas, l'altérité même du prochain. Que l'Autre soit un Autre impénétrable ne tient pas à quelque interdit, à quelque tabou religieux, à quelque décret de la morale que l'on pourrait un jour abandonner, mais tient à l'être même, au fait de la personne. Nulle technique et nulle science de l'homme ne peut nous être ici d'aucun secours. Il faut aimer pour le comprendre, et rapporter l'amour à ses fins spirituelles.

Le mythe peut nous y aider, c'est bien là sa fonction, qui est d'orienter notre vie affective, de lui offrir un modèle simple et pur, une grande image ordonnatrice de la passion.

En restituant à notre temps ce modèle de l'amour-passion, dans sa grandeur première et drue, les philologues nous ont mis au défi d'apporter un peu plus de justesse dans le style de nos émotions. Et ce n'est pas seulement de la littérature qu'ils ont bien mérité, mais de l'âme.

*

Comment résister à la tentation de comparer les versions modernes du mythe ?

Il existe en français d'aujourd'hui plusieurs traductions, qui se donnent pour fidèles, des versions de Thomas, de Gottfried de Strasbourg, d'Eilhart d'Oberg, et du Roman en prose. Seuls, Joseph Bédier en 1908 et André Mary en 1941, ont osé récrire la légende, dans leur propre version inspirée des anciennes. Continuateurs et non pas rewriters, ils se sont pénétrés des textes des trouvères français, anglo-normands, anglais, allemands, danois et même norvégiens, et les ont recréés dans des styles différents : Bédier classique, Mary baroque ; Bédier ramassé, condensé, pathétique au lyrisme contenu qui n'éclate malgré lui que dans l'épisode bref, tel « Tristan fou » ; Mary plus pittoresque et foisonnant, au détail descriptif savoureux ; Bédier s'inspirant surtout de Béroul, Mary de Thomas ; Bédier « français » comme on devait l'être aux alentours de 1909[a] ; Mary résolument « anglo-normand » comme son modèle principal. Ce qui nous vaut une langue riche et fort habilement ravalée sans pédanterie, et un plaisant vocabulaire anglo-normand de la belle

---

a. L'adjectif « français », plus que littérairement élogieux, quasi sacré, revient d'une manière obsédante dans les quelques pages de la préface de Gaston Paris.

*époque — un franglais primitif, si l'on préfère —
dont je citerai quelques exemples à la volée :*

Thomas et Mary		Anglais
remembrer	*(remémorer)*	= remember
barge	*(barque)*	= barge
auborne	*(blond cendré)*	= auburn
drue	*(amante)*	= druery
repair	*(retour)*	= repair
riote	*(querelle)*	= riot
sorcerie	*(sorcellerie)*	= sorcery
departie	*(départ)*	= departure

*Il doit être évident que ces restitutions sont dans la
tradition de tous les textes que nous tenons pour les
« originaux » de la légende, et qui, en fait, n'étaient
eux-mêmes que des versions renouvelées, souvent
critiques et parfois polémiques, de modèles plus
anciens, perdus pour nous. Bédier et Mary, comme
Wagner, sont des auteurs de « Tristan », à peu près
au même titre que Béroul ou Thomas, Gottfried,
Eilhart, Chrétien de Troyes, ou l'auteur du Roman
en prose. Le Mythe en eux tous a dicté, inventé ses
moyens d'expression.*

*

*Et cependant, tout étant dit à la louange des
modernes complices-victimes-auteurs-recréateurs du
Mythe, rien ne vaut le contact personnel avec les*

*textes médiévaux, une fois le lecteur familiarisé
avec le contenu explicite de la légende, les situations
et les symboles qui en constituent la matière tradui-
sible : on peut tout traduire d'un poème, sauf la
poésie. Après Bédier (qui a provoqué le premier choc
révélateur), après André Mary (pour ceux qui en
veulent davantage), après Wagner (le plus profond,
le plus insupportable, le plus achevant de tous), allez
voir les originaux et vous y ferez des découvertes
fulgurantes.*

Le Roman en prose parle de la mort comme nul
moderne adaptateur ne l'a osé. Tristan surpris par
le Roi Marc implore son pardon pour la Reine mais
dit de lui-même : « Ah ! Mort, viens voir Tristan et
finis ses douleurs ! » Il en reste chez Bédier : « Que
m'importe de mourir ! » — chez Mary, rien du tout,
ce qui vaut sans doute mieux.

Dans le même Roman en prose, lorsque Tristan
meurt : « Douce amie, je ne vous verrai plus. Adieu,
je m'en vais et vous salue. Et le cœur lui crève, et
son âme s'en va. » André Mary, d'après Thomas :
« Puis il a dit trois fois : Amie Iseut ! A la quatrième,
il a rendu l'esprit. » (Bédier : « Il rendit l'âme. »)

Mais il y a surtout l'épisode des amants qui se
repentent lorsque le philtre cesse d'agir, après trois
ans. Ils vont trouver l'ermite de la forêt de Morois.
Selon Bédier, l'ermite leur dit : « Amis ! comme
amour vous traque de misère en misère ! » Et selon
André Mary : « Jeunesse déchassée par l'honneur et

reboutée de Dieu, avec quelle rigueur le péché vous malmène! »

Béroul a dit seulement ceci :

Amour par force vous démène!
(*Amors par force vos demeine*)

— *un seul vers qui nous jette au cœur du Mythe et qui demeure, à tout jamais, la plus poignante définition de la passion.*

Denis de Rougemont.

Tristan

I

C'est une très belle chose et très noble que de se mirer au miroir de nos anciens et de s'enquérir des livres qui furent écrits pour nous montrer les bons exemples, nous avertir des traverses et encombres mortels qui se trouvent communément en ce pèlerinage de vie humaine, nous instruire à bien faire ainsi qu'ils firent, et nous mettre en garde contre le mal qu'ils n'ont su toujours éviter. Semblablement, il n'est douceur plus grande aux cœurs tendres et piteux, aux pensifs et désireux d'amour, à tous qui ont connu les périls, les embûches qui environnent le paradis de la déesse Vénus, aux bons compagnons qui après mille travaux en ont goûté les joies, aux chétifs et malavisés qui attendent toujours le loyer de leurs peines, il n'est plaisir ni soulas qui autant

vaillent comme de relire l'histoire de ceux qui
aimèrent autrefois.

Entre tous les amants renommés pour leur
infortune dont le bruit est parvenu jusqu'à nous,
en fut-il de plus dignes d'émouvoir les cœurs à
pitié que Tristan de Loonois et Iseut la princesse d'Irlande ? Le récit de leurs faits a rempli
la verte Érin, la sauvage Écosse ; on l'a redit dans
toute l'île de Miel, du mur d'Hadrien à la pointe
du Lézard ; il a retenti sur les rives de Seine, du
Danube et du Rhin, enchanté Angleterre, Normandie, France, Italie, Allemagne, Bohême, Danemark et Norvège ; il vivra tant que le siècle
durera. C'est le roman de Jeunesse et de Fortune,
la description des joies désordonnées et des grandes
abusions de l'amour qui traîne ses vaincus de
détresse en détresse jusqu'à la douloureuse issue
de ce monde transitoire.

A dire vrai, le temps destructeur, qui n'a égard
aux œuvres des poètes non plus qu'à nulle chose
humaine, a dépecé et réduit en poudre maint
cahier et gâté plus d'un feuillet où les bons trou-
veurs d'autrefois s'étaient travaillés d'honorer la
mémoire des amants de Cornouaille et de les
sauver de l'oubli. Plus tard ceux qui entreprirent
de nous retracer leurs aventures ont entrelacé l'or
avec l'archal, tissé la soie avec la laine ; aucuns
se sont fourvoyés, brouillant les faits et les personnes, contant de Tristan ce qui appartenait à
Lancelot ou à Perceval. Nous en avons d'autant
plus d'obligations aux savants enchercheurs de
nos anciennes fables et chroniques qui en notre

temps ont mis leur cure et entente à démêler le faux du véritable et à rassembler les pièces manquantes du procès, et ont de telle façon rendu possible aux écrivains pour ce ordonnés et qualifiés la restauration dans leur intégrité des amours de Tristan et Iseut. A mon tour, je me suis enquis du roi Marc, d'Iseut la Blonde et de Tristan l'Amoureux, feuilletant et refeuilletant les livres, songeant aussi et fantasiant à part moi, comme il est loisible à tout poète qui appelle volontiers la fantaisie au secours de l'estimative, et me pourpensant longuement afin d'embrasser la droite matière et saisir le vrai sens de l'histoire. De ces longues lectures et méditations est né le présent livre que j'ai fait et rédigé par art et compas, à grand labeur, dans l'intention délibérée de ne rien retrancher d'utile ni de notable, ni de ne rien ajouter qu'on puisse m'imputer à mensonge, bourde ou chose controuvée. Tristan est représenté ici, tel qu'il fut, loyal sans feintise, de grand hardement et vasselage, prudhomme sans fausseté ni orgueil, de merveilleux engin et invention pour égarer le soupçon et vaincre la malice des envieux, doux et patient, et résigné enfin comme vrai martyr du dieu d'Amour : Iseut y est peinte en ses enivrements et ses tristesses, emportée dans le même cercle fatal, comme l'alouette que l'épervier randonne jusqu'à la mort, n'ayant trahi son droit seigneur naturel que sous l'empire d'une force démesurée, autant dire de nigromance, qui surmonta et anéantit sa franche volonté ; femme vouée au malheur, mais qui n'eût pas voulu changer

sa destinée, parce que, sans l'amour, les riches
palais et l'or de Midas ne vaudront jamais avec
l'amour la hutte du bûcheron et l'écuelle du
berger.

Jadis un roi puissant qui avait nom Marc régna
en Cornouaille. Il eut à soutenir une guerre avec
des voisins qui entreprenaient souvent sur ses
terres. Rivalin, sire de Loonois, lui porta aide,
bien qu'il ne fût de ses chasés ni de ses hommes
liges. Il le fit pour gagner la sœur du roi, Blanchefleur, qu'il aimait. Le pays de Loonois marchis-
sait au royaume de Cornouaille. Marc et Rivalin
étaient du même âge ; ils s'étaient rencontrés
plusieurs fois dans ces cours plénières qui réunis-
saient l'élite des chevaliers de Grande Bretagne.
C'est à l'une de ces assemblées que Rivalin s'éprit
de la belle et gracieuse pucelle qui, de son côté, sut
priser la beauté, la courtoisie, la valeur du jeune
prince. Quand la guerre fut finie à l'avantage du
roi Marc, Rivalin obtint la main de Blanchefleur.
Les noces eurent lieu peu de temps après, puis
Rivalin prit la mer, et emmena sa femme en sa
contrée. Une année durant les époux goûtèrent
aise pleine et entière et parfait contentement.
Rivalin était large, libéral, bien emparlé, mais
trop bon raillard et gabeur quand l'occasion se
présentait de dauber un sot mal enseigné. Pourquoi fallut-il que la haine et le dépit d'un mauvais
voisin joints à sa propre démesure détruisissent
en peu d'heures un bonheur si bien fait pour durer ?
Rivalin, étant un jour à la chasse, fut attiré dans

un guet-apens, et là, frappé à mort. Mais un malheur vient rarement seul. Écoutez.

Vers l'heure de basse none, Rivalin se présenta
seul à la porte de son château. Il était pâle et
défait ; il se tenait le ventre à deux mains ; le
sang ruisselait sur ses arçons et sur les flancs de
son cheval. Des valets accoururent aussitôt, qui
prirent leur maître dans leurs bras. « Faites-moi
un lit dans la grande salle pavée, dit Rivalin, et
mandez le maréchal. » On apporta des draps, des
couettes et des coussins ; on dévêtit le blessé, on
étancha le sang et on lava la plaie.

Le maréchal du palais vint peu après. Il était
grand et fort, vieux et chenu, avec une longue
barbe mêlée ; il s'appelait Rouaut, et on l'avait
surnommé le Foitenant à cause de sa droiture
et de sa fidélité sans égale. « Rouaut, lui dit
Rivalin d'une voix faible, je crois que bientôt je
n'aurai plus besoin de mire ni d'onguent. Quoi de
nouveau ici ? » Le maréchal ne put retenir ses
larmes. « Madame gît d'enfant, mais elle est très
faible et travaillée de la fièvre. Soyez heureux
toutefois, sire, car Tristan vous est né. — Loué
soit Dieu, dit Rivalin. Mais, de grâce, Rouaut,
qu'on laisse dormir la mère ! Ne lui dites rien de
moi qui puisse la troubler et aggraver son mal.
Et qu'on aille querir mon chapelain. — Sire, il
sera fait selon votre volonté. » Rivalin demeura
un long temps, les yeux clos, se plaignant et
soupirant très fort. Puis il dit au Foitenant :
« Foitenant, tu m'as bien et fidèlement servi. Je
te confie mon fils et ma terre. Tu prendras mon

cheval gris avec mon plus bel harnachement ; je
te les donne, car je vais mourir. » Et comme le
Foitenant se penchait angoissé sur le lit de son
seigneur, il le vit qui s'endormait, et tout à coup
son cœur cessa de battre ; ses yeux s'ouvrirent
et demeurèrent figés. Il était mort.

Cependant Blanchefleur reposait doucement.
Elle s'éveilla vers l'aube. Ses pucelles privées
l'entendirent qui gémissait. « Amies, dit Blanchefleur, je ne vois pas Rivalin ; il n'est pas revenu
de la chasse ? — Dame, nous ne l'avons pas vu.
— Ha! il aime mieux ses faucons et ses chiens
que sa femme! » Il fait maintenant grand jour.
Dans la salle en bas, il y a grand bruit et grand
martelis comme de gens qui marchent et de plan-
ches qu'on cloue. « N'entendez-vous pas marteler
là-dessous? dit Blanchefleur. — Dame, disent
les pucelles, ce sont sans doute les veneurs de
monseigneur qui taillent des boujons ou les armu-
riers qui réparent les écus et les heaumes. »

La journée se passa, puis la nuit. La ménie avait
mis Rivalin en bière, et les clercs se pressaient
pour l'absoute. Les cierges étaient allumés ; des
pas retentirent encore sur le pavement. Et voilà
que les cloches au loin se mettent à sonner. « Dis-
moi, nourrice, dit Blanchefleur, quel est ce sonnis
de cloches? — C'est un enfant qu'on va chrétien-
ner au baptistère. — Ah! quand pourrai-je y
mener le sien? soupira Blanchefleur. Il aura nom
Tristan, comme l'a voulu son père. » Le convoi se
mit en branle, traversa le baile, franchit le pont-
tournis, prêtres et clercs, moines et nonnains, et

les barons qui portaient Rivalin en terre. Blanchefleur s'accouda sur son lit. « Approchez-moi de la
fenêtre », dit-elle. Les demoiselles obéirent. Alors
la dame vit le convoi, la croix et les flambeaux, la
bière et les quatre porteurs, tout un couvent de
rendues, et foule de bourgeois et de chevaliers.
Elle reconnut le destrier de Rivalin qu'un demoiseau menait par la bride, et sur le cercueil, l'écu
du seigneur, l'écu burelé au lionceau d'or. Sa tête
retomba aussitôt sur l'oreiller ; elle jeta un grand
souffle, et l'âme lui partit du corps pour toujours.

Les gens de Rivalin revinrent très tristes de
l'enterrement de leur seigneur, mais leur désespoir fut sans bornes quand ils surent que la douce
Blanchefleur était trépassée du monde, tant pour
les suites de son douloureux travail d'enfant que
pour l'émoi qui lui avait tourné le sang à la vue
des funérailles. Lors vous vissiez grands et menus,
hommes et femmes, crier, tordre leurs poings,
battre leurs paumes et s'arracher les cheveux.
Rouaut fit cesser la noise à la fin. Il était de ceux
qui pensent que les vraies douleurs sont muettes.
« Seigneurs, dit-il, notre bon sire et sa femme
bien-aimée ont laissé cette vallée de larmes pour
un monde meilleur. Pleurer et lamenter ne les
rendront pas à la vie. Prions plutôt Dieu, le
glorieux père, qu'il ait merci de leurs âmes et les
conduise au port de salut. Loué aussi soit Dieu et
adoré de ce qu'il a bien voulu lui réserver un héritier qui tienne sa terre. »

Le Foitenant s'entremit aussitôt de confier
l'orphelin à une nourrice. Une jeune dame de

haut parage, veuve d'un chevalier mort à la guerre, se chargea de l'allaiter et de lui donner les soins requis à cet âge ; deux pucelles vaillantes et sages l'aidèrent dans cet office. Jamais on ne vit enfant plus commode, plus gracieux et avenant. Il grandit tôt en force et en beauté, et montra de bonne heure beaucoup de sens et les plus belles qualités du cœur. A sept ans on le mit aux lettres ; il apprit à lire et à écrire comme un vrai clerc ; il apprit aussi tout ce qu'un fils de riche homme, appelé à vivre dans les cours, doit de nécessité savoir. Tristan reçut les leçons de l'écuyer Gorvenal qui devint son maître et son meilleur ami. Gorvenal était de belle taille, brun de cheveux, avec des yeux brillants et un nez long comme bien parlant ; il était franc homme, sage conseiller, habile en tous les exercices du corps. Sous sa tutelle Tristan apprit à chevaucher, à sauter, nager, courir, lancer la pierre, manier l'écu et la lance, les diverses sortes d'escrime, l'art de vénerie et de fauconnerie, tous les honnêtes ébats recommandés pour fuir l'oisiveté, mère des vices, et en même temps les usages de la courtoisie et les vertus requises au franc homme : honneur, fidélité, hardiesse, débonnaireté, démener grande largesse, parler avec mesure, ne blâmer personne à la légère, éviter les fous et servir les dames. Gorvenal guida son disciple dans les voies du bien et en fit le meilleur et le plus accompli des bacheliers. A douze ans, Tristan savait reconnaître l'excellence d'un bon cheval à la longueur de l'encolure, à la forme du sabot, au garrot, à la croupe et à la

crinière ; il distinguait le vif, le colérique, le
triste et le phlegmatique à la couleur de la robe ;
il voyait incontinent s'il choppait ou était dur
de la bouche. Il connaissait les vertus d'un bon
acier, quels sont les meilleurs bois pour faire les
écus, les arcs et les boujons. Ider, fils de Nut, qui
prit un jour un ours par la peau du dos et le jeta
par la fenêtre, ne fut pas à demi aussi adroit que
lui pour planter une flèche dans une pomme, à
cent pas, ni Érec, fils de Lac, pour brocher de
l'éperon et saillir par-dessus la haie. Il sut à merveille toute espèce de danses, espingueries et
caroles ; nul n'était si gracieux enfant pour mener
la trèche à travers la prairie. Mais où il excella
par-dessus tout, ce fut la musique ; le chant et
le déchant, la harpe et la rote, n'avaient pas de
secrets pour lui ; un gentil ménestrel, prisé à
Carlion, lui enseigna en outre à trouver des contes,
à rimer et à noter lais, rotruenges et pastourelles.

Quand il fut dans sa quinzième année, par un
beau lundi, Gorvenal le prit à part et lui dit :
« Mon cher Tristan, te voici parfait bachelier ;
il ne te manque guère qu'une chose : chercher
les terres foraines et te faire bienvenir en cour de
duc ou de roi. Il y a beaucoup à apprendre dans
les voyages, sans compter qu'on y trouve souvent
l'occasion d'y gagner en prix et renommée. Tu
devrais demander à ton père nourricier qu'il te
baillât congé de laisser Carlion une année ou deux
et de tenter l'aventure. » Tristan s'accorda au désir
de Gorvenal. « Bon maître, on dirait que vous avez

deviné ma pensée : il y a longtemps que j'ai le
désir de voyager. J'irais volontiers notamment en
Cornouaille, là où mon père vint prendre femme,
comme vous m'avez conté. » Tristan alla trouver
le Foitenant. « Mon bon père nourricier, lui dit-il,
vous m'avez pendant quinze ans tenu lieu de père
et de mère ; je suis à jamais votre fils et serviteur,
et tout ce qu'un enfant doit à son père charnel, je
vous le dois. Vous m'avez nourri et instruit comme
un fils de prince. Maintenant, je voudrais mettre
à l'épreuve tout ce que vous m'avez enseigné, et
voir ce que je vaux. Je voudrais aller par voies
et par chemins et servir un an ou deux dans une
cour étrangère. — Puisque tel est ton désir, mon
fils, je ne veux pas le contrarier, dit le Foitenant.
Parcours le monde et que Dieu te bénisse! »

On fit les apprêts du voyage. On ferra de neuf
roncins et sommiers. On troussa les robes, on
emmala les armes, l'or, l'argent et maintes choses
précieuses. Le Foitenant donna à Tristan un palefroi bien amblant avec une selle de prix. Il choisit
pour l'accompagner six demoiseaux de son âge,
un queux et deux valets d'écurie. Gorvenal était
aussi de la chevauchée, le bon maître qui devait
lui être d'un si grand secours dans tant de périls
et de mésaventures. Tristan n'oublia pas sa
harpe : il la pendit à l'arçon de sa selle. Il monta
et se mit à la voie, après avoir pris congé du Foitenant et de toute la ménie. Une foule de chevaliers,
de bourgeois, de dames et de demoiselles le salua
à son départ, et il y eut maintes larmes pleurées.
Plus de cinquante le convoyèrent, l'espace de

trois ou quatre lieues. Ceux-là, à leur tour, reçurent
ses adieux et retournèrent à Carlion. Tristan,
Gorvenal et les demoiseaux poursuivirent leur
chemin à travers larris, landes et forêts, et ne
laissèrent de chevaucher jusqu'aux marches de
Cornouaille.

Quand ils furent sur les terres du roi Marc,
Tristan arrêta ses compagnons et leur dit : « Nous
allons bientôt voir le roi de ce pays, mais, sur
votre âme, je vous prie que nul de vous ne soit
assez hardi ni imprudent que de dire qui je suis
ni d'où nous venons. » Les demoiseaux répondirent
qu'ils étaient à son commandement. Ils chevauchèrent tant, passant les plaines, les tertres et les
gués, qu'ils vinrent à une ville champêtre où ils
rencontrèrent des faucheurs qui menaient des
charrettes de foin. Tristan voulut s'enquérir du
lieu où il était. Il appela l'un d'eux : « Ami, lui
dit-il, sais-tu où est le château du roi ? — Sire,
de quel château voulez-vous parler ? Le roi Marc
en a plusieurs où il loge, suivant qu'on est en
hiver ou en été ; il est tantôt à Bodmin, tantôt à
Lancien, tantôt à Tintagel. — Tintagel, dit Tristan, est-ce loin d'ici ? — Sur ma foi, je ne sais
guère, dit le vilain, je n'y fus jamais, mais en
tirant du côté où le soleil se couche, vous verrez la
mer, et à main gauche, sur une falaise, je crois,
le séjour préféré du roi Marc. J'ai ouï dire que
Tintagel était un château fée ; il se perd deux fois
l'an, à la mi-mars et à la Saint-Michel. Les murs
sont hauts et bien assis, en pierres de toutes
couleurs ; des géants, dit-on, fermèrent la ville

autrefois. Tout autour, il y a plenté de prairies,
d'eaux douces, de pêcheries, de belles gagneries ;
et par le port arrivent foison de nefs qui viennent
de Norvège, d'Irlande, de Danemark et de
Petite Bretagne. — Merci, bel ami, dit Tristan,
nous venons de loin, et nous ne sommes pas
riches ; voilà toutefois pour que tu gardes un bon
souvenir de nous. » Et il lui donna un ferlin.

Ils allèrent encore deux jours et deux nuits,
puis ils aperçurent au loin la mer, et à gauche ils
virent les murailles de Tintagel qui reluisaient
au soleil. Ils s'arrêtèrent en vue de la ville, dans
une prairie, au bord d'une fontaine. Les pale-
freniers ôtèrent les freins aux chevaux ; le queux
apprêta la viande, et ils s'assirent pour manger.
Quand il eut fini de dîner, Tristan prit sa harpe
pour se divertir. Or, il advint que, ce jour-là, le
sénéchal du roi, nommé Dinas, revenant de son
château de Lidan, chevauchait dans le voisinage
pour quelque affaire de son ressort. Il fut attiré
par les sons harmonieux que Tristan tirait de
son instrument. Dinas était grand, bien taillé
par la ceinture ; il avait les épaules bien séantes,
un tantet descendantes, la voix claire, la chère
riante et la face vermeille ; il était d'humeur égale,
sage et mesuré, aimant fort la musique. Il s'arrêta ;
il vit le jeune harpeur accorder son instrument de
telle manière que les cordes de dessus répondis-
sent au chant du bourdon et aux grosses cordes.
Quand Tristan eut tempéré sa harpe comme il
savait faire, il commença à la sonner de ses belles
mains, si suavement que nul n'eût ouï la mélodie

qui ne l'eût écoutée, bouche bée, tant fût-il dur
d'oreille et rebelle aux sons.

Dinas sortit de derrière un buisson et se montra
soudain. Il salua le jouvenceau, qui lui rendit
son salut. Tristan s'interrompit : il le pria de n'en
rien faire. Le sénéchal loua fort le son et la note.
« Vous êtes merveilleux harpeur, dit-il, ne voudrez-
vous pas venir vous faire entendre à la cour du
roi ? — Du roi Marc ? s'écria Tristan. C'est le plus
cher de mes vœux ! — Bel ami, il ne tient qu'à
vous que je vous y introduise. Je suis le sénéchal
du roi. Mais, dites-moi, qui êtes-vous et d'où
venez-vous ? — Sire, je me nomme Tristan, je
suis un pauvre valet qui vient de Galles. Mon
père a été tué à la guerre ; ces roncins qui paissent
là dans ce pré portent tout mon avoir : mes armes
et quelques robes ; cette harpe est mon bien le
plus précieux ; ces valets que vous voyez m'ont
accompagné jusqu'en cette terre. — Vous êtes
bon instrumenteur, mais je vois que vous savez
aussi l'escrime. — Sire, j'ai été à bonne école ;
voici mon maître, sire Gorvenal, qui m'a servi de
père, et qui m'a appris tout ce que je sais : il en
est peu, je crois, qui tiennent leur place dans les
cours, qui aient reçu de meilleures leçons. — Vous
me paraissez courtois et bien appris. Sans doute
êtes-vous instruit de tout ce que fils de riche
homme doit connaître ? — Sire, je sais jouer aux
échecs et aux tables, mais je sais aussi lire et écrire.
Je sais tirer à l'arc, jouter de la lance ; je sais
tout ce qui se rapporte aux déduits de chiens
et d'oiseaux, courre le cerf et le sanglier, corner

la prise, écorcher la bête et la défaire ; je sais affaiter les faucons et les éperviers, et les soigner quand ils sont malades. — Tristan, je vous le dis, vous serez le bienvenu à la cour, et c'est moi qui vous présenterai. Il est tierce passée ; je vais à mon affaire ; je verrai le roi après. Dès l'heure de none, venez au château et demandez-moi. »

Là-dessus, Dinas s'éloigna. Je ne vous dirai pas la joie de Tristan de se voir si tôt et si bien accueilli à Tintagel : il en remercia Dieu ; il n'eût pas osé espérer si bonne aventure. Il fut fait comme Dinas l'avait commandé. Dès que le soleil commença à décliner, Tristan et ses compagnons délièrent leurs chevaux et montèrent, et en bel arroi se dirigèrent vers Tintagel. Le roi Marc, qui était dans ses bonnes, avait été émerveillé du conte que lui avait fait Dinas, et il avait hâte de voir ce jeune étranger dont on lui avait vanté le beau maintien et le gentil savoir. La route vint devant les riches murailles de la ville ; le pont fut avalé, et Tristan entra avec ses compagnons. Au perron du château, des sergents s'empressèrent aux étriers. Les valets s'occupèrent d'établer les chevaux, et Tristan, introduit par le sénéchal, fut reçu par le roi.

Marc regarda le demoiseau des pieds à la tête ; il le vit avec son front clair, ses yeux vairs comme étoiles, sa belle croisure d'épaules, bien formé de bras et de corps, les grèves longues à compas, la cheville étroite et le pied bien tourné. « Mon sénéchal, dit-il, m'a parlé de toi et de ton désir de venir à ma cour. Sais-tu bien tout ce que tu as dit ? M'accompagneras-tu bien en bois et en

rivière? — Sire, la vénerie est mon fait, mais
plus encore les oiseaux. Je sais comment on les
affaite et on les porte, je sais les gorger, les ciller,
enchaperonner, leurrer et rappeler, tant ceux
qui volent à tour haut comme faucons, sacres,
hobereaux, comme ceux qui volent de poing et
prennent de randon, tels que gerfauts, autours,
éperviers et émerillons. — Tu as là une harpe dont
tu fais merveilles, me dit-on? — Sire, vous en
jugerez par vous-même. Si vous voulez, je vous
chanterai le lai de Guiron, le lai d'Orphée ou celui
de Pyrame, ou quelque motet de ma façon. —
J'en crois mon sénéchal sur parole. Sois le bien
trouvé, ami. Je te prends à mon service. Ici, tu
pourras gagner et acquérir honneur et renommée. »

Le roi Marc avait quarante ans d'âge environ :
assez gros et membru, et long par raison, le nez, la
bouche et tout le visage bien assis, il était de fière
regardure et vraie majesté, avec sa robe de diapre vermeil et sa couronne d'or. Onc on ne vit moins
chiche et échars ; il était si large aumônier qu'il
lui coûtait de passer une semaine sans donner
destriers, palefrois, écarlates brodées et riches
pelisses ; il eût donné le monde entier, s'il fût sien.
Il commanda à son chambellan d'héberger Tristan, Gorvenal et leurs compagnons, et de les fournir de tout le nécessaire. Peu à peu il se prit d'une
grande amitié pour Tristan. Sans doute était-ce
le sang qui parlait en lui sans qu'il le sût. De
jour en jour, il prisait le demoiseau davantage, à
cause de son adresse, de ses manières et de son
savoir en maintes choses. Tristan l'accompagnait

à la chasse ; il avait la garde de ses oiseaux, de
ses arcs et de ses carquois ; il était vraiment sire
de la maison, ayant pouvoir et baillie sur tous,
chambellans, maréchaux, queux et sergents,
d'ailleurs aimé et honoré de chacun, tant jeunes
que vieux, et tenu cher par-dessus tout par les
dames et les demoiselles. Marc lui fit honneur en
le faisant coucher dans sa chambre. Souvent il
chantait et harpait pour le roi, assis à ses pieds
sur un tapis sarrasinois : c'était tantôt le lai de
Graelent qui fut aimé d'une fée, tantôt celui où
il est devisé de la malheureuse Didon de Carthage,
tantôt la triste mésaventure de Pyrame et Thisbé
qui l'un pour l'autre se donnèrent la mort.

II

Le roi Gormond d'Irlande et le tribut de Cornouaille.
— Tristan défie le Morhout. — Tristan avoue au roi
Marc qu'il est son neveu. — Le Morhout vaincu.

Il y avait trois ans passés que Tristan était à
la cour du roi Marc. En ce temps-là, la Cornouaille
devait payer tous les cinq ans un tribut à l'Irlande ;
cette coutume avait été établie à la suite d'une
guerre malheureuse, quand le roi Marc était
encore enfant. Gormond régnait alors sur l'Irlande ;
il était âpre au gain, large dépensier, convoiteux
de victoire et sans pitié envers ses ennemis. Il
avait accru sa force et sa renommée en épousant
la sœur d'un duc de ce pays qui était le plus
redoutable baron, quand il avait l'épée en main et
même quand il était désarmé, qu'on eût jamais vu
par le monde. On l'appelait le Morhout. Pour la
taille, la grosseur des membres, la haute enfour-
chure, la largeur des épaules et la force du bras,
on ne pouvait le comparer qu'à Goliath d'Ascalon ;

il avait déconfit plusieurs rois, conquis de riches
terres et amassé grand avoir. C'était le Morhout
qui combattait au premier rang dans l'ost de Gormond, et c'était lui qui s'entremettait des besognes
les plus périlleuses, comme d'aller réclamer le
tribut dû à son beau-frère. Au terme assigné, le
Morhout venait sur une nef et débarquait à Tintagel, et il en ramenait trois cents garçons de l'âge
de quinze ans pour faire office de valets à la cour
d'Irlande, et autant de pucelles qui étaient enfer-
mées dans des ouvroirs où elles devaient travailler
trois cents jours par an pour le roi d'Irlande.

Or depuis plusieurs semaines, le roi Marc était
pensif et morne. Rien ne pouvait le dérider, ni les
jongleurs, ni les échecs, ni les chiens, ni les oiseaux ;
il pensait que l'heure approchait où le Morhout
allait venir, et tous à la cour partageaient son émoi.
Tristan avait entendu parler du malheur qui pesait
sur la Cornouaille ; il évitait d'en sonner mot à son
oncle, mais il ne laissait pas de penser en soi-même
qu'il était droit et raison que cette honte fût
amendée.

Un matin, il s'éleva une grande noise dans la ville.
Des gens criaient par les rues que la nef du Morhout
était ancrée dans le port. La nouvelle se répand
qu'on va tirer au sort les valets et les pucelles qui
iront en chétivaison. Les mères pleurent et maudis-
sent le jour où elles furent nées ; il n'est chevalier
qui ne fasse deuil au palais. Le roi Marc tient la tête
penchée et garde un sombre silence. Tristan entre
dans la salle ; quand il voit son oncle ainsi dolent
et abattu, il lui en demande la raison. « C'est pour

le tribut, dit un vieux chambellan, le tribut que le
Morhout, l'envoyé du roi d'Irlande, a coutume de
prendre tous les cinq ans, et voici qu'il vient de
débarquer au port. — Et vous allez le lui bailler
sans que nul n'y mette chalenge ? — Si nul le
contredit, il le combattra à mort. Mais il n'est
aucun en ce royaume qui oserait aller contre le
Morhout, car il est trop fort et trop bon chevalier.
— Et s'il se trouvait quelqu'un qui le vainquît en
bataille, dit Tristan, qu'en serait-il ? — Certes, fait
le chambellan, la Cornouaille serait acquittée du
tribut. — Au nom de Dieu, repartit Tristan, on
peut facilement s'acquitter, s'il suffit d'un seul
chevalier. — Ce chevalier est encore à trouver !
dit le chambellan en hochant la tête. — Vraiment,
les barons de ce pays sont les plus couards du
monde ! »

Tristan, sans plus tarder, courut à Gorvenal et
lui dit : « Maître, les gens de ce pays sont mauvais ;
il n'y en a aucun qui ose défier le Morhout et lui
refuser le tribut. Si j'étais chevalier, je me mesure-
rais avec lui, et s'il plaisait à Dieu que je le pusse
vaincre, et détruire ainsi ce honteux servage, j'en
serais fier, et tout mon lignage en serait honoré.
Qu'en pensez-vous ? Je voudrais m'éprouver, et
savoir si je suis digne d'être prudhomme. Si je ne
le suis pas, j'aurai du moins la gloire de mourir de
la main d'un baron renommé. » Gorvenal, qui aimait
Tristan comme un fils et comme un frère, lui répondit : « Beau doux fils, tu as bien parlé, mais sache
que le Morhout est plus à redouter que jamais ne
le fut géant. Pour toi, tu es trop jeune et tu n'as

rien appris encore du fait de chevalerie. — Maître, j'ai assez jouté à la quintaine, et je ne suis pas maladroit, vous le savez. Si je n'entreprends cette bataille, que je ne sois jamais clamé prudhomme! Vous m'avez dit que mon père était un des meilleurs chevaliers du monde : je dois lui ressembler de nature, ou je ne suis pas son enfant. » Quand Gorvenal l'entend, il pousse un long soupir ; il ne sait s'il doit se réjouir ou s'affliger ; un temps, il demeure pensif, puis il dit : « Beau fils, fais à ta volonté. »

Tristan alla trouver le roi. Il s'agenouilla devant lui : « Sire, dit-il, je vous requiers un don. — Je l'octroie, bel ami, parlez. — Sire, je vous ai servi longtemps du mieux que j'ai su. Je vous prie donc, en récompense de mes services, que vous me fassiez chevalier demain sans faute. Je n'ai que trop attendu pour vous présenter cette requête, et ceux de votre cour vont m'en blâmant déjà, j'en suis sûr. — Je n'ai qu'une parole, bel ami, dit le roi, je vous accorde ce que vous demandez. Mais j'eusse voulu que cet adoubement eût lieu un jour de fête ; il n'est guère saison de se réjouir aujourd'hui : voilà une bien mauvaise nouvelle que nous apportent ceux d'Irlande! — Sire, ne craignez rien ; Dieu nous délivrera de ce péril et des autres. » Le roi prit Tristan par la main et le releva. Puis il manda Dinas. « Sénéchal, lui dit-il, Tristan m'a requis de l'armer chevalier demain. Pensez à faire le nécessaire. »

Dinas passa la soirée avec Tristan ; il n'eut pas de peine à s'assurer de son savoir, car le demoiseau,

affaité comme oiseau de bonne aire, était aussi
entendu que lui-même aux devoirs de fine chevalerie, fruit des bonnes doctrines qu'il avait apprises
à l'école du Foîtenant et du sage Gorvenal. Le
lendemain, Tristan fut adoubé devant la cour.
Deux barons des plus prisés lui chaussèrent l'éperon et lui tinrent l'étrier ; le roi Marc lui ceignit
l'épée et lui donna la colée. Il lui fit présent d'un
beau destrier baucent, garni de selle, poitrail,
sangles et rênes d'un magnifique travail, d'un brant
au pommeau d'or mier, ciselé à trifoire, et d'un
écu où était peint un sanglier. Tous ceux qui étaient
présents dirent qu'ils n'avaient vu si beau chevalier en Cornouaille.

La fête venait à peine de prendre fin que quatre
messagers s'annoncèrent. Ils s'avancent dans la
salle, s'arrêtent devant le roi sans le saluer, et
parlent ainsi : « Roi Marc, nous venons de la part
du Morhout, le grand chevalier d'Irlande, et nous
te demandons le tribut que tu dois acquitter tous
les cinq ans. Assemble tes garçons et tes pucelles,
afin que nous puissions les embarquer au sixième
jour, sinon nous te défions de par le Morhout. Et
si tu veux le contredire par les armes, sache qu'il
ne demeurera en ta possession plein pied de terre,
et toute la Cornouaille sera détruite. » Quand il
entend ces mots, le roi devint vermeil comme charbon. Mais Tristan s'avance : « Seigneurs messagers,
dit-il, dites au Morhout que le roi d'Irlande prendra
ses serfs ailleurs qu'en ce royaume, car si nos ancêtres furent fous et coquards, nous sommes mieux
avisés aujourd'hui, et nous ne voulons payer leur

musardie. C'est contre le droit et la justice qu'on nous réclame ce tribut, et je suis prêt à le prouver en bataille. Si je suis vainqueur, nous serons quittes, et s'il me tue, le Morhout emportera le tribut. » Les messagers dirent au roi : « Est-ce en votre nom que ce chevalier a parlé ? — Seigneurs, répondit le roi, je ne lui ai pas commandé de dire pareille chose, mais puisque sa volonté est telle, j'ai bon espoir que Dieu nous soutiendra, et je lui octroie le combat. »

Les messagers prirent congé et rapportèrent au Morhout ce qui s'était passé. Ils revinrent à basses vêpres pour marquer l'heure et le lieu de la rencontre. « Sire, dirent-ils, nous avons répété au Morhout les paroles de ce chevalier et les vôtres. Le Morhout s'accorde aux propositions qui lui sont faites. Le combat aura lieu demain à l'île Saint-Samson, devant Tintagel. Chaque champion viendra seul dans sa barque ; l'issue de la bataille décidera si la Cornouaille doit oui ou non payer le servage. — Nous y consentons. — Toutefois le Morhout pose une autre condition. Il ne veut se battre qu'avec un champion digne de lui ; aussi requérons-nous ce jeune chevalier qui a défié notre seigneur de nous dire sans délai son nom, son être et son lignage. » Il se fit un profond silence. Le roi lui-même savait peu de chose de l'étranger qu'il avait accueilli sur sa bonne mine et à qui il montrait tant d'amitié. Chacun prêtait l'oreille. Tristan se recueillit un moment, puis à voix haute et claire, en regardant les messagers bien en face : « Dites au Morhout que s'il est fils de baron, je le suis

aussi. Sire Rivalin de Loonois fut mon père ; le roi
Marc est mon oncle, et j'ai nom Tristan. » Le roi
se lève, fort troublé, plein à la fois d'angoisse et de
joie. Il veut chasser le doute qui l'assaut. Il voudrait tant que le jouvenceau eût dit vrai ! Mais
Gorvenal s'avance à son tour : « Sire, Tristan a dit
la vérité, et pour preuve voici un fermail que
je tiens de Rouaut le Foitenant, le maréchal de
mon seigneur que Dieu absolve : la mère de Tristan,
la sainte Blanchefleur dont Dieu ait l'âme, le lui
donna avant de mourir pour Tristan, afin qu'il
pût servir à l'occasion à le faire reconnaître. » Le
roi Marc prit le joyau ; il reconnut le fermail qu'il
avait donné à sa sœur autrefois, lorsque, jeune
épousée, elle s'embarqua au port de Tintagel : il
était d'or, ouvré à pierres précieuses, et portait
sur ses tasseaux les armes de Loonois et de Cornouaille. Les messagers, n'ayant plus rien à dire,
se retirèrent.

Le roi Marc presse Tristan dans ses bras ; les
larmes lui coulent du visage. « Ah ! Tristan, malheureux orphelin, fils aimé de ma chère Blanchefleur,
mon cher neveu, ce jour est le plus beau de ma vie !
Pourquoi faut-il que cette reconnaissance se fasse
en un jour de deuil et de tribulation ? Hélas ! il est
trop tard pour aller contre ton veuil. J'aurais dû
te refuser ce don que tu m'as requis. Vous, barons
de ce royaume, n'avez-vous pas vergogne de laisser un enfant affronter un si grand péril pour délivrer Cornouaille du servage d'Irlande ? » Plus d'un,
ce soir-là, se sentit honteux et avili, et eut dépit de
lui-même.

Le peuple passa la nuit en prières, et dès le matin il était assemblé sur la marine, devant l'île Saint-Samson qui était à moins de mille pas de Tintagel. Les combattants s'armèrent, chacun de son côté. Gorvenal laça le heaume à Tristan, lui mit ses chausses de fer, le revêtit de l'écu et de l'épée. Les compagnons du Morhout l'armèrent pareillement. Puis on fit monter les chevaux dans les deux barques, et chacun des champions à son tour monta, et vogua vers l'île à force de rames. Le Morhout atteignit le premier le rivage. Il mit pied à terre avec son cheval, un bai de Gascogne chaud et fringant. Puis il attacha sa barque à un pieu, et il se divertit à s'élaisser, trotter, galoper, gauchir la rêne et fondre à bride abattue, comme un homme sûr de lui, en attendant son adversaire. Tristan aborda à son tour, sauta à terre et repoussa sa barque du pied vers la mer. Le peuple qui regardait du rivage la vit, non sans angoisse, se balancer sur l'onde et dériver vers le large. Le Morhout eut un rire de maufé. « Que fais-tu là, jeune fou ? cria-t-il ; ne vois-tu pas que la mer emporte ta nacelle ? — Écoute, Morhout, repartit Tristan. Il y a ici une barque et deux hommes. L'un de nous deux sera mort dans une heure. Il suffira d'une barque pour nous ramener au port. »

Là-dessus, chacun prend du champ, se retourne et pique de grande vigueur. Les chevaux volent comme l'éclair. Les deux combattants se heurtent, s'entrefièrent de leur lance baissée ; le fer retentit ; au premier choc les écus sont fendus ou percés et les hauberts démaillés ; au second le bois des lances

vole en éclats. Le Morhout guerpit l'étrier, sa selle
tourne, il tombe à terre. D'un bond Tristan a sailli
de son cheval. Tous deux debout, le heaume en
tête, le corps couvert de leur écu troué, ils se requiè-
rent à l'épée. Devant Tristan, le Morhout semblait
haut comme une tour ; on eût dit Goliath en personne. Tristan pensa : « Ce Morhout a la force de
quatre hommes, mais j'en vaux quatre aussi, car
j'ai avec moi Dieu, la Prouesse et le Droit. » Les
brants taillent et tranchent ; des étincelles jaillis-
sent du heaume du Morhout qui reluit d'or et de
pierres ; soudain Tristan semble faiblir ; l'acier
du Morhout l'a atteint durement à la hanche ; il
chancelle, mais se redresse aussitôt. « Jeune glorieux, s'écrie le géant, tu es marri de sens : tu
ferais mieux de renoncer à ce combat inégal ; ta
cause est mauvaise, le tribut sera payé et ta mémoire honnie. Avoue-toi donc recréant et vaincu.
— A aucun prix, réplique Tristan, mon honneur
m'est plus cher que ma vie. D'ailleurs la victoire
ne t'appartient pas encore. Tiens, garde-toi plutôt ! »
    Le combat reprend acharné. Un formidable
coup du géant sur le heaume du valet en fait sauter
le cercle. Tristan a brandi l'épée de toute la force
de son bras ; le Morhout ne peut se garantir de son
écu qui ne lui vaut non plus qu'une serpillière.
Tristan fiert d'estoc, et comme le Morhout trébuche, il lui pourfend le heaume jusqu'à la coiffe.
Les os du têt craquent, le sang jaillit comme une
fontaine ; le Morhout s'effondre d'une masse en
poussant un brait effroyable qui s'entend jusqu'à
Tintagel. « Tiens ! lui crie Tristan, voilà que tu as

conquis le tribut de Cornouaille : emporte-le avec
toi, et ne viens plus jamais le réclamer ! » Tristan
était épuisé par le combat ; il s'assit sur une pierre ;
il avait deux plaies, à la hanche et au bras gauche,
d'où le sang rayait à foison. En essuyant son brant,
il vit qu'il était ébréché. Le Morhout se sent
perdu ; il jette son épée, s'en va clochant jusqu'à
son bateau et s'efforce de regagner le rivage. Ce
que voyant, ses gens se hâtent de ramer à sa
rencontre et le recueillent sur leur nef. « Entrons
en mer sans délai, leur dit le Morhout, et nageons
tant que nous soyons en Irlande. Je suis navré à
mort, et j'ai grand peur de mourir avant d'y être
arrivé. » Les mariniers font son commandement,
lèvent l'ancre et mettent la voile. Bientôt ceux de
Cornouaille virent la nef qui s'éloignait, et ils
crièrent aux gens du Morhout : « Allez-vous-en
pour toujours, et puisse la male tempête vous
noyer tous ! — Rendons merci à Dieu, le glorieux du
Ciel, dit le roi Marc ; par la prouesse de Tristan, la
Cornouaille est aujourd'hui délivrée du servage. »
Il ordonne qu'on lui amène Tristan. Des pêcheurs
sautent aussitôt dans leur barque et vont chercher
Tristan dans l'île. Ils le trouvent si affaibli qu'à
peine peut-il se soutenir pour le sang qu'il a perdu.
Ils le couchent dans leur bateau et le portent au roi
qui le baise plus de cent fois. « Comment es-tu,
cher neveu ? — Sire, fait Tristan, je suis durement
blessé, mais, s'il plaît à Dieu, je guérirai. » On se
hâte de l'emmener au palais ; on lui enlève son
haubergeon et ses chausses de fer, tandis qu'on va
quérir le meilleur physicien de Tintagel.

Cependant les Irois voguaient par bon vent ; ils ne tardèrent pas à toucher au port de Duveline ; mais le Morhout était mort pendant le voyage. Quand ils eurent jeté l'ancre, ils descendirent le corps, le mirent sur une bière qu'ils firent tirer par un cheval et le menèrent ainsi à travers les rues. La nouvelle s'était tôt répandue dans la ville, et il y avait foule pour voir le grand Morhout mort sur sa civière. « Ah! disait le peuple, c'est pour notre malheur que ce tribut a été ordonné! » Le roi Gormond vint au-devant des messagers, dolent et ébahi, déchirant cotte et bliaut et tirant ses cheveux à poignées. La reine Iseut tombe pâmée sur le pavement. « Roi, disent les compagnons, nous avons fait ton message. En réponse, le roi Marc de Cornouaille te mande que selon le droit et la justice il ne consent à te bailler en fait de tribut que le corps du Morhout, mais si tu le requiers de nouveau de te livrer le truage, et si tu lui envoies un autre baron, il te le renverra mort comme celui-ci. Un chevalier du pays, de l'âge de dix-neuf ans, de grand hardiesse et vasselage, qui est, dit-on, le neveu du roi et qui a nom Tristan, a défié ton frère, l'a outré en combat singulier et nous l'a rendu tel que tu le vois pour notre deuil éternel. »

Quand la reine Iseut revint à soi, elle s'appela cent fois lasse et chétive et née à la male heure, et par tous les saints d'Irlande maudit la Cornouaille et son roi et son neveu, que male goutte puisse prendre et les grands loups dévorer! Sa fille essuya ses larmes et la prit doucement dans ses bras. C'était une pucelle de seize ans, aussi belle, sinon

plus, que sa mère, et qui s'appelait Iseut comme
elle. Entretant, les barons, qui devêtaient le
Morhout et le paraient pour ses funérailles, aperçurent dans l'os au sommet de la tête un éclat de
l'épée qui lui avait donné la mort : ils le tirèrent avec
une tenaille et l'apportèrent à la reine qui le lava,
le roula dans un paleteau de soie et le serra dans
un coffret, en souvenir de cette terrible journée.
Le corps du Morhout fut enveloppé dans une pièce
de chainsil et mis au milieu de la salle, sur un châlit
recouvert d'un drap de Syrie, à grand luminaire
de cierges et de tortils. Le lendemain eut lieu une
messe à haute note, puis à croix et à procession,
on mena le Morhout au champ des morts.

III

Les physiciens qu'on avait mandés mirent toute
leur peine et leur diligence à soigner Tristan, si
bien qu'en peu de temps, par la vertu des baumes
et des onguents, il fut guéri de toutes ses blessures,
coups orbes et foulures, hormis de la plaie de la
hanche : elle était toute noire et enfumée, puante
et malplaisante à voir. Tristan en ressentait telle
cuisson et tels aigus élancements que tout le corps
lui brûlait et le sang lui bouillait, comme le fer
chaud qu'on jette dans l'eau froide ; il ne dormait
nuit ni jour, buvant pour apaiser sa fièvre ardente,
mais mangeait peu et maigrissait tant que c'était
pitié. Sa plaie empestait l'air à ce point que nul ne
pouvait demeurer auprès de lui, sinon Gorvenal
qui le servait avec amour. Tous les prudhommes se
désespéraient : « Ah! Tristan, disaient-ils, vous

avez acheté chèrement la franchise de Cornouaille!
Ah! doux Tristan, c'est grand dommage de vous
et de votre jeunesse! Vous mourrez à douleur de
ce dont nous avons joie et recouvrance. »

Un jour, Tristan était dans son lit, si pâle et
défait que nul ne le vît qui n'en eût le cœur serré.
Une dame était devant lui, qui pleurait. « Tristan,
lui dit-elle, bel ami, je m'étonne que vous ne
preniez pas conseil de vous-même. Vous pouvez
mourir bientôt ou bientôt guérir. Si j'étais au
point où vous en êtes, je tenterais d'aller dans
une autre terre, puisque ici vous ne pouvez recou-
vrer la santé, pour savoir si Dieu ou aucun homme
y trouverait remède. — Dame, dit Tristan, comment le ferais-je? Je ne puis ni chevaucher ni
souffrir d'être porté en litière. — Par ma foi, fit
la dame, je ne sais plus que vous dire. Que Dieu vous
conseille! » Tristan demeura seul ; il se prit à penser, puis il se fit porter près de la fenêtre d'où l'on
découvrait la mer, et il commença à regarder la
mer et pensa un long temps. Et quand il eut pensé,
il appela Gorvenal et lui dit : « Maître, je voudrais
parler à mon oncle. »

Gorvenal alla chercher le roi Marc. « Beau
neveu, que vous plaît-il? dit le roi. — Sire, je
vous requiers un don qui vous coûtera peu. —
Certes, fait le roi, même s'il devait me coûter, je
ne laisserais pour cela de vous l'octroyer, car il
n'est rien que je ne fisse, si cela devait vous
remettre en joie et santé. — Sire, dit Tristan, je
languis et suis livré à dur martyre, depuis que je
me suis battu avec le Morhout pour la franchise

de Cornouaille. Je ne puis en votre terre ni tôt
mourir, ni tôt revivre, et puisque ainsi est, je veux
aller en autre pays, pour tenter de guérir, s'il
plaît à Dieu. — Neveu, en autre terre comment
iras-tu ? Tu ne peux aller à cheval ni à pied, et
tu ne souffrirais pas qu'on te mène en char ou en
litière. — Oncle, je vous dirai ce que j'ai pourpensé.
Vous me donnerez une petite nacelle bien faite,
bien étoupée et chevillée, munie d'une voile, où
je puisse monter et d'où je puisse avaler à volonté
et sans l'aide d'autrui ; elle sera couverte par-
dessus d'une toile pour me garantir de la chaleur
et de la pluie. Vous la ferez garnir de biscuits
et autres viandes, avec un tonneau d'eau douce,
dont je pourrai me soutenir grande pièce de temps.
Et l'on dressera aussi dedans un lit, et l'on y mettra
ma harpe dont je me déduirai pendant le voyage.
Quand la nacelle sera appareillée de la manière
que j'ai dit, on m'y portera et on la lancera à la
mer. Et quand je serai à la mer, tout seul, sans
compagnie, s'il plaît à Dieu que je me noie, la
mort me sera douce, car j'ai trop langui jusqu'à
ce jour, et si je viens à guérison, je retournerai en
Cornouaille. Je veux qu'il soit fait ainsi, et je
vous prie à mains jointes qu'on n'y mette délai,
car jamais je n'aurai joie en ma vie devant que je
sois avec ma harpe en haute mer. » Les pleurs
vinrent aux yeux du roi. « Comment ! beau neveu,
tu veux donc me laisser ? — Mon cher oncle, il
ne peut en être autrement. — Prends Gorvenal
avec toi, il te sera d'un grand confort. — Mon
oncle, je ne veux compagnie, sinon de Dieu. Mais

si je meurs, je veux que Gorvenal aille là-bas, en
Loonois, et qu'il voie Rouaut le Foitenant et
qu'il lui dise comment je suis allé à ma fin. Il
aura ma terre après moi, car il est de bon lignage
et pourrait bien être duc ou prince. »

Le roi accorda à Tristan ce qu'il demandait ;
il fit appareiller et garnir la nacelle, puis les
demoiseaux menèrent Tristan au rivage, avec le
roi Marc, Dinas et Gorvenal. Tristan trouva la
nacelle telle qu'il l'avait désirée, et il en rendit
grâce à Notre Seigneur. Il embrassa le roi ; il
embrassa Dinas de Lidan. « Bel ami, bon maître,
dit-il à Gorvenal, descendez-moi dans cette
barque ; l'heure est venue pour moi de m'en
aller à l'aventure à travers la mer, pour aborder
en tel lieu que Dieu ordonnera, où je trouverai
guérison de mon mal. » Gorvenal prit dans ses
bras Tristan et le coucha dans la barque. « Merci,
bon maître, vous avez bien accompli ma volonté.
J'espère revenir à Tintagel et vous revoir bientôt.
Mais si je ne reviens pas, et si je meurs loin de
mon pays, allez en Loonois et (que mon oncle
le roi en soit garant !) soyez héritier de ma terre.
Adieu Gorvenal, adieu mon oncle, adieu sénéchal,
et vous, compagnons, adieu tous ! » Un valet poussa
la nacelle ; le vent frappa dans la voile, et elle
gagna peu à peu la haute mer. Et quand elle fut
en haute mer, le vent qui était très fort commença
à la chasser devant soi à grand erre, rapide comme
une hirondelle.

Tristan demeura quatre jours et quatre nuits,
balancé par les flots, mangeant peu et ne sommeil-

lant guère. Au cinquième jour il avint qu'aux
environs de prime, après avoir dormi de la lassitude et du travail qu'il avait soufferts, il s'éveilla,
et il vit devant lui un rivage inconnu. Le vent
ayant cessé de souffler, la barque ne vogua plus
qu'à peine. Or, là était un grand port rempli de
voiles et de mâts, et de pêcheurs, et de serfs qui
déchargeaient des nefs pleines de marchandises.
Les gens de ce pays aperçurent la barque sans
gouvernail qui flottait sur l'onde et qui leur
sembla vide. Ils envoyèrent deux hommes pour
s'en saisir. Ceux-ci partirent, et à force de rames
s'approchèrent de la nacelle. Ils furent ébahis, car
ils ne voyaient personne dedans, et toutefois ils
entendaient les sons d'une harpe, douce à merveille. L'un d'eux, ayant bouté son bateau contre
la nacelle, d'une main en saisit le rebord et regarda
dedans : il découvrit alors Tristan, étendu sur son
lit, une harpe entre les bras. Et quand ils le virent,
il leur sembla si mat et fade que leur cœur fut ému.
Ils le firent monter dans leur bateau et lui demandèrent qui il était. « Amis, je vous remercie ;
je vous dirai comment je me nomme et d'où je
viens, mais tout d'abord je voudrais savoir où je
suis. — Étranger, tu es en Irlande ; cette ville
que tu vois est Weisefort. — En Irlande ! » Tristan
poussa un soupir. « Dites-moi, y a-t-il ici des maîtres de physique ? Je suis bien malade. — Certes,
il en est d'assez bons dans la contrée. — Écoutez,
je vous dirai qui je suis. Je naquis à Camalot, au
royaume de Logres. Je fus un ménestrel recherché
et fêté dans mainte cour de barons et de rois.

Fabler, chanter, harper, vieller, voilà quelle fut longtemps ma besogne et mon plaisir. J'y gagnai vair et gris, de belles robes, des chevaux, et assez d'esterlins, si bien que par le conseil du diable, j'entends ma femme, laquelle est plus avide que louve familleuse, je voulus gagner davantage et plus que je ne devais posséder. L'avarice, le désir du gain me perdit. Un riche marchand me pressa de faire bourse commune avec lui ; nous chargeâmes une nef de toute sorte de mercerie, de laines de Castille et d'Aragon, de cuirs de Cordoue, d'épices précieuses et de vins de Gascogne, et nous partîmes vers la Grande Bretagne ; mais des larrons de mer nous assaillirent ; ils prirent tout, tuèrent mon compagnon et tous les notonniers. Moi-même je fus terriblement blessé. Je ne dus la vie qu'à cette harpe qui leur enseigna mon véritable métier. Avec beaucoup de peine, j'obtins congé de m'embarquer dans cette nacelle, avec un petit de biscuits et de vitaille pour entretenir et sustenter ma vie jusqu'aujourd'hui. Voilà des jours et des nuits que j'erre à l'aventure, au gré du vent. Dieu soit béni si j'aborde enfin dans un pays où je trouve un mire qui me guérisse ! — Ami, tu guériras et tu vivras largement de ton métier, car ici l'on sait honorer les chanteurs. Tu vois, ménestrel, cette ville peuplée, et ce port où il y a foison de nefs, et ce beau château là-bas, c'est là que demeurent le roi Gormond et la reine Iseut. — Merci, amis. Je suis venu ici à la bonne heure, puisque je trouve des gens qui compatissent à ma misère. »

Un marinier s'offrit d'héberger Tristan, et il lui amena un physicien qui s'employa à le médeciner du mieux qu'il put. Tristan ressentit quelque soulagement, mais de peu de durée. Quand il se trouvait mieux, il sonnait de sa harpe, et il y avait foule de gens pour l'ouïr, tant bourgeois que menuaille, tant jeunes que barbés, et longs et courts, et valetons et bachelettes, car la nouvelle s'était répandue par la ville du jongleur blessé qu'on avait trouvé gisant dans une nacelle. Un clerc lettré vint le voir : il voulait éprouver sa science ; lui-même jouait de divers instruments et savait plusieurs langues étrangères. Il était le maître de la fille du roi qu'il endoctrinait de son mieux de toutes les choses que doivent savoir les demoiselles pour tenir leur rang dans le monde. Quand il vit la sage contenance et le sens avisé du valet, il eut pitié de son malheur, et il alla parler de lui à la reine Iseut. « Reine, dit-il, je gage que si vous voyiez cet homme, votre cœur serait touché, sans mentir. Il est bien né, je crois, bien emparlé et courtois. Certes il fut à bonne école ; il a étudié les sept arts ; il sait lire, écrire, rimer, harper, sonner gigue, rote et estive de Cornouaille. Peut-être pourriez-vous essayer sur lui vos onguents, car le mire qui se travailla de le médeciner jusqu'à ce jour a perdu tout espoir de le guérir. »

La reine octroya ce que le latinier demandait, et Tristan fut conduit au palais. Quand la reine vit la plaie et eut regardé le malade, elle reconnut le poison. « Malheureux ménestrel, ne sais-tu pas

que tu péris du venin d'une arme empoisonnée ?
— Je ne sais, franche reine, mais puisque aucun
remède, emplâtre, jus d'herbe ou thériaque, n'a
réussi à me sauver, je n'ai plus qu'à me recom-
mander à Dieu et vivre le temps qu'il voudra.
Toutefois, qui sera bon pour moi, le Glorieux du
ciel le lui rende à cent doubles ! — Comment
t'appelles-tu, ménestrel ? — Dame, j'ai nom Tantris. — Eh bien, Tantris, sache que ma main te
guérira, car je suis mirgesse et sais de physique
plus que nul triacleur. » La reine Iseut connaissait les herbes de vertu, les onguents, les électuaires,
et elle savait aussi les engins, les brevets, les
charmes et breuvages, autant que Saînes, Pis et
Escots peuvent en savoir, car ils sont merveilleux
maîtres en sorcerie et nigromance : cela lui venait
de ses ancêtres. Elle commanda aux meschines
qui la servaient d'apporter des baumes et des
toiles de lin ; elle commença à ouvrir la plaie
d'un canivet, à la faire saigner, puis elle la
lava, et brûla les chairs mortes avec une pierre
chaude. Elle appela sa fille pour l'aider dans cette
besogne.

La jeune Iseut ressemblait à sa mère pour la
compassure du corps et la couleur dorée des
cheveux ; mais elle était pucelle en sa fleur. Elle
avait le teint frais comme matinet d'été, la lèvre
un peu grossette et ardente de belle couleur, les
yeux bleus, reluisants à merveille, large entre-
œil, sourcils arqués et fins, droites épaules d'où
descendaient deux bras moulés et deux longues
mains blanches ; elle était droite avec un long

cou, et sous la gorge deux pommes de paradis,
et si grêle en la ceinture qu'on eût pu la pourprendre
des deux mains. La princesse tenait une aiguière
d'argent ; les meschines portaient les linges, les
pots d'onguents et les bassins, et toutes elles
s'empressaient d'obéir au commandement de
la reine, nonobstant la très grande pueur et
pestilence de la plaie. Tristan dormit quelques
heures.

Quand il s'éveilla, il trouva la reine auprès de
lui. « Comment vas-tu, ménestrel ? — Dame, il
me semble que je renais ; comment pourrai-je
jamais m'acquitter de ce que je vous devrai, si
je guéris ? — Tantris, s'il t'était possible, malgré
ta faiblesse, voudrais-tu sonner un peu de ta harpe ?
— Dame, ce sera pour moi une vraie joie d'essayer de vous satisfaire, selon mon petit sens et
savoir. » La reine et sa fille écoutèrent Tristan
avec délices ; lors, il leur fut bien avis que le
latinier ne les avait pas trompées. « Tantris, dit
la reine, quand tu seras tout à fait guéri, tu
enseigneras ma fille, car nul clerc ne pourrait
lui en apprendre autant que tu en sais. — Dame
honorée, il n'est rien que je ne fisse pour vous
contenter. »

Grâce à la sage reine, Tristan fut entièrement
rétabli en vingt jours. Alors la jeune Iseut lui fut
confiée, et il mit toute son entente à lui apprendre
le bel art de ménestrandie. Iseut était de simple
contenance, franche et modeste, sans nulle
mauvaise tache, et sachant peu des artifices fémi-
nins. Elle lisait et écrivait comme une nonne, mais

ne dédaignait pas pour autant de coudre et de
filer. Elle avait été enseignée à parler peu et bien,
et à regarder droit devant soi, sans tourner le
visage çà et là comme belette, ainsi qu'ont accoutumé de faire les vilaines mal apprises. Adroite
de ses belles mains, la voix claire comme alouette,
elle apprit à sonner harpe et viole, elle sut chanter
et composer son et pastourelle, rotruenge, ballette
et estampie. En même temps, Tristan, par dits
et mots dorés, l'instruisait aux bonnes mœurs, car
c'est office de ménestrel autant que de prêcheur.
Rien n'était plus doux à voir qu'Iseut la belle,
quand elle accordait sa harpe et y faisait courir
ses doigts. Elle ressemblait la sirène qui attire
les nefs sur les rochers : elle remplit d'émoi bien
des cœurs qui se croyaient défendus contre les
embûches de l'amour. Pour un peu, le courtois
Tristan se fût laissé prendre aux lacs périlleux
de la beauté. Il était maintenant guéri de son
mal. Il pensa qu'il ne devait pas demeurer davantage, que son oncle l'attendait, et qu'il convenait
qu'il retournât en Cornouaille. Il craignait aussi
que le roi ou la reine d'Irlande ne finissent par
découvrir qui il était véritablement. Il se résolut
de prendre congé des deux princesses. Un matin,
il se présenta devant la reine, s'agenouilla à ses
pieds et lui dit : « Reine, que Dieu vous récompense
de l'aide que vous m'avez donnée, de vos soins
et de vos bontés envers moi. Je n'oublierai jamais
vos bienfaits, et jusqu'à mon dernier jour je vous
porterai respect et amour, et serai toujours prêt
à vous servir, comme je le dois. Mais, si vous m'en

donnez congé, je rentrerai maintenant en mon
pays où mes parents et mes amis m'attendent
depuis si longtemps, à peu qu'ils ne désespèrent
de me revoir. — Quoi ! Tantris, dit la reine, tu veux
si tôt nous laisser ? Non, je ne le permettrai pas.
Je désire que tu demeures encore parmi nous une
année pleine. — Dame, je dois m'en aller ! Les
miens doivent me croire mort. J'ai une femme,
bonne reine, et si je demeure encore, je crains
fort de la trouver remariée. — Ah ! tu es marié ?
que ne le disais-tu ? S'il en est ainsi, je ne veux
pas te retenir. Je te ferai délivrer un marc d'or
pour m'acquitter envers toi de tes bons services.
Tu trouveras assez de bateaux dans le port pour
te ramener dans ta contrée. — Mille mercis,
douce reine. Ce don embellira ma rentrée à la
maison. Je vous dirai, reine, que j'ai épousé une
vilaine qui me fait laide chère et grouce tant
qu'à merveille quand je n'apporte pas d'argent.
Elle aime mieux Dan Denier que les rimes, et moins
les sons de harpe que les choux et la porée. — Tu
l'aimes cependant, Tantris, puisque tu l'as choi-
sie ! Elle doit bien avoir quelques mérites ? — Sait-on
jamais, reine ? Je suis peut-être comme celui
qui avait pour dame une laideron froncée comme
singesse et ne laissait pas toutefois de l'appeler
Rose Épanie et de défier quiconque ne la décla-
rait pas la plus belle. Tant l'amour rend insensé ! »
La reine rit : « Va Tantris. Que Dieu vous protège,
toi et ton épouse ! »

Tristan prit les besants que lui délivra le sénéchal, salua le roi, la reine et leur fille, et s'en alla

vers la mer. Sa nacelle ne lui était plus de rien :
il la vendit à un pêcheur. Puis il prit passage sur
la nef d'un marchand qui retournait en France
et le laissa en Cornouaille.

IV

Andret. — Le roi Marc requis de prendre femme. —
L'hirondelle et le cheveu d'or. — La quête de la Belle.
— Le grand serpent crêté.

Quand la couronne lui était échue, le roi Marc
avait atteint depuis assez longtemps l'âge d'homme,
et il n'était pas marié. Depuis, on l'avait souvent
exhorté à prendre femme, mais chaque fois il
avait éconduit rudement les conseilleurs. Il aimait
mieux vivre en franchise, comme pendant sa
jeunesse joyeuse ; ce qui ne l'empêchait pas de
tenir bel hôtel, de dépenser largement le sien, de
savoir honorer et conjouir les prudhommes par
beaux mangers, fêtes et tournois ; séjourner à la
maison comme encendré dans l'âtre lui plaisait
moins que les déduits de bois et de rivière ; il
passait presque tous les jours de l'année entre
ses veneurs et ses fauconniers, et ne prisait rien
tant que le glatissement des chiens, les cors sonnant la prise et le forhu, les trefs tendus à l'orée

de la forêt, et les longues chevauchées. Il n'eût
pas changé sa vie pour tout l'or de Tudèle. Quand
il eut retrouvé son neveu, il songea moins que
jamais au mariage, et se résolut bonnement en
son cœur de vieillir sans enfant et de laisser à
Tristan sa terre en héritage. Ses barons devinèrent
sa pensée ; ils furent très mécontents, et ils
chargèrent l'un d'eux, le comte Andret, de lui
faire des remontrances. Le comte Andret possé-
dait de grands alleux, de beaux châteaux et
mainte riche terre ; cousin du roi Marc, il était
puissant et écouté. Il était roux et lentilleux,
assez bel homme toutefois, vanteur, diseur de
truffes et de rampones, et il passait en outre pour
grand abuseur de fillettes. L'envie l'époinçonna de
son trait envenimé, quand il vit Tristan si bien
en cour, mais il fut assez adroit pour ne point le
laisser paraître.

Un jour, le roi Marc l'avait retenu à sa table
avec plusieurs autres barons. Les queux et les
bouteillers avaient fini leur service et ôtaient les
nappes, quand le roi se prit à remembrer Tristan
parti à l'aventure, et il devint tout dolent et pensif.
« Ha ! soupirait-il, qu'est devenu mon neveu ?
Qu'il me pèse de n'avoir point de ses nouvelles !
A-t-il abordé en quelque terre et trouvé un médecin à son gré ? Quand reviendra-t-il à Tintagel ? La
pensée qu'il n'est peut-être plus en vie me brise le
courage et me tue, car c'est mon héritier, seigneurs
barons ! — Votre héritier ? s'écria Andret. Comment
cela ? Vous n'avez pas, que nous sachions, renoncé
à vous marier ! Il est assez par le monde de filles

de rois, jeunes et belles, qui seraient honorées
d'avoir compagnie avec vous, et vous n'êtes pas
si ancien que vous ne puissiez prétendre à mettre
l'anneau au doigt de l'une d'elles! Et quand nous
aurons une reine, serez-vous tellement maudit de
Dieu que votre femme demeure brehaigne, ou si
dépourvu de puissance naturelle que vous n'ayez
espérance d'engendrer un fils qui plus tard régnera
sur la Cornouaille ? Pensez, sire, comme ce royaume
serait malbailli et nous tous perdus si vous mouriez
sans hoir ! — J'entends bien, répondit le roi, que
je dois assurer à ma terre permanence et durée,
comme il sied que je la gouverne sagement et la
défende contre toutes nouveautés, divisions, périls
de guerre et autres ; je connais mon devoir de roi.
Et certes, j'écouterais volontiers vos exhortations
et serais tout prêt d'y faire droit, si Dieu ne m'avait
donné plus qu'un fils en la personne de Tristan,
mon neveu. C'est lui qui après moi tiendra ma
terre, seigneurs barons. Il sera le meilleur roi
qui soit et jamais sera par le monde. J'espère que
nous le reverrons bientôt sain et bien portant. Si,
par malheur, mon espoir était déçu, je m'aviserais
de ce qu'il conviendrait de faire. » Le comte Andret
fut mat et déconfit. Les barons baissèrent la tête.
Lui-même garda le silence et cela de son mieux sa
déconvenue.

Sur ces entrefaites, Tristan débarqua au port.
Ce fut une grande joie pour le roi Marc, mais un
douloureux ébahissement pour les envieux qui
tramaient sa perte. Il conta les merveilles de son

voyage, comment il avait abordé à Weisefort, comment il avait gabé les mariniers, comment, par l'entremise du latinier de la reine, il avait été accueilli à grand honneur au château, hébergé et guéri, et tenu pour un grand clerc. Ceux qui espéraient ne plus revoir Tristan furent courroucés plus qu'on ne saurait dire, quand ils virent l'amour que le roi lui montrait après le récit de ses prouesses. « Vous avez entendu ses vanteries, disaient les uns, qu'en pensez-vous ? — Certes, disait un autre, il va nous garder rancune de l'avoir abandonné lorsqu'il était méhaigné, quand l'un de nous aurait dû prendre sa place pour combattre le Morhout. — Comment, disait un troisième, a-t-il pu décevoir pareillement la reine d'Irlande dont il tua le frère ? Elle eût dû plutôt le faire pendre que de le guérir de sa main. » Et ils pensaient qu'il y avait quelque diablerie dans son fait, qu'il avait enfantômé la reine Iseut, et qu'il ne devait la santé qu'à ses engins et maléfices.

Tristan sut bientôt ce qui les tenait vraiment en souci. Comme il ne voulait pas qu'il fût dit qu'il était pour quelque chose dans l'arrangement que son oncle s'était mis en tête de conclure, il prit le parti de lui parler à cœur ouvert : « Oncle, les barons ont raison de vous conseiller le mariage. Un roi n'est rendu, prêtre ni chanoine ; il lui convient d'avoir auprès de lui une reine pour rehausser sa cour et un fils qui puisse lui succéder dans le gouvernement de sa terre. — Beau neveu, tais-toi, laisse-moi faire ma volonté. Je ne veux pas écouter les requêtes de la haine et de l'envie. — Non certai-

nement, mais il serait bon que vos hommes qui
vous doivent conseil et service dissent franchement
leur manière de voir et approuvassent ensuite ce
que vous aurez résolu de votre plein gré. Ces riches
hommes, pour la plupart, sont soigneux de votre
renommée, et il ne messied pas de les traiter avec
quelque égard, ne fût-ce qu'afin de décourager
les entreprises d'aucuns malveillants qui pourchas-
sent leur propre bien sous feinte couverture.
Croyez-m'en : assemblez votre cour et prenez
l'avis de chacun. » Tristan ne voulait pas se faire
d'ennemis parmi les privés du roi. Il fit tant que
le roi fut vaincu et manda les barons : « Seigneurs,
leur dit-il, vous et moi, nous ne désirons que le
bien du royaume. Il est sans doute plusieurs
manières d'y pourvoir, et il n'est pas défendu
d'être d'un avis différent du mien. Plusieurs
d'entre vous semblent regretter que je vieillisse
seul, contre l'usage des princes qui ont coutume de
besogner à maintenir et perpétuer leur lignage.
Certes, j'ai mon idée là-dessus ; mais je me rendrai
à vos raisons, si je les trouve bonnes. » Tous conseillèrent au roi de prendre femme au plus tôt. « Soit,
dit le roi, mais donnez-moi le temps de voir, ou
cherchez vous-mêmes une fille de bon lieu à qui je
puisse m'unir sans déchoir et par qui ce royaume
gagne en los et en prix. Si vous le voulez bien, enqué-
rez-vous et revenez ici dans quinze jours, et je
conclurai selon les nouvelles que vous m'aurez
apportées. » Les barons approuvèrent les paroles
du roi et se retirèrent.

Au terme marqué, chacun fut au plaid. « Quelles

nouvelles? dit le roi. — Sire, notre avis n'a pas
changé, dit Andret. Nous sommes pour le mariage.
Nous n'avons pu encore pourparler, mais nous
nous sommes enquis de la fille du roi de Northom-
berlande, d'une nièce du roi Artur qu'on dit fort
belle ; il y a aussi la fille au duc de Bretagne : toutefois il nous semble que c'est un petit parti pour
vous. » A ce moment deux hirondelles qui étri-
vaient devant la fenêtre ouverte entrèrent dans la
salle, mais bientôt effarouchées par le bruit, elles
retournèrent d'où elles étaient venues, non sans
que l'une d'elles eût laissé choir sur l'épaule du roi
Marc un long cheveu de femme qu'elle tenait dans
son bec. « Ah! Dieu, voilà qui est plaisant! dit le
roi. — Je crois plutôt, dit Tristan, que c'est un
miracle de Dieu ; vîtes-vous jamais, seigneurs,
fil d'or si reluisant au soleil? — Je gage, dit le roi
Marc, que ce cheveu appartient à la plus belle et
la plus accomplie en toutes vertus. Seigneurs,
tâchez qu'on me l'amène : c'est cette femme, et
nulle autre, que je veux épouser. »

Les barons se regardèrent ébahis. Ils pensèrent
que c'était là encore une trouvaille de Tristan pour
se jouer d'eux. « Je vous disais bien qu'il était
enchanteur. Il a déçu son oncle et nous-mêmes
par cette feinte qui est son œuvre, et le roi s'est
laissé affiner, et il nous affine à notre tour, car il
sait bien qu'il ne perdra guère, si le roi promet
d'épouser la belle aux cheveux d'or, puisqu'on ne
la trouvera jamais, tant cherchât-on bien par les
marches et les royaumes. — Seigneurs, dit Tristan,
le roi a parlé. Il ne convient pas de tenir l'entre-

prise comme vaine avant de l'avoir essayée. Si
mon oncle y consent, je tenterai la quête. — Qu'en
dites-vous, seigneurs ? » dit le roi aux barons.
Ceux-ci ne pouvaient pas moins faire que d'ap-
prouver le roi, puisqu'ils n'avaient rien autre à
lui proposer. « Tristan, dit le roi, prends à mon
hôtel et dans ma cour telle compagnie que tu
voudras et mets-toi à la voie ; tu disposeras du
mien, des armes, des chevaux, et toutes les autres
choses à ton besoin ; je te baillerai une nef si tu
veux passer la mer, et je te ferai délivrer tout l'or
qui te sera nécessaire. Va, embarque-toi, cingle à
ton gré, parcours les royaumes, et me ramène
céans la belle aux cheveux d'or. — Laissez-moi
faire, bel oncle ; il me suffira d'une nef avec les
mariniers et vingt chevaliers, quelques sergents
et garçons, et d'or assez pour acheter les denrées
que je veux emporter avec moi. »

Il mande aussitôt vingt jeunes chevaliers de la
cour, fait emmaller et trousser ses bagues et son
harnais, avec foison de denrées et de merceries,
comme s'il allait en marchandise. La nef est prête ;
on y met d'une part l'avoir des faux marchands,
et d'autre part tout le harnais des chevaliers, les
beaux surcots, les chainses de soie et les housses
brodées. « Et maintenant, dit Tristan au maître
timonier, cingle vers Weisefort ! » Ils eurent pour
eux le vent et la marée. On lève l'ancre au guindeau. Les notonniers rident les haubans, tirent sur
les ralingues, pèsent sur les gardinges, et la nef
cingle vers la haute mer.

Quand les compagnons de Tristan surent qu'il

les menait en Irlande, ils furent saisis d'une grande
frayeur. Après l'aventure de l'île Saint-Samson
et le meurtre du Morhout, comment seraient-ils
accueillis par ce peuple sauvage qui, disait-on, se
lavait le visage avec le sang de ses ennemis ? Tristan les rassura : « Amis, j'ai tout préparé ;
nous monterons dans la ville, comme déconnus :
nous porterons houssette de bureau, panier et
bâton comme marchands en foire, et, croyez-moi,
l'affaire tournera de telle sorte que nous aurons
bonne paix avec nos ennemis. » La nef entra dans
le port. Tristan envoya aussitôt Gorvenal et un valet
à la ville afin de demander un sauf-conduit pour
qu'ils barguignassent à leur aise. Gorvenal alla
donc au prévôt de la ville et lui dit : « Sire, nous
sommes vingt marchands de Flandre qui venons
d'arriver à Weisefort. Nous avons chargé notre
nef en Bretagne. Une tempête nous a détournés
de notre voie. On nous a dit que nos denrées se
vendraient bien ici. Donnez-nous donc congé,
s'il vous plaît, de marchander en cette ville, sinon
nous reprendrons la mer et irons en autre pays. »
Le prévôt leur octroya de vendre à la cohue, par
tel convenant qu'ils payassent une maille esterline.
Gorvenal retourna à la nef. Dès qu'on eut cargué
les voiles et jeté l'ancre, les compagnons s'étaient
mis à boire et à manger, puis à jouer aux échecs
et aux tables, comme il sied à chevaliers bien enseignés. Ils furent contents de la nouvelle.

Le lendemain matin, dès le petit jour, chacun
s'atourna à guise de mercerot, vêtit houssette de
bure, chaussa gros estivaux, et mit sur ses épaules

qui une chape dépannée, qui une gonelle refaite de
pièces et de morceaux. Il les fit bon voir descendre
à terre en cet accoutrement, le panier ou le sac à la
main, un bourdon ferré pendu au bras. Le premier
portait chaudrons, casses, poêles et bassins ; le
second pots, tupins, buires, chanes et autres aisements ; au troisième étaient échus les couteaux
et les canivets ; le quatrième avait garnison de
fil et d'aiguilles ; le cinquième tenait pliées sur
son bras des pièces de cordé et de gros camelin ;
le sixième avait les draps de prix, brunettes, écarlates, cendaux et baudequins ; le septième les
orfrois, les fils d'or et les beaux galons pour les
demoiselles ; le huitième mainte peau de vair, de
gris et de martre zibeline ; au neuvième apparte-
naient les épices telles que cannelle, réglisse, girofle,
anis, gingembre et noix muguette ; au dixième le
citoual de Tudèle, la noix d'Arabie, l'aloès, l'huile
rosat, l'ellébore et le diamargariton ; le onzième
portait maintes belles pierres comme carboncles,
sardoines, béryls, émeraudes et topazes ; le dou-
zième peignes, colliers et maintes patenôtres de
corne, corail, coquille et ivoire ; le treizième toute
manière de teinture comme graine, gaude, guède
et garance ; le quatorzième venait après, avec un
âne portant maints instruments de musique tels
que gigues, bedons, flûtes, fréteaux et chevrettes ;
le quinzième menait un autre âne, chargé de freins,
de selles, de panneaux et autres pièces de lormerie ;
le seizième et le dix-septième menaient en laisse
veautres, lévriers et brachets ; le dix-huitième
avait dans son panier plusieurs petits gous et autres

chiénets de dames ; le dix-neuvième et le vingtième portaient sur le poing éperviers de Norvège et faucons de Sardaigne ; Tristan les accompagnait, avec tout un chargement de jets, de sonnettes et de chaperons de cuir.

Quand ils furent sur la place, ils s'émerveillèrent fort de ce qu'ils virent. Des hommes et des femmes couraient par les rues en criant, et fuyaient, l'un boutant l'autre, comme s'ils avaient le feu à leurs braies : « Qu'y a-t-il ? demande Tristan à un bourgeois. — Ah! dan marchand, on voit bien que vous n'êtes pas d'ici! Vous ne connaissez pas le grand serpent du Val d'Enfer. Il vient chaque semaine à l'étape, quand toute la tourbe est assemblée, et il est bien rare qu'il n'en tue ou n'en dévore un ou deux. Onc vous ne vîtes bête plus félonne et épouvantable ; il a bien dix aunes de long, l'œil rouge et flambant, le dos écailleux d'un cocodrille et la queue entortillée ; il est crêté comme basilic et pattu comme lézarde, et mieux griffu que chimère. Certains disent qu'il tient ses ailes repliées le jour, et vole la nuit avec une longue traînée de feu. Le fait est qu'il jette flamme et fumée par la gueule et brûle tout sur son passage. Il fait grand tort à cette ville qui est maintenant toute dégâtée et ruinée par faute de péages, tonlieux et autres droits que payaient ceux qui venaient en marchandise. Aussi le roi d'Irlande a-t-il fait publier un ban par toute sa terre, promettant une grande somme d'or à celui qui détruirait le dragon ; il lui donnera encore volontiers sa fille, pourvu qu'il soit extrait de bon lignage. Plusieurs ont tenté l'aventure,

mais nul ne fut si adroit et si preux qu'il osât
approcher le serpent, ou pût l'atteindre et le mettre
à mort. — L'a-t-on vu aujourd'hui ? demanda
Tristan. — Non pas encore, dan marchand. Ces
gens ont été pris de peur sans raison ; le dragon
ne se montre guère qu'à tierce sonnée, quand tous
les vilains et bourgeois de ce lieu sont venus au
marché. — Et sait-on où il se tient à l'accoutumée ?
— Il repaire à deux lieues d'ici, dans la grande
forêt, au lieu dit le Val d'Enfer où se trouve une
caverne, non loin de crouliers et de marais. » Le
bourgeois s'éloigna. Et Tristan dit à ses compagnons : « Ne veuillez mouvoir d'ici de la matinée,
et quand vous serez retournés au port après midi,
demeurez tant que je revienne ou que je vous fasse
mander. »

Il se hâta de regagner la nef. Il y demeure peu
et en sort armé de son écu et de sa lance, l'épée
ceinte et le heaume en tête. Il avait fait mettre à
terre son destrier. Il ne fut pas lent à monter, piqua,
passa au galop sous les murs de la ville et atteignit la plaine d'amont ; il traversa la gâte bruyère
et fut bientôt dans la forêt. Se sentant à l'abri
des regards, il va doucement l'amble et le petit pas,
à travers la gaudine verte, et prend plaisir à ouïr
le chant des oiseaux ; il y en avait à plenté par les
buissonnets et dans l'épaisseur des grands arbres ;
rossignols, merles, mauvis, geais, lardanches, loriots
et pinsons ; au loin se répondaient la tourtre et le
coucou. Et Tristan allait, s'ébanoyant à contrefaire le pépiement des oiselets, la mélodie et le
fleuretis du rossignol, le tirelis de l'alouette et le

roucoulement des colombes. Sa pensée était bien
loin du dragon ; il avait même oublié pourquoi il
chevauchait dans la forêt ; il songeait à ce jour où
il vit pour la première fois, penchées sur son lit, la
reine d'Irlande et sa fille. Il songeait, quand, au
détour d'un essart, il aperçut un chevalier qui
venait contre lui à bride abattue. Celui-ci parut
surpris en voyant qu'il n'était pas seul ; il tira sur
sa rêne et ralentit un peu son allure. « Place ! »
criait-il d'une voix rauque et cassée par l'épouvante.
Tristan le saisit par ses longues tresses rousses.
« Où courez-vous si tôt, sire chevalier ? — Sire
bricon, ne voyez-vous pas là-bas le grand serpent
crêté ? Si vous voulez être ars, détruit ou dévoré,
à votre aise ! Dieu vous donne bonne aventure ! »
Ce disant, il brocha de l'éperon et s'enfuit
les grands galops.

Tristan entra dans le bois plénier ; les arbres
étaient vieux comme s'ils fussent plantés dès le
temps de Salomon, si hauts qu'on en devinait à
peine la cime et si fourrés qu'ils faisaient la nuit
autour d'eux. Tristan vit luire dans l'ombre deux
yeux rouges comme braises ; il s'apprêta à la
bataille. Mais déjà le dragon s'embattait sur son
cheval, en ruant par la gueule flammes et fumée.
Tristan fut aveuglé ; il sentit la chaleur de l'haleine
brûlante et les griffes du monstre sur son écu. Presque aussitôt le destrier tomba mort sur l'herbe.
Mais Tristan a guerpi à temps l'étrier. Il se gare
derrière son cheval, plonge sa lame par la gueule
ouverte du dragon, jusqu'au ventre, et lui perce le
cœur. Le dragon jette un dernier cri avec une

horrible fumée. Quand il vit le monstre sans vie,
Tristan se hâta de lui couper la langue et la mit
dans sa chausse. Mais ses forces l'ont trahi ; le
soufflement empesté du dragon l'a étouffé plus
qu'à demi ; il fait quelques pas et trébuche pâmé
sur le bord d'un marais.

V

*Anguin le tricheur. — La brèche de l'épée. — La reine
d'Irlande devant le meurtrier de son frère. — Le sénéchal convaincu de fraude. — La demande en mariage.*

Le roi Gormond avait un sénéchal qui s'était
épris d'amour pour la grande beauté et le doux
maintien de la demoiselle Iseut. Il eût bien voulu
entrer dans ses bonnes grâces et en faire son amie
et épouse. Depuis que le roi avait publié son ban,
il convoitait la récompense promise. Plusieurs fois
il s'était armé pour aller combattre le dragon, mais
chaque fois par sa couardise il avait rebroussé
chemin. Ce sénéchal se nommait Anguin le Rouge,
et c'était lui que Tristan avait pris par les tresses
dans la forêt. Quand il fut aux portes de la ville,
Anguin le Rouge s'avisa que le jeune chevalier qui
l'avait arraisonné pouvait peut-être mieux que lui
mener l'entreprise à bonne fin. Il revint donc sur
ses pas : il trouva le cheval crevé, le serpent occis,
et Tristan au bord de la mare, privé de sentiment.

Il le crut mort, et se dit qu'ainsi il pourrait réclamer pour lui-même l'honneur d'avoir tué le dragon.
Il trancha le chef au monstre, le pendit à l'arçon
de sa selle, et en grande hâte retourna à Weisefort.
Il se présenta au palais. « Roi, dit-il, j'ai occis le
grand serpent de pute aire qui gâtait tout le pays.
Voici sa tête. Or je te requiers maintenant de me
donner le loyer promis, ainsi qu'il fut convenu,
selon le ban que tu as fait faire. »

Le roi regarde, émerveillé, la tête du dragon,
mais il est plus émerveillé encore que le sénéchal,
qui n'avait guère bruit de hardiesse, ait pu entreprendre si périlleuse besogne. Il dit à Anguin le
Rouge : « C'est bien, sénéchal ; je parlerai à Iseut,
pour savoir ce qu'elle en pense. » Là-dessus, il va
dans les chambres des femmes, trouve la reine et
sa fille. « Le sénéchal, dit-il, m'a apporté la tête du
grand serpent ; il convient désormais que je tienne
la promesse que j'ai faite. » Toutes deux se récrièrent
en grand courroux. « Ne plaise à Dieu, dit la pucelle,
que je gise avec ce félon au poil roux! Mieux me
vaudrait être morte! — Sire, dit la reine, vous
irez au sénéchal et lui ferez entendre que cette
affaire requiert le conseil de vos barons ; qu'il
convient d'abord que la vérité du fait soit établie,
bref que nous lui répondrons dans huit jours. » Le
roi revint alors au sénéchal et lui dit ce que la reine
et lui-même avaient résolu. « Je suis à votre commandement », répondit le sénéchal. Cependant la reine
était pensive. « Je m'étonne fort, dit-elle à sa fille,
que ce mauvais couard d'Anguin ait fait telle
prouesse. Allons sans retard nous enquérir du fait. »

La reine et Iseut, accompagnées de Brangaine et
de Périnis, s'en allèrent par la gâte bruyère et
dans la forêt. Brangaine était la meschine la mieux
aimée d'Iseut ; elle avait baillie sur toutes les
pucelles qui servaient la fille du roi d'Irlande ;
Périnis était son chambellan, franc valet courtois et bien appris. Ils ont tant cherché et reverché
qu'ils ont trouvé le dragon mort sur l'herbe avec
le chef coupé. A une portée d'arbalète, ils voient le
destrier détruit, et non loin l'écu tout dérompu
et enfumé. « Le sénéchal nous a truffé et menti, fait
la reine ; regardez les sabots du cheval ; jamais on
n'a ferré en Irlande de telle manière ; et la selle et
le frein ne sont non plus à la guise du pays. — Mère,
dit Iseut, voyez : un sanglier est peint sur l'écu ;
je n'ai jamais ouï dire qu'Anguin le Rouge eût
telle enseigne. — C'est vrai ; on saura bientôt le
tripot du traître. »

Tout en cheminant, elles vinrent près du marais
et découvrirent Tristan profondément endormi.
« Voici le chevalier qui a tué le dragon », dit Iseut.
Elles se penchèrent sur lui ; il ouvrit les yeux : « Ah !
comme j'ai dormi ! dit-il. J'ai cru que je ne me réveil-
lerais plus. » Il reconnut Iseut et sa mère. « Dames,
Dieu vous sauve, qui fit ciel et rosée ! — Ami, c'est
toi qui as détruit le dragon ? — Oui, dame ; mais
il m'est avis que la fumée et le venin qu'il vomis-
sait m'ont mis en assez mauvais point. » En entendant cette voix, les deux femmes se regardèrent
ébahies, et dirent ensemble : « Dieu ! c'est Tantris !
— Dis, ami, fait la reine, n'es-tu pas Tantris ou
quelqu'un de sa parenté ? — Oui, franche reine,

je ne le puis celer : je suis Tantris. Je suis venu à
Weisefort avec les marchands flamands qui sont
sur la place au Change. J'ai entendu qu'un dragon
dégâtait le pays et que le roi avait promis cent
marcs d'esterlins à qui le tuerait ; je voulus essayer
ma chance. Je m'armai à guise de chevalier, et je
vins dans la forêt. Certes, j'ai perdu mon écu et
mon cheval, et je suis en danger d'être malade,
mais j'espère bien avoir la récompense. » Ce disant,
il tira de sa chausse la langue du dragon. « Tu es
fou, dit la reine, tu n'as pas craint de renouveler
ton ancien mal en mettant sur ta peau cette langue
envenimée ! Il convient de prendre la thériaque sans
délai, car le poison va te travailler dans les veines.
Sus ! nous allons te mener au château ! » Elle
commande aussitôt à Périnis de prendre Tristan
en croupe. Elles-mêmes montent leurs palefrois et
retournent avec Brangaine.

A peine descendu au perron, Tristan se pâma de
nouveau. La reine fit apporter du vin ardent et de
la thériaque. On ôta à Tristan son haubert, sa
ventaille et ses chausses de fer. Il avait une grosse
enflure à la jambe. On le mit au lit, et la reine
commanda de lui apprêter un bain ; ce qui fut
fait sur-le-champ.

Tandis que Tristan était dans sa cuve pleine
d'eau chaude, la reine Iseut, ayant tiré l'épée du
fourreau pour l'essuyer, remarqua la brèche. Elle
trouva la chose étrange ; un soupçon traversa
son esprit, et pour savoir si elle s'était abusée,
elle ouvrit le coffret où elle avait enfermé le débris
d'acier arraché à la tête du Morhout. Elle le

rapprocha de l'entaille : il s'y ajustait à point. A
cette vue, tout son sang lui frémit. « Ha! Dieu!
s'écrie-t-elle, celui-ci est Tristan qui occit mon
frère dans l'île Saint-Samson! Il s'est bien celé
envers nous, sous le faux nom de Tantris! » Elle
s'élance sur Tristan, le brant levé : « Tristan, neveu
du roi Marc, lui dit-elle, il n'est plus besoin de
vous cacher. Vous êtes mort! Vous avez tué mon
frère de cette épée ; de cette épée vous mourrez! »
Tristan ne bougeait et ne faisait semblant de peur.
Aux cris de la reine un écuyer était accouru ;
il arrête son bras. « Ha! dame, pour Dieu merci,
ne détruisez pas le meilleur chevalier du monde de
telle manière! Il n'appartient pas à vous, qui
êtes reine, de prendre cette vengeance, mais au
roi qui fera justice. » La reine crie de plus belle ;
elle veut sur-le-champ venger le meurtre de son
frère. Et la noise et le hutin sont si grands que
tout le palais s'en étonne, et que le roi accourt.
« Sire, dit la reine, voici le déloyal meurtrier qui
tant nous a trompés et engignés après avoir occis
le Morhout à Tintagel. Vous le mettrez incontinent
à mort, ou je le tuerai de ma main. Voici l'épée
dont il rompit la tête de votre beau-frère, comme
il appert à la brèche que vous voyez. De cette
même épée je veux qu'il meure! — Il me semblait
reconnaître votre ménestrel Tantris, dit le roi.
— C'est lui-même, sire. Il est venu ici la première
fois, sous le nom de Tantris, mais, de vérité, il
se nomme Tristan, et il est le neveu du roi Marc. »
Le roi était sage et bien apensé ; il dit : « Dame,
laissez-moi le soin de cette justice ; je ferai de

sorte que je n'aurai aucun sujet d'être blâmé. — Sire, grand merci. — Donnez-moi cette épée. » Elle lui tend l'épée, et il s'en va.

Le roi vint alors à Tristan et lui dit : « Êtes-vous Tristan qui occit le Morhout ? — Oui, sire ; je vous l'ai caché jusqu'ici, car il convenait que je le fisse. J'ai tué le Morhout ; je n'avais d'autre ressource, car il m'eût tué s'il avait pu. — Vous périrez. — Certes, ma vie est entre vos mains ; vous pouvez faire de moi ce que bon vous semblera. — Vêtez-vous, et venez en la salle. » Le roi s'assit dans son fauteuil. Tristan parut devant lui. Le roi lui dit : « Tristan, vous m'avez fait tort et couvert de honte, quand vous occîtes le Morhout. Je devrais vous juger à mort, mais ce serait dommage sans remède. Je ne le ferai pas pour deux raisons : la première pour la bonne chevalerie qui est en vous, l'autre parce que vous avez été mon hôte. Si après vous avoir guéri, je vous détruisais, ce serait trop grande félonie. Mais vous devrez vider de ma terre, dans trois jours ; que vous n'y soyez trouvé dorenavant, car vous le paieriez de votre tête. »

Tristan retourna dans les chambres des femmes où il avait été hébergé. La reine lui fit chère cruelle. Tristan chercha à désarmer sa colère. « Écoutez, lui dit-il, franche reine honorée, si vous m'aviez tué, votre fille Iseut eût épousé le sénéchal couard, car c'est bien Anguin le Rouge que j'ai rencontré fuyant dans la forêt ; je l'ai pris par les tresses pour lui demander mon chemin. Je vous dirai, reine, pourquoi il convient que vous

ayez pitié de moi. Si j'ai fait de nouveau le voyage
d'Irlande, c'est pour vous rendre honneur et hommage. Depuis mon retour en Cornouaille, j'étais
en butte à la haine et à l'envie. Les barons pensaient que le roi Marc voulait vieillir sans femme
ni enfants et me laisser sa terre après lui. Il dut
leur assurer qu'il se marierait volontiers, pourvu
qu'il trouvât fille qui fût à son gré, et de bon
lignage. Or un jour, quand tous étaient assemblés,
une hirondelle entra dans la salle et laissa choir
de son bec un cheveu doré, le plus beau qui ait
jamais orné front de femme ou de pucelle. Le roi
s'émerveilla du présage et dit qu'il consentirait
à prendre femme si l'on pouvait lui amener celle
à qui appartenait ce cheveu. C'est alors que j'en-
trepris pour mon oncle la quête de la belle aux
cheveux d'or. — Et vous l'avez trouvée ? — Oui,
reine, en la personne d'Iseut votre fille. Le roi
Gormond le saura bientôt. Sans doute ne refusera-
t-il pas ce mariage par lequel ceux d'Irlande et
de Cornouaille seront à jamais amis et alliés et
bienveillants les uns aux autres. — S'il en est
ainsi, Tristan, je ferai la paix avec vous. Mais,
tout d'abord, il nous faut prouver la forfaiture
du sénéchal. Demeurez ici tapi, Tristan, et laissez-
moi faire. »

Le lendemain, la reine dit au roi : « Sire, j'ai
trouvé le vrai tueur du monstre ; il est prêt à
confondre le tricheur qui vous a menti. — Je
m'ébahissais fort qu'Anguin eût pu accomplir
l'exploit dont il s'est vanté, dit le roi. Mais quel
est ce preux ? — Je vous le dirai, sire. Mais aupa-

ravant je vous requiers un don. — Parlez, je vous
l'accorde. — C'est de pardonner à ce vaillant
chevalier ses torts et ses méfaits. — Je l'ai promis.
— Eh bien! roi, cet homme est celui que vous
avez vu hier : le même Tristan qui tua le Morhout.
— Ah! fait le roi, je ne m'attendais guère à cette
merveille. Je ne sais plus que dire. Tristan ne
mourra pas, mais je l'ai chassé du royaume. —
Attendez, sire : dans trois jours, vous devez assem-
bler vos barons et répondre au sénéchal, et Tristan
seul peut révéler son mensonge et sa félonie. »

Tristan, sans plus tarder, envoya un message
à Gorvenal pour lui conter ce qui lui était avenu.
Depuis qu'il avait détalé en grand mystère, les
compagnons étaient en émoi. Ils avaient cherché
toute la contrée, fouillé menu le port et les environs, et ils ne savaient que penser. Le message
de Tristan les rassura. Il leur mandait de se rendre
au palais du roi, le surlendemain, vêtus de leurs
plus beaux atours.

Au terme assigné, tous les barons furent présents,
et grand fut l'étonnement de voir entrer dans la
salle, accoutrés magnifiquement, vingt chevaliers
inconnus. « Sire, dit Tristan, ces chevaliers sont
mes compagnons ; ils seront garants pour ce que
j'aurai à vous dire tout à l'heure, et ils s'offrent
comme otages au cas où la preuve judiciaire serait
requise. » Les vingt s'avancent et s'inclinent profondément devant le roi. L'un d'eux parle au nom
de tous. « Que Dieu qui fit le ciel, la terre et la
mer salée, sauve et garde le vaillant roi d'Irlande
et la plus belle reine qui soit par le monde! —

Merci, seigneurs, asseyez-vous », dit le roi. Lors ils vont s'asseoir sur les formes et sur les bancs auprès des chevaliers d'Irlande. « Seigneurs, dit le roi, vous savez pourquoi je vous ai mandés. Il s'agit de prouver qui nous a délivrés du dragon. D'une part, mon sénéchal, ici présent, prétend que l'honneur lui en revient, et il m'en apporta la tête ; d'autre part, ce chevalier étranger affirme l'avoir tué, et il dit qu'il en a gardé la langue. Sénéchal, qu'avez-vous à dire ? — Sire roi, dit le sénéchal, j'ai tué le dragon, et à preuve, je vous en ai présenté la tête ; suivant la convention faite par vous et publiée, je vous requiers maintenant de m'octroyer votre fille en mariage. Si quelqu'un conteste mon droit, je suis prêt à le défendre en bataille, selon que votre barnage en aura jugé. » Alors, Tristan se lève : « Seigneurs, cet homme a menti. Je l'ai rencontré qui fuyait dans la forêt. C'est moi seul qui ai détruit de mon épée le grand serpent crêté ; j'en fus envenimé, dont je chus et demeurai grande pièce en langueur ; j'ai perdu dans l'aventure mon écu et mon cheval. Voici la langue que j'ai tranchée : il est aisé de s'assurer si elle appartient bien à la tête. »

On apporta le chef du dragon. Chacun s'approche et regarde dans la gueule et voit que la langue en a été ôtée. « Seigneurs, vous avez vu, dit le roi ; l'affaire est jugée. Le sénéchal est prouvé de guile et de barat. Qu'il guerpisse incontinent ma terre, à peine de la hart ! » Anguin le tricheur s'en va, tête baissée, au milieu des rires et des huées, et ses amis eux-mêmes n'osent le défendre.

« Sire roi, dit Tristan, si j'ai sauvé l'Irlande du dragon, ce n'est pas que j'eusse désir ni volonté de gagner or ni argent, ni de conquérir pour moi quelque autre avantage. L'occasion seule a armé mon bras. Sire, je suis venu en messager du puissant roi Marc de Cornouaille qui voudrait mettre finaux différends, tensions et toutes œuvres de discorde qui ont mêlé trop longtemps les gens de là-bas avec ceux d'Irlande. Il vous offre bonne paix, et par mon entremise il vous demande votre fille en mariage. — Barons, vous avez entendu, dit le roi. Que me conseillez-vous ? » Et tous de s'écrier : « Que le roi Marc épouse Iseut. Et que la paix règne entre nos deux royaumes ! » Iseut entend son père ; elle est émue et pensive ; mais elle s'avance, douce et simple de manières, et le roi lui prend la main et la livre à Tristan : « Chevalier, fait-il, vous pourrez l'emmener quand vous voudrez, car je vous sais loyal et preux, et que vous ne ferez chose qui tourne à vilenie. » Ainsi Tristan reçut la demoiselle pour son oncle, le roi Marc.

Cela n'alla pas sans riches présents de part et d'autre, car l'avisé Tristan prit les plus belles étoffes et les plus belles martres et hermines qu'il avait apportées sur sa nef, et les joyaux et les pierres et autres menues drueries et les distribua aux dames et demoiselles de la cour ; et il donna au roi Gormond ses plus beaux brachets, ses faucons et ses éperviers. Le roi le remercia en lui faisant don d'une harpe magnifique, à trente cordes, de fût et de métal précieux, toute peinte et ciselée à lionceaux, oursons et bêtes marines.

Lors il y a grande liesse au palais. Les Irois sont contents, et il leur semble que l'injure faite à eux par le meurtre du Morhout est effacée, et qu'ils vont jouir enfin d'une paix fructueuse et honorable, et ceux de Cornouaille refont joie, car ils ont mené à chef leur besogne, et ils sont traités avec honneur et servis en un lieu du monde où jusque-là on n'avait su que les haïr.

VI

Le boire herbé. — Navigation de Tristan et d'Iseut. —
La méprise fatale. — La nuit de la Saint-Jean. —
Noces du roi Marc. — La fausse épousée.

Tandis que Tristan appareillait son erre, les
meschines d'Iseut s'entremirent de trousser le
harnais de l'épousée ; elles emplirent ses malles
et ses coffres de robes, d'atours et de joyaux. Et
les sergents, de leur côté, apportèrent la vitaille,
le biscuit, la farine, le vin et autres viandes pour
le voyage. Entretant, la reine brassa, avec des
herbes, des racines, des pierres et des os de pois-
son, un merveilleux boire, selon son grand savoir
de mirgesse et de magicienne. Puis elle manda
Brangaine et lui dit : « Voici une boute pleine
d'une potion que j'ai faite de mes mains. Elle
s'appelle le boire amoureux, et elle est de telle
nature que ceux qui en boiront s'aimeront mer-
veilleusement pendant trois années, et dès lors
ils seront liés ensemble tellement que rien ne

pourra plus les désunir, et que nul ne pourra jamais mettre discorde entre eux. Quand le roi Marc sera couché avec Iseut la nuit de ses noces, donnez-lui de ce breuvage au lieu de piment ou de vin à la cannelle, et donnez-le après à la reine, et puis jetez le reste. Et gardez que nul y trempe ses lèvres et en boive une seule gorgée, car un grand mal pourrait en avenir. »

Le jour du départ est venu. Il y a foule de barons, de chevaliers, de dames, de demoiseaux, de demoiselles, pour convoyer jusqu'au port la belle Iseut. Il n'est femme qui ne pleure. La pucelle baise ses parents ; elle sourit tristement ; elle monte dans la nef ; Brangaine la suit avec les béasses et les meschinettes. Tristan donne le signal du départ. On désancre la nef. L'esturman tient la barre. Les mariniers, pour cueillir le vent, font venir à l'avant les lés de proue et tirent sur les ralingues. La voile s'enfle et la nef s'éloigne du rivage.

D'une part du navire logeaient Tristan et ses compagnnos ; de l'autre était l'appartement des femmes. Tristan avait fait dresser à l'écart un pavillon bien garni de couettes, de coussins, et pourtendu de riches tapis sarrasinois. Iseut y demeurait pendant le jour avec sa chambrière ; nul homme n'avait congé d'y entrer, sinon Tristan qui venait de temps à autre pour tenir compagnie à la pucelle ; il s'efforçait de la divertir et de la consoler, car Iseut était pleine d'un mortel ennui. Il s'aidait tantôt de la harpe, tantôt de l'échiquier. Les paroles de Tristan ne parvenaient guère à lui faire oublier son ressentiment ; elle ne lui répondait que par un regard traversain, tout chargé de deuil et de rancune. C'est encore la musique qu'elle souffrait le mieux du neveu du roi Marc. Tristan harpait un lai à la nuit tombante, et Iseut s'endormait dans la douceur de la mélodie, et Brangaine s'endormait près d'elle, et Tristan sortait du pavillon à pas menus, et elles reposaient toutes deux jusqu'à l'aube claire.

« Je n'entends guère à sécher vos larmes, douce dame, lui disait parfois Tristan. Pourquoi êtes-vous si triste ? — Ha ! répondait Iseut, ce n'est pas merveille, si je n'ai talent de rire. Jamais femme ne fut si déconseillée. Sire, c'est chose dure et amère de quitter son pays et tout ce qu'on aime de nature. Lasse ! par quelle malencontre, pour quel péché ai-je laissé l'Irlande où j'étais si heureuse auprès de mon père et de ma mère ? Pourquoi ai-je abandonné les amis qui m'avaient si chère ? » Et les pleurs découlaient fil à fil sur son clair visage. « Que la terre ne m'engloutit-elle, que la male tempête ne foudroie et ne cravante cette nef maudite, et que ne puis-je être périllée et noyée en mer ! Sais-je la destinée qui m'attend ? Tristan, où me conduisez-vous ? Que me chaut d'être reine et épouse ? Je me serais bien passée de la guimpe et de la couronne. »

Tristan se travaillait de conforter la belle ; il la prenait doucement dans ses bras, sans outrepasser les bornes de la courtoisie, doucement, fraternellement. Mais chaque fois Iseut le repoussait avec colère. « Sire, laissez-moi. Oh ! l'ennuyeux

valet! — Douce dame, ai-je fait quelque chose qui
vous déplaise et ne soit pas séante? — Oui, puisque je vous hais. — Pour quel méfait? — Vous
êtes le meurtrier de mon oncle. — Ce tort m'a été
remis. — Non par moi ; je ne vous ai pas pardonné ;
et je vous hais encore pour l'aventure par quoi je
souffre peines et ahans. C'est par votre belle
trouvaille de l'hirondelle que je suis prisonnière
sur cette nef qui m'emporte vers un rivage ennemi.
Qui sait ce que l'avenir me garde d'ennuis et de
tribulations! Ah! malheureuse, ah! chétive! je
crois bien que je sécherai de douleur avant d'arriver au port. — Belle Iseut, c'est déraison de dire
que je vous porte malheur. Je fais votre fortune
et votre joie. Là-bas, vous serez reine toute-
puissante, aimée et honorée. Vous aurez pour
seigneur un roi qui est le meilleur des hommes.
Que serait-il avenu de vous si vous étiez demeurée
en Irlande? Vous auriez épousé un comte ou un
duc tout au plus! — Sire Tristan, amour et sei-
gneurie font rarement bon ménage. Ne vaut-il
pas mieux avoir petit état, être pauvre de drap
et de chevance et avoir la joie, que haut rang
avec tristesse et peine? Vous me le disiez autrefois. — Franche dame, c'est la vérité pure. Mais
l'amour ne peut-il se loger en belles chambres
peintes comme en petit caseau de ville champêtre? Lorsqu'on peut avoir joie et puissance
ensemble, pourquoi refuser l'une et l'autre? Dites-
moi, ma reine, si vous aviez été forcée de prendre
Anguin le Rouge, votre lot serait-il enviable? Et
voilà comment vous me remerciez d'être venu à

votre aide et de vous avoir sauvée du sénéchal! —
Vous m'avez délivrée pour me livrer à un homme
que je ne connais pas, en terre étrange et foraine.
Vous m'avez vendue comme une marchandise.
Du moins le sénéchal, s'il a menti pour m'avoir,
m'était connu depuis l'enfance! Si mauvais qu'il
soit, peut-être se serait-il amendé en vivant et
conversant avec moi! — Douce reine, il est
certain que parfois, avec la grâce de Dieu, mauvais
par fortune peut devenir meilleur. Mais la chose
n'est pas commune. Bon fruit vient de bonne
semence et jamais d'homme mauvais par nature
on ne fera un vrai prudhomme. Soyez consolée,
dame, vous verrez bientôt votre seigneur, ce roi
plein de débonnaireté, garni de tous biens, de
cœur loyal et entier, et de jour en jour vous
l'aimerez davantage. »

Déjà le soleil était entré dans le signe de l'Écre-
visse. C'était la veille de la Saint-Jean. Dès l'heure
de tierce la chaleur se leva sur la mer, et le vent
tomba, et l'après-midi il y avait une telle ardeur
dans l'air que mariniers, chevaliers, hommes et
femmes gisaient et dormaient, tant ils se sentaient
vains et travaillés. Tristan jouait aux échecs avec
Iseut sous la tente. Il eut soif. Il appela une meschinette. « Va dire à Brangaine, fait-il, de nous
apporter à boire. » La meschinette court à la
chambrière ; elle la trouve couchée sur une natte
et à moitié endormie. Brangaine l'envoie chercher
un hanap ; elle-même va le remplir dans la soute
et l'apporte à Tristan. Et Tristan l'offre à Iseut,
disant : « Belle Iseut, buvez ce breuvage. » Iseut

boit une gorgée et tend le hanap à Tristan qui
l'épuise à son tour d'un trait. Tout aussitôt il
regarde Iseut d'un air égaré, et l'émoi et la frayeur
se peignent sur la figure d'Iseut. Qu'ont-ils fait ?
Hélas ! ce n'est pas le vin de dépense qu'ils ont
bu, ce n'est cervoise ni goudale, mais le boire
enchanté que la reine d'Irlande a brassé pour les
noces du roi Marc ! Brangaine est saisie d'un
terrible doute ; elle s'enfuit éperdue. Dieu ! si
elle s'était trompée ! Elle se hâte de descendre dans
la soute : elle voit le baril au boire herbé à moitié
vide : « Malheur, malheur à moi ! s'écrie-t-elle.
Tristan, hélas ! Hélas ! Iseut ! Vous avez bu votre
destruction et votre mort ! »

Cependant le poison d'amour se répandait
dans les veines du valet et de la pucelle. Hier
ennemis, les voici aujourd'hui dru et drue. Mais
le lien qui les enlace leur entrera profondément
dans la chair, et jamais ils ne pourront s'en guérir.
Vénus, la redoutable véneresse, les a pris dans ses
réseaux ; le dieu d'Amour leur a décoché sa
flèche mortelle ; il a planté son étendard dans
leur cœur ; il les tient pour toujours en sa baillie.
Chacun se sent vain et las, comme étourdi par le
breuvage. Ils n'osent encore échanger leurs pensées ; mais quand leurs yeux qui se fuient se
rencontrent dans un éclair, c'est un périlleux regard
qui attise le feu qui déjà les consume. Chacun se
débat en lui-même ; la Raison livre avec le Désir
une très cruelle bataille ; la pucelle a pour écu la
honte naturelle ; la foi et l'honneur soutiennent
et tourmentent le jeune homme. Après le dan-

gereux regarder viendra l'accoler, puis l'octroyer,
enfin l'œuvre défendue qui détourne le regard de
Dieu et ravit l'estime du monde. La première
surprise est passée, qui les avait écartés, rougis-
sants, l'un de l'autre. Iseut la première rompt le
silence ; elle s'arme de grâce et de sourire, mais
l'angoisse fait trembler sa voix. « Ne pensez-vous
pas que mieux nous aurait valu demeurer à Weisefort plutôt que de voguer sur cette mer aventu-
reuse ? Ah! je voudrais encore ouïr vos beaux
dits et vos belles histoires et apprendre l'art de
faire lais et sons et de les noter sur la harpe, mon
doux maître. » Et comme Tristan se tait, elle
profère le doux nom d'ami, et va regrettant son
heureuse enfance. « J'ai bon souvenir, fait-il, de
ce séjour en Irlande ; j'y ai pourtant enduré
maintes peines et travaux. — Je gage que vous
avez plus peur d'une femme que du grand serpent
crêté ? » Tristan sourit. Leurs coudes se touchent ;
leurs yeux échangent d'ardents messages ; leurs
mains se pressent, fiévreuses. « Que s'est-il passé ?
dit Iseut, je vous haïssais il y a une heure, et
voici qu'il me semble que je ne pourrai jamais me
séparer de vous! — C'est merveille, dit Tristan,
je suis tel pour vous que vous êtes pour moi. »
Déjà la convoitise charnelle embrase leur corps
de chaleurs désordonnées. La nuit est venue ;
le pavillon est clos et plein d'obscurité. Tout dort
sur la nef qui vogue en silence. Seul le timonier veille, la main sur la barre et les yeux aux
étoiles.

Le lendemain, Gorvenal vit que Brangaine avait les yeux rouges. Elle lui révéla alors sa méprise. « Maître Gorvenal, j'étais à moitié endormie ; je ne pris garde, si bien que dans l'obscurité j'aveignis un vaisseau pour un autre. J'ai donné au lieu du vin ou de cervoise le boire amoureux que la reine avait apprêté pour le roi Marc. Ce breuvage est tel que ceux qui en boivent l'un après l'autre s'aiment d'émerveillable amour et que nul ne pourra jamais les désunir. — Ah ! nous sommes nés de male heure ! dit Gorvenal. Il m'a bien semblé qu'ils ont bu ensemble cette nuit. — Le roi la honnira, dit Brangaine, quand il ne la trouvera telle qu'elle doit être, et son neveu sera prouvé comme félon, et il le fera détruire, et nous aussi, qui aurions dû garder la reine. — Ne soyez pas en émoi, Brangaine, je pense tant faire que nous ne serons blâmés l'un ni l'autre. — Dieu le veuille ! »

Déjà la terre était en vue ; Iseut fut prise d'un grand effroi. « Brangaine, je suis morte si tu ne m'aides. J'ai perdu mon honneur. Comment oserai-je paraître devant le roi ? Écoute. La nuit de mes noces, tu prendras ma place dans le lit royal. — Ho ! dame, voilà un étrange tripot ! — Brangaine, je suis perdue si tu ne fais ce que je te demande. — Je suis obligée de vous obéir, dit Brangaine, mais c'est moins par amour pour vous que par remords, car je suis la cause de votre méfait. — Comment ? que dis-tu ? — Oui, dame, il y a quatre jours, vous m'avez demandé à boire ; j'étais lasse et quasi endormie pour la chaleur qui me pesait. J'envoyai une meschinette chercher de la cervoise, et par erreur elle a pris le boire herbé que votre mère avait détrempé pour le roi Marc. » Tristan est venu sur ces entrefaites ; il a entendu les dernières paroles de Brangaine. Les deux amants sentent le sang se glacer dans leurs veines, et ils demeurent muets et cois comme images de pierre. « Terre ! terre ! crient les mariniers. — Cale, cale ! » ordonne l'esturman. Ils abaissent les voiles, prennent les avirons, et la nef entre doucement dans le port. Déjà les guettes avaient averti le roi Marc de la venue de Tristan. Les fourriers préparent les logis pour celle qui sera la reine. Cent chevaliers et demoiseaux chevauchent vers le port. Le roi accueille son neveu qui tient Iseut par la main. On fait avancer deux palefrois. Ils montent. Tristan mène la reine en dextre, avec le roi d'autre part.

Le roi Marc veut se marier sans délai. Des messagers partent et vont jusqu'aux confins du royaume. Le roi semond son barnage pour les noces qui auront lieu dans la huitaine. Le jour est venu. Les cloches sonnent au grand moutier. Par les rues, des draps sont tendus, et la terre est jonchée de fleurs. Deux cents barons prisés, foule de chevaliers et de demoiseaux, tous vêtus de pers et de samit, cinq cents dames et pucelles aux cheveux tressés et galonnés d'or, tous les fiévés et chasés du voisinage, un archevêque, deux évêques, l'abbé du Mont-Saint-Michel, tourbe de clercs et de prouvaires, vont à la rencontre de la reine. Tous admirent sa grâce et sa grande beauté. La messe est chantée ; la reine a reçu l'anneau et ceint la couronne. Un

festin magnifique a lieu au palais ; je ne vous en
deviserai pas le menu : les paons rôtis, les pâtés
de venaison, le piment, le moré qui coulèrent comme
eau de fontaine. Le large roi Marc a voulu que toutes les portes fussent ouvertes à tous ; qui veut
venir entre comme chez lui, et qui veut manger
n'a qu'à prendre à bandon. Ce jour-là, pauvres et
riches furent comblés. Le roi fit distribuer dix mille
pains et mettre en perce trois cents tonneaux de
vin. Jongleurs et ménestrels firent assaut de fables
et de chansons. Vous eussiez ouï bondir trompes et
bousines, sonner violes, flûtes et tambours, comme
si Dieu fût descendu! Les uns et les autres furent
libéralement guerdonnés ; il n'en fut pas un qui
n'emportât manteau de vair ou surcot d'écarlate,
un roncin ou une mule. Le roi désigna cinquante
demoiseaux, parmi les compagnons de Tristan,
l'élite du Loonois et de la Cornouaille, pour être
adoubés dans le mois.

Quand la nuit fut venue, Brangaine se prépara
à rendre à sa dame le service qu'elle lui avait
promis. Les époux sont conduits dans la chambre
peinte. Le roi Marc était un peu troublé par le vin.
Quand il fut au lit, Tristan et Périnis éteignirent
le luminaire. « Comment, dit le roi, vous avez
éteint les cierges ? — Sire, dit Tristan, c'est la
coutume d'Irlande ; la mère d'Iseut m'a commandé
de le faire, car quand un haut homme gît avec une
pucelle, il doit faire nuit dans sa chambre. » Tristan et Périnis se retirent, et Brangaine, chaussée
d'échapins, en pure sa belle chemise ridée, entre
dans la chambre du roi. Elle a noble contenance et

belle faiture ; n'étaient ses cheveux qui sont de la couleur de l'aveline, avec son teint clair, ses yeux vairs, ses sourcils comme traits de pinceau, sa gorge pommelue à devise, ses bras moulés, ses hanches un peu bassettes et fournies à mesure, et ses grèves longues et bien tournées, on la prendrait pour la reine elle-même. Dans l'ombre de la nuit le roi ne s'aperçut pas du change ; il trouva sa compagne à son gré et telle qu'il l'avait imaginée en ses songes. Quand le roi fut vaincu par le sommeil, Brangaine se leva, partit, et Iseut, à son tour, pour prendre place à côté du roi endormi, entra sous les courtines.

VII

La cour du roi Marc à Bodmin et à Lancien. — Iseut tente de se défaire de Brangaine. — Premiers soupçons. — Tristan rossignol.

La cour mena grande liesse le lendemain et les jours suivants. Le roi Marc était bien aise et content ; il faisait belle chère à tous ; il semblait très amoureux de sa femme et lui montrait grande douceur, l'appelait devant tous ma douce rien, mon cœur, ma mie, ma drue. Iseut aussi paraissait heureuse ; chacun la trouvait gracieuse et accointable, et bonne et charitable. L'adoubement des cinquante bacheliers eut lieu au jour marqué, suivi du grand tournoi annoncé. Le roi Marc voulut parcourir toute sa terre en compagnie de son épouse. Aussi la cour laissa Tintagel et se rendit à belle chevauchée à Bodmin, avec long convoi de chars et de sommiers. Là, dans une belle prairie, mille chevaliers disputèrent le prix de la valeur. Jamais on n'avait vu tant de forts destriers cou-

rants, sors, baucents, bais et liards, tant de
heaumes et d'écus reflamboyant au soleil, tant
d'enseignes de toutes couleurs, tant de pennons
et de bannières, et tant à la fois de belles dames
parées et acêmées, et tant de demoiselles aux tresses galonnées et aux chapelets de fleurs. Si vous
aviez ouï le froissis des hantes volant en éclats, et
le heurtis du fer sur les écus, et tous ces écus
écartelés et mis en pièces, quand les deux rangs de
chevaliers fondaient l'un sur l'autre, vous eussiez
dit jeux de chapuis et de bûcherons. Les uns guer-
pissent l'étrier et roulent à terre, tandis que les
autres accourent pour les rançonner, et que leurs
amis viennent à leur rescousse. Plus d'un gagna
gros de livres d'esterlins, sans compter les armes ni
les destriers. Mais le roi Marc ne voulut pas que nul
y perde. Il donna du sien à foison pour contenter
tout le monde.

Quand les fêtes furent finies, la cour se sépara.
Il ne demeura auprès du roi et de la reine que les
privés et les proches parents. Ils se mirent en route
et allèrent à Lancien où le roi séjournait plusieurs
mois chaque année. Iseut commença à voir Tristan
en secret ; mais ils ne pouvaient tant se celer qu'on
ne pût apercevoir quelque chose de l'étrange amitié
qui les liait.

Un jour que Tristan avait mené la trèche, valets
et pucelles s'étaient éloignés dans la prairie ; il se
trouva seul avec Iseut, et ne put se tenir de la
baiser sur la bouche. Un éclat de rire partit de
dessous un saule, et un affreux petit nain tout
bossu parut, qui s'enfuit à toutes jambes. C'était

le nain du roi, Frocin, qui tant savait d'art et
d'engigne. Plusieurs fois Iseut se figura qu'on
l'avait vue avec Tristan, et elle prit peur. Elle
craignait que Brangaine, qui connaissait son secret,
ne se laissât aller à la trahir malgré elle. Elle
s'apensa que si sa chambrière parlait, elle serait perdue ; et le diable lui souffla une pensée noire.
Malétrenne puisse-t-elle avoir de brasser tel chau-
deau à sa fidèle amie ! Elle manda trois serfs du château et leur dit : « Vous allez emmener Brangaine
dans la forêt. Ne laissez rien paraître tant que vous
soyez très loin, en lieu désert et dévoyable, et là,
vous lui trancherez la tête : elle a fait une chose
qui déplaît à mon seigneur ; je ne puis en dire
davantage. » Les serfs répondent : « Dame, nous
ferons votre commandement. » Après, Iseut manda
Brangaine. « Amie, fait-elle, j'ai eu grand travail
au cœur qui s'est tourné en mal de tête, dont je
tomberai bientôt en langueur et mélancolie si je
n'y prends garde. Va me cueillir de bonnes herbes
dans la forêt. Ceux-ci t'accompagneront. — A
votre volonté », dit Brangaine.

Lors, les serfs se mirent en chemin. Ils allèrent
plus d'une lieue, par petites sentelettes et voies
détournées, tant que Brangaine fut prise de frayeur.
« Où me menez-vous si loin ? » dit-elle. L'un des
serfs jeta un ris. « Demoiselle, nous sommes venus
ici pour vous couper le cou. — Me couper le cou,
pourquoi ? dit Brangaine qui tremblait comme la
feuille en l'arbre. — Nous ne savons, mais nous
faisons le commandement de la reine. » Ce disant,
l'un d'eux tira de dessous sa souquenie un large

couteau aiguisé tout de neuf ; et il dit à ses compagnons : « Il m'est avis qu'il convient de la tuer maintenant, puis nous retournerons. » Les deux autres se saisissent de Brangaine, lui enlèvent cotte et manteau, lui lient les mains derrière le dos ; ils ôtent l'agrafe de la chemise, et ils voient les mamelettes blanches comme fleur de lis et sentent le cœur angoissé qui sautèle. « N'est-ce pas musardie, dit le plus grand des trois, d'occire si belle femme et si gentille ? — Il faut faire ce qu'on nous a commandé, dit l'autre pautonnier. — Mais, peut-être, nous le reprochera-t-on après, et nous y perdrons la tête à notre tour. » Brangaine se jeta à leurs pieds criant merci. « Vous avez donc mépris vilainement envers la reine, lui dit l'un des serfs, pour qu'elle se défasse ainsi de vous ? — Seigneurs, Dieu m'assiste, je ne lui méfis, que je sache, hormis seulement que, quand madame Iseut partit d'Irlande, elle avait une chemise de lin plus blanche que neige neigée ; elle devait en faire présent au roi Marc ; et il y avait avec elle une sienne demoiselle qui en avait une autre aussi gente et aussi fine. Madame perdit la sienne dans la mer pendant le voyage ; ce dont elle eût été malvoulue, si la demoiselle dont je parle ne lui avait offert, de par moi, la sienne qu'elle avait bien gardée. Madame fut ainsi tirée d'embarras. Je crois que c'est pour cette bonté qu'elle veut me faire mourir, car je ne vois d'autre raison. — Mais si nous vous épargnons, dirent les pautonniers, comment nous sauverons-nous nous-mêmes ? — Laissez-moi la vie, et je vous donne loyale assurance que je m'en irai en

tel lieu dont ni vous ni ma dame n'entendrez jamais
parler. »

Les serfs eurent pitié de la demoiselle ; ils la
lièrent à un arbre. « Laissons-la ici, dirent-ils, elle
s'arrangera avec les bêtes sauvages ou s'enfuira
si elle peut. Ce serait honte et droite diablerie d'égor-
ger une pucelle sans défense. » Ils firent comme ils
avaient dit et revinrent. En chemin, ayant rencontré un lièvre qui débûchait d'une épine, l'un
d'eux lui lança son fauchon et le tua. Ils parurent
devant la reine, et montrant la lame ensan-
glantée : « Reine, disent-ils, nous avons fait votre
volonté. — Ah! dit la reine en pâlissant. N'a-t-elle
rien dit ? — Si fait : elle a parlé d'une chemise
qu'elle vous avait prêtée, après que vous eûtes
perdu la vôtre. — C'est tout ? — Sur les saints
évangiles, dame, elle n'a rien dit de plus. — Faillie
servaille, gloutons, ribauds, meurtriers, vous
m'avez tué mon amie! Vous êtes pires que Sarrasins.
Vous serez pendus et traînés à la claie. — Reine,
disent les serfs, vos paroles sont étranges! N'est-ce
pas vous qui nous avez commandé d'occire votre
chambrière ? N'accusez que votre mauvaiseté et
non la nôtre. » En les entendant ainsi parler, Iseut
s'adoucit. Elle dit : « Ne mentez pas : Brangaine
est-elle encore vivante ? — Oui, dame, par la grâce
de Notre-Seigneur, le glorieux du Ciel, et par le
grand sens et la prudence de vos serfs qui savent
la femme mal fiable et diverse et plus changeante
qu'épervier en mue. Nous aurions eu remords de
détruire une si belle demoiselle. — Loué soit
Dieu et adoré! s'écrie Iseut ; allez tôt et me la

ramenez. Vous aurez six sous d'angevins pour votre peine. »

Les serfs sautent sur un roncin et vont grand erre à la forêt. Cependant Iseut pleure et se lamente : « Ha ! comment ai-je pu être à ce point mal sage que j'aie pensé à faire mourir ma chère Brangaine ! Ah ! Iseut, qui t'aurait crue si forsenée ! Certes, je ne suis pas de mauvaise étoffe, mais de petit gouvernement ; je suis faible femme, légère, mal conseillée, prompte au fait, fût-il damnable. Ah ! les sages de l'antiquité ont dit vrai, et ceux qui m'ont enseignée ont eu raison : femme est hardie pour couvrir sa honte. On voit bien que Dieu l'a faite d'une côte d'Adam, tortue et bétournée : elle besogne par voies obliques et tortueuses, et n'a sens ni droiture. »

Les serfs ne tardèrent pas à ramener la chambrière. Iseut la presse dans ses bras, lui baise les yeux et les joues. « Pardonne-moi ma folie, chère Brangaine ; j'étais ivre ; j'ai méfait par conseil de l'Ennemi. Aie pitié, sachant que cœur de femme est variable et sans mesure devant le péril. Le sage dit, et c'est vérité : Il n'est plus hardie créature à mal faire que la femme ; elle est rétive comme mule et perd le sens quand elle est maîtrisée par la crainte ou le désir. Mais tôt ou tard folle femme est dolente ! Tu me vois, chère Brangaine, triste et honteuse de ma déraison. — Dame, dit la meschine, votre plus grand péché fut de douter de la fidélité de Brangaine. — Je serai ta sûre amie désormais ; pardonne-moi, Brangaine, et demeure mon amie. » Et les deux femmes s'étreignent en pleurant.

Le comte Andret avait la haute main sur l'hôtel du roi, et il surveillait son cousin d'un œil jaloux, épiait toutes ses allées et venues. Tristan logeait hors du château dans une maison de la ville. Une nuit d'hiver, Andret remarqua que Tristan était sorti ; il suivit la trace de ses pas sur la neige, à la clarté de la lune, jusqu'au verger qui joignait le château du roi, et trouva une fraite dans la haie. Il pense d'abord que Tristan est venu par là pour l'amour de quelque meschine, mais soudain il s'avise que peut-être c'était pour voir la reine. Il entre dans le château, traverse les salles basses où les veilleurs dormaient sur leurs bancs, à la lueur de quelque cierge ; il monte les degrés, va le long des allées silencieuses en tâtant les parois, vient à l'huis d'une chambre. Par une treille de fer, il aperçut les amants gisant dans le même lit. Si la peur ne l'eût retenu, il eût crié et jeté le défi à Tristan, mais il redoutait sa chevalerie. Il se contenta, le lendemain, quand il rencontra Tristan, de lui laisser entendre à mots couverts qu'il savait où il avait passé la nuit.

Le roi, averti par le traître, voulut éprouver la reine. « Douce amie, lui dit-il, quand ils furent couchés ensemble la nuit suivante, j'ai grand désir de m'en aller en pèlerinage ; il y a grand pièce que j'ai fait ce vœu à monseigneur saint André : je ne saurais plus tarder à l'accomplir. Une seule chose me retient ; je ne sais à qui confier la garde du royaume. — Beau sire, je ne sais pourquoi vous hésitez sur le choix, lui répondit la reine. N'avez-vous pas votre neveu Tristan à qui vous vouliez laisser votre terre ? N'est-il plus digne de votre confiance ? » Le roi vit dans ces paroles qu'Iseut était joyeuse de le voir partir au loin, afin de se retrouver seule avec Tristan. Il dit à Andret : « Je crois que tu as raison ; il y a certainement conjuration secrète entre la reine et mon neveu. — Éloignez-le, roi, vous en serez plus aise et plus tranquille. — Nous verrons, répondit le roi ; cette affaire ne regarde que moi seul. » De son côté, Iseut appela Brangaine et lui dit : « Je vais t'apprendre une nouvelle : le roi veut aller en pèlerinage ; je demeurerai sous la garde de mon ami. Enfin nous aurons joie et déduit sans contrainte. — D'où tenez-vous ceci ? dit Brangaine. — Du roi. — Dame, vous avez petit savoir et n'êtes guère adroite à feindre ; le roi a voulu vous éprouver, et vous vous êtes trahie. Ne voyez-vous pas que c'est Andret qui a pourpensé et brassé tout ce tripot ? » Sur quoi, Brangaine l'a bien endoctrinée et lui a dit comment elle devra se contenir avec le roi désormais.

La nuit d'après, le roi se mit à soupirer. « Amie, nul ne m'est plus cher que vous, et la pensée que je dois vous laisser me travaille plus que je ne saurais dire. » Lors Iseut, comme bien enseignée, soupire et pleure et fait semblant de femme éplorée. « Ah ! sire, je croyais que vous gabiez, et je vois maintenant qu'il n'est que trop vrai que vous allez me laisser ! Hélas ! que ferai-je ? Comment vivrai-je sans vous ? Emmenez-moi, sire, ou renoncez à ce voyage ! » Le roi fut touché. Il dit qu'il demeurera pour ne faire point de peine à sa femme. Ce fut une déconvenue pour Iseut, mais surtout pour le comte.

Les amants, se sentant soupçonnés, convinrent de ne se voir de quelque temps. Tristan troussa ses bagues et s'en alla chevauchant, et séjourna deux ou trois mois en son pays de Loonois. Avec quelle joie il fut accueilli par le Foitenant et ses hommes! Le vieux maréchal eût voulu le retenir et lui remettre la terre dont il avait eu la garde, mais Tristan lui dit qu'il n'avait d'autre désir désormais que de servir le roi, son oncle, et qu'il lui abandonnait son domaine et tout son honneur. « Vous tiendrez ma terre, mon bon père nourricier, lui dit-il, et votre fils la tiendra après vous : elle ne pourrait être en de meilleures mains. » Tristan ne pouvait durer longtemps loin de sa mie. Quand ce vint à l'entrée d'avril que l'herbe verdoie par les prés et que les oiselets commencent à chanter, il retourna en Cornouaille. Il s'hébergea chez Dinas et ne songea plus qu'à imaginer mille moyens pour revoir sa chère drue.

Tristan savait contrefaire le rossignol, le geai, le pinson, le merle et le loriot. Ce soir-là, dans le jardin du roi, il s'était changé en rossignol, et il faisait telle mélodie qu'à l'écouter il n'est cœur malade d'amour qui n'en eût ressenti une grande douceur. Cependant Iseut était dolente et angoissée dans sa tour, car léans sont dix chevaliers ou sergents qui n'ont d'autre métier, comme le nain félon, que de la guetter et de l'empêcher de sortir, si elle en avait envie. Elle a ouï son cher ami qui s'est déguisé en oiseau. Le roi endormi la tient dans ses bras. Tristan, au-dehors, chante, hue, gémit et pleure, tout ainsi que le piteux rossignol, quand il prend congé à la fin du printemps. Le chant coule une grande tendresse dans le cœur d'Iseut. Elle soupire : « Je n'ai qu'une vie, mais elle est partagée en deux ; j'en ai une part, et Tristan a l'autre. Cette part de moi qui est là dehors, je l'ai plus chère que mon corps. Je priserais peu celle qui est deçà, si delà périssait l'autre. Je ne la laisserai mourir à aucun prix. Je cours là-bas, quoi qu'il avienne, à la grâce de Dieu ! » Tout doucement, elle se délaça des bras du roi et se glissa hors du lit. Elle met sur sa chemise un manteau fourré de gris, couvre son visage d'un voile ; elle passe sans bruit devant les chevaliers endormis, aucuns en l'aire, aucuns en lits : ces chevaliers étaient chargés de la garder ; cinq reposaient, quand les cinq autres veillaient, les uns aux huis, les autres aux fenêtres, pour épier dehors les allées et venues de ceux dont le roi avait sujet de se méfier. Car telle est la vie des puissants et des jaloux dans ce monde : le jour ils ont noise, bataille, colère, la nuit soupçon et peur.

Madame Iseut était étroitement gardée, mais cette nuit elle est allée parmi les guetteurs. Elle s'en vint tout bellement jusqu'à l'huis dont elle tira la barre. L'anneau fit entendre un petit tintement qui éveilla Frocin. Le nain bossu regarde de toutes parts ; il s'écrie : « Eh là ! » Iseut ne s'en émut ; elle sortit du palais. Il saute comme un corbelet, s'affuble d'une chape à pluie et se met à courir après la reine. Il la happe par le pan du manteau. « Arrêtez, dame ! lui crie-t-il. A quelle

8

heure issez-vous hors de la chambre? Par mon
chef, je n'y vois semblant de loyauté! » Iseut
a grand dépit et courroux. Elle lève la paume sur
le nain et lui donne une buffe de grande vigueur :
« Ayez le salaire d'une chambrière! » lui dit-elle.
Le nain trébuche sur un banc et s'enfuit en brayant,
et fait tel effroi que le roi se réveille. « Qu'y a-t-il ?
Nain, que me veux-tu ? — Sire, c'est la reine qui
m'a féru. Elle est sortie seule en tapinois. Je voulus
la retenir, mais elle m'a baillé telle grognée que je
m'émerveille si je n'y ai perdu quatre dents. —
Tais-toi, cafard, Madame Iseut n'est si hardie. Tu
t'es mépris comme un sot. Tristan n'est pas en ce
pays, et tu l'as contrariée à tort. Laisse madame
se promener dans le jardin, si elle en a envie. Je
regrette de l'avoir tenue si serrée. »

Iseut se rit du mauvais nain et se hâte de rejoindre son ami. Tristan s'élance vers elle ; ils parlent
peu ; ils s'enlacent et se donnent mille baisers, et
une grande partie de la nuit, ils vont menant leur
joie.

VIII

*L'ombre dans la fontaine. — Les devinailles du nain
Frocin. — Le roi fait la paix avec son neveu.*

Tristan, à quelque temps de là, fit annoncer son
retour, et le roi ne lui fit pas mauvais accueil. Mais
les espions étaient aux écoutes ; Andret en avait
mis partout. Le nain aussi avait juré de se revan-
cher. Tristan faisait de son mieux pour déjouer la
médisance. Pour approcher Iseut, il savait plus
d'engin que fèvre de marteau et d'enclume. Il
ordonna sa besogne de la manière que je vous deviserai. Il y avait dans le jardin du roi un grand pin
d'où sourdait une fontaine abondante et claire à
merveille : un ru en descendait parmi l'herbois,
qui venait sous les murs du château, et de là entrait
dans une salle voûtée, toute proche de la chambre
des femmes. Tristan, quand les gens reposaient,
taillait des copeaux de bois où il gravait certains
signes et les laissait aller au fil de l'eau. Brangaine

prenait les copeaux dans le bassin et courait avertir sa dame. Les amants se retrouvaient alors sous le pin où ils faisaient grande partie de leur volonté. Or le nain Frocin était astrologue, et souvent il errait dans le jardin, regardant les étoiles. Il vit le tripot. Il conta au roi Marc la trahison de son neveu. Le roi voulut en avoir le cœur net. Il mande des veneurs et leur dit qu'il chassera quinze jours dans la forêt. Pour ne rien laisser soupçonner de ses véritables intentions, il les envoya dresser des tentes et des loges de ramée et y fit porter le pain, le vin et la vitaille. Et une nuit, quand tous le croyaient loin, il alla se cacher dans le pin de la fontaine où on lui avait dit que son neveu et sa femme tenaient leurs plaids. Il vit bientôt venir Tristan, qui s'assit au pied de l'arbre, puis Iseut s'avancer, enveloppée dans sa chape. Tristan tendait déjà les bras à son amie, quand il aperçut l'ombre du roi dans la fontaine. Il demeure cloué par la peur. Iseut aussi a vu l'image dans l'eau. Elle s'avise alors d'une ruse.

« Sire Tristan, dit-elle à haute voix, vous faites grand péché en me mandant à telle heure. Pour Dieu, je vous en prie, ne me mandez plus ; je ne viendrais pas. Le roi pense que je vous aime follement. Mais j'ai juré que nul ne m'a jamais touchée, sinon celui qui me prit pucelle. Si les félons de cette terre, pour qui vous combattîtes et mîtes à mort le Morhout, lui font accroire que nous sommes trop bien ensemble, jamais vous n'eûtes vouloir, ni moi-même n'eus intention de faire de cette amitié une chose coupable. J'aimerais mieux être morte et ma poussière éparse au vent que de trahir avec un autre homme celui que je tiens pour mon seigneur. Vous fûtes blessé cruellement dans le combat que vous vous livrâtes à mon oncle le Morhout ; je vous guéris ; ce n'est pas merveille, ma foi, si vous vous dites mon ami. Mais puisqu'on nous reprend faussement de déloyauté, Tristan, ne m'appelez plus. Je suis ici au péril de ma vie. Le roi semble ignorer que, si je vous aime un peu, c'est que vous êtes de sa parenté. Je pensais jadis que ma mère devait aimer les parents de mon père, et elle avait coutume de dire que femme ne chérirait vraiment son mari qui n'en aimerait pas la famille. C'est pour avoir suivi son conseil que j'ai perdu la confiance du roi, mon époux. »

Tristan, en entendant son amie parler ainsi, comprit qu'elle aussi s'était aperçue de la présence du roi ; il en rend grâce à Dieu. « Iseut, dit-il, je vous ai mandée de bonne foi. Depuis que votre chambre me fut interdite, je ne puis plus vous parler. Je viens vous supplier de vous souvenir de ce malheureux qui a peine et deuil. J'ai tel deuil que le roi pense mal de moi que je n'ai plus qu'à mourir. Je voudrais qu'il fût assez sage qu'il ne croie les flatteurs qui lui demandent de m'éloigner. Ces pautonniers ne cachent pas leur joie et font leur risée de la crédulité du roi. Ils ne voudraient pas qu'il y eût avec lui un homme de son lignage. J'ai travaillé à lui trouver la femme qu'il cherchait ; son mariage est mon œuvre. Ah! pourquoi le roi est-il si fou ? Je me laisserais pendre à un arbre plutôt que je prisse quelque privauté avec vous.

Il ne me permet pas de me défendre. Il est irrité contre moi à cause de ces félons qui le trompent, et il n'y voit goutte. Je les ai vus sourds et muets quand le Morhout est venu ici réclamer son tribut. Pas un seul n'osa s'adouber. Mon oncle était pensif et angoissé. Je m'armai pour sauver son honneur ; je combattis. N'ai-je pas le droit d'avoir de l'amertume ? Pense-t-il que ce n'est pas péché de me traiter ainsi ? Dame, dites-lui sur l'heure qu'il fasse faire un feu ardent, et j'entrerai dans le bûcher . si un seul poil brûle de la haire que j'aurai vêtue, qu'il laisse consumer mon corps et mes os ; car je sais bien qu'il n'y a pas dans sa cour un seul baron qui revienne d'une bataille avec moi. Dame, votre noblesse ne sera-t-elle pas touchée ? Je vous crie merci. Donnez-moi cette marque d'amitié. — Par ma foi, sire, vous avez grand tort quand vous me priez de voir le roi pour qu'il vous accorde son pardon. Je ne veux pas mourir encore. Il vous soupçonne à mon sujet, et vous voudriez que je lui parle de vous ? Je ne le ferai pas. Je suis toute seule en cette terre. Il vous a défendu l'entrée du palais à cause de moi. Certes, s'il oubliait son mécontentement, j'en serais heureuse. Mais s'il savait cette chevauchée, je suis bien certaine aussi qu'il n'y aurait pour moi de recours contre la mort. Adieu. J'ai déjà trop demeuré. »

Iseut s'en retourne. Tristan la rappelle : « Dame, conseillez-moi par charité. Je ne vous blâme pas de vous en aller, mais je ne sais à qui me plaindre. Le roi me hait. J'ai engagé tout mon harnais ; faites-le-moi délivrer, et je m'enfuirai loin de la Cornouaille.

J'ai grand renom de prouesse par toutes les terres, et je sais qu'il n'y a cour au monde, si j'y vais, où le sire ne m'avoue comme sien. Iseut, pensez à moi : acquittez-moi envers mon hôte. — Je m'étonne, Tristan, que vous me donniez un tel conseil : vous serez cause de mon malheur. Vous savez bien le soupçon qui pèse sur moi, à tort ou à raison. Si le roi entend dire que j'ai fait acquitter vos gages, la chose paraîtra évidente. Certes je ne suis pas si osée ; je ne le vous dis pas par avarice. » Là-dessus Iseut s'en va. Tristan la salue en pleurant. Il s'accoude sur le perron de marbre et se lamente tout seul. « Ha ! beau sire saint Samson, je ne pensais pas faire telle perte ni m'enfuir avec telle pauvreté ! Je n'emmènerai armes ni destrier, ni compagnon, hormis Gorvenal. Ha ! Dieu ! on fait peu de cas d'homme dépourvu ! Quand je serai en une autre terre, si j'entends chevalier parler d'aventures, je n'oserai sonner un mot. L'homme dénué n'a pas lieu de parler. Bel oncle, il me connaît bien peu, celui qui m'a soupçonné au sujet de ta femme... »

Le roi qui était dans l'arbre a entendu tout l'entretien. Une grande pitié le prend pour son neveu, et il déteste le nain de Tintagel. « Hélas ! pense-t-il, ce nain m'a trop déçu ! Il me fit monter sur cet arbre pour ma honte. Il m'a noirci Tristan par ses mensonges. J'ai bien envie de le faire pendre. J'ai été fou de croire ce qu'il m'a conté de ma femme. Il aura plus dure fin que Segoçon le nain à qui l'empereur Constantin fit couper les génitoires quand il l'eut trouvé avec sa femme : il l'avait couronnée à Rome ; maints prudhommes la servaient ; il la chérissait et l'honorait : elle lui méfit, et elle en pleura. » Il descend de l'arbre ; il se dit qu'il peut avoir confiance en sa femme, et qu'il n'écoutera plus les barons du royaume qui lui ont fait accroire une chose qui est un mensonge prouvé, et le nain aura la récompense qu'il mérite. « Si ce qu'on m'a dit était vrai, pense-t-il, cette entrevue ne se fût pas terminée de la sorte ; s'ils s'aimaient de fol amour, ils avaient loisir de s'en donner les preuves. Je les aurais vus s'entre-baiser. Or ils n'en avaient nullement le désir. Dès demain matin, je ferai la paix avec Tristan ; il aura congé d'être au palais, à son plaisir ; et il ne parlera plus de sa fuite. »

Cependant Frocin, le nain bossu, était dehors ; il regardait en l'air l'Orient et Lucifer ; il connaissait les influences des étoiles et des planètes ; il savait ce qui devait être ; à la naissance d'un enfant il pouvait en deviser toute la vie. Le nain Frocin, plein de grande malice et mauvaiseté, se travaillait de décevoir celui qui devait lui arracher l'âme du corps. Il lit dans les étoiles l'accord du roi et de son neveu, et il écume de rage. Il sait que le roi a menacé de le mettre à mort, et il tremble d'effroi. Il s'enfuit aussitôt vers le pays de Galles. Le roi le fait chercher et ne peut le trouver, et il en a grand deuil.

Iseut est entrée en sa chambre. Brangaine la vit toute pâle et s'enquit de ce qu'elle avait.

« Brangaine, j'ai bien sujet d'être pensive. Nous

avons été trahis. Le roi était dans l'arbre ; j'ai vu
son ombre dans la fontaine. Heureusement Dieu
voulut que je parlasse la première ; je ne soufflai
mot de ce que j'aurais dû dire, mais je ne fis entendre que plaintes et merveilleux gémissements.
Je blâmai Tristan de me mander à telle heure. Il
me pria à son tour de l'accorder avec le roi ; je
lui répondis que c'était grande légèreté à lui de me
demander telle chose. Ainsi le roi ne put rien découvrir qu'il pût nous reprocher. — Dame Iseut,
Dieu vous a fait une grâce notable, car cet entretien aurait pu plus mal tourner. »

Tristan de son côté avait tout raconté à son
maître, et Gorvenal loue Dieu que Tristan se soit
contenu sagement avec son amie.

Le roi ne put trouver son nain : c'était le pis qui
pouvait arriver à Tristan! Il rentra au palais.
Iseut le voit ; la crainte la saisit de nouveau.
« Sire, qu'y a-t-il ? Pourquoi venez-vous ainsi
soudain ? — Reine, j'ai à vous parler. Ne me celez
rien, car je veux savoir la vérité. — Sire, jamais
je ne vous mentis. Je ne commencerai pas aujour-
d'hui, dussé-je recevoir la mort. — Dame, depuis
quand as-tu vu mon neveu? — Sire, il n'y a pas
une heure : je ne le vous cacherai pas, je le vis et
lui parlai sous le grand pin. C'est un grand chagrin pour moi que vous puissiez penser qu'il y a
quelque chose de coupable dans mon amitié pour
Tristan. Si vous ne me croyez pas, mettez-moi à
l'épreuve : ma bonne foi me sauvera. Tristan,
votre neveu, me donna rendez-vous sous le pin.
Je ne pouvais moins faire que de le traiter avec

quelque égard : c'est grâce à lui que je suis reine.
Si ce ne fussent les faux rapports qu'on vous a
faits, je l'eusse traité plus honorablement. Il est
votre neveu, sire : c'est pourquoi je l'ai aimé. Mais
les traîtres, les menteurs qui le veulent éloigner
de la cour, sont parvenus à mettre le doute dans
votre âme ; puissent-ils en être pour leur male
honte! Tristan m'a suppliée de vous voir pour que
je l'accordasse avec vous. J'ai refusé, et lui ai dit
de ne me mander plus à l'avenir. Vous ne me croyez
pas ; je n'en puis mais ; tuez-moi si vous voulez,
mais je ne l'aurai pas mérité. Tristan s'en va à
cause de cette discorde qui est entre vous et lui.
Je sais qu'il veut passer la mer. Il m'a demandé
d'acquitter son hôtel ; je lui ai dit que je ne le
pouvais sans donner prise au soupçon. Voilà la
vérité, sire. Si je mens, tranchez-moi la tête.
J'eusse volontiers payé ses dettes, si j'eusse osé,
mais je ne veux mettre quatre besants en son
aumônière à cause de la médisance. Il s'en va
pauvre ; Dieu le conduise! Par grand péché, vous
ne lui donnez d'autre choix que la fuite. Il ne reviendra jamais en ce royaume. Dieu lui soit vrai
ami! »

Le roi, qui avait tout entendu du parlement, sut
bien que Iseut ne mentait pas. Il l'accole et la baise
plus de cent fois. La reine pleure ; le roi l'apaise et
l'assure qu'il ne les soupçonnera plus ; que l'un et
l'autre aillent et viennent à leur gré dans le palais.
L'avoir du roi sera celui de Tristan : ils mettront
tout en commun. Et le roi ne croira plus les mauvaises langues de Cornouaille. Le roi a dit à la reine

comment le félon nain Frocin lui a annoncé le
parlement, et comment il fit monter le roi dans
l'arbre pour y assister, à la tombée de la nuit.
« Sire, vous étiez dans le pin ? — Oui, belle amie,
et vous n'avez pas dit une parole qui m'ait échappé.
Quand j'ouïs Tristan retracer la bataille que je
lui fis entreprendre, je fus ému : peu s'en fallut
que je ne tombasse de l'arbre. Je l'entendis parler
des souffrances qu'il endura, en mer, de la plaie
dont vous le guérîtes, et quand il vous requit
quittance de ses gages, je fus attristé de votre refus.
Pitié me prit, et en même temps je fus content
de voir la distance que vous mîtes entre vous,
l'un et l'autre. — Sire, il m'est agréable de savoir
que vous avez pu juger par vous-même des sentiments qui m'unissent à Tristan. Nous avions beau
loisir de vous en donner la preuve, si Tristan
m'aimait vraiment de fol amour ! Et vous avez
bien vu qu'il ne m'approcha pas et ne me prit le
moindre baiser. L'eussiez-vous cru, si vous ne
l'aviez vu de vos yeux ? — Par Dieu non », dit le
roi. Il appela Brangaine : « Brangaine, va chercher
mon neveu à la maison, et s'il te dit qu'il ne veuille
venir pour toi, dis-lui que c'est moi qui le demande.
— Il me hait, sire, répond Brangaine : c'est à
grand tort, Dieu le sait. Il dit que sa brouille avec
vous est venue par ma faute. Vous m'envoyez à
ma perte. Toutefois, je veux espérer que pour vous
il se radoucira. Mais quand il sera ici, pour Dieu,
sire, accordez-vous avec lui. (Vous voyez la rusée !
Sait-elle bien mentir et gaber !) — Oui, Brangaine,
je ferai ce que je pourrai. Va tôt et me l'amène. »

Iseut sourit à part soi. Le roi ne cache pas sa joie. Brangaine court vers la porte. Tristan était derrière le mur ; il avait tout entendu. Il prend la meschine dans ses bras, l'accole, et remercie Dieu. Dorenavant il aura Iseut à son gré. « Sire, lui dit Brangaine, le roi a tenu un long discours sur toi et sur ta chère drue. Il oublie son ressentiment ; il déteste ceux qui t'ont noirci. Il m'a commandé de t'aller trouver. J'ai dit que tu étais irrité contre moi. Fais semblant de te faire prier et de venir à contrecœur. Et si le roi te parle à mon sujet, tâche de rechigner un peu. » Tristan serra Brangaine dans ses bras ; sa joie ne connaît pas de bornes.

Ils s'en vont à la chambre peinte, où le roi se tient avec Iseut. « Neveu, fait le roi, quitte ton mécontentement à Brangaine, et je te pardonnerai le mien. — Mon cher oncle, écoutez-moi, dit Tristan. Vous prenez bien à la légère votre ressentiment contre moi, vous qui m'avez chargé (mon cœur en pleure) de si grande félonie. Si j'eusse fait ce que vous avez cru, je serais digne du mépris de tous, et la reine serait honnie. Jamais nous ne le pensâmes, Dieu le sait. Celui-là vous hait qui vous a fait croire telle merveille. Un roi a plus sujet que nul homme de redouter les médisants qui ne sont jamais las de parler et de rapporter plutôt le mal que le bien, et dont le faux langage diffame et salit la bonne renommée de mainte dame et demoiselle. Dorenavant, conseillez-vous mieux, sire, et ne grondez plus contre la reine ni contre moi qui suis de votre lignage. — Je ne le ferai, beau neveu, je le jure. »

Ainsi fut faite la paix. A partir de ce jour, Tristan eut de nouveau ses entrées au palais. Il était heureux ; il allait et venait dans la chambre des dames, et le roi n'en avait nul souci.

IX

Les trois félons. — La fleur de farine. — Les amants condamnés au feu. — Le saut de la chapelle. — La reine donnée aux méseaux. — Sa délivrance.

Ha! Dieu! comment les amoureux pourraient-ils tenir un an ou deux sans se découvrir? L'amour ne se peut celer. Leur secret est une chaîne qui leur pèse. Ils n'ont jamais de repos, car ils ne peuvent partout avoir leurs aises ; ils sont contraints de se donner le mot et de chercher toujours de nouveaux refuges ; ils échangent un regard, une parole à la dérobée, quand le médisant les épie.

Il y avait à la cour trois barons : jamais vous ne vîtes plus félons. Ils s'étaient juré que si le roi ne chassait son neveu du pays, ils se retireraient dans leurs châteaux et lui feraient la guerre. Ils avaient vu dans un verger sous une ente fleurie la belle Iseut et Tristan enlacés, et plus d'une fois ils les avaient trouvés gisant tout nus ensemble dans le lit du roi Marc. Car lorsque le roi part pour la

chasse, Tristan dit : « Sire, je m'en vais », puis
il demeure et entre dans la chambre de la reine.

Un jour, conseil pris, les trois barons ont tiré à
part le roi Marc et lui ont dit : « Sire, cela va mal.
Ton neveu aime la reine. Quiconque le désire peut
en avoir la preuve. Nous ne le voulons souffrir. »
Le roi entend ; il soupire, il baisse la tête ; il ne
sait que dire ; il erre à grands pas dans la salle.
« Roi, disent les trois félons, nous ne voulons consen-
tir à cette honte. Nous savons que tu as fermé les
yeux là-dessus jusqu'à ce jour. Il faut agir. Conseille-toi. Si tu ne congédies Tristan, de telle sorte
qu'il ne revienne jamais à la cour, notre amitié sera
rompue, et tu n'auras paix avec nous ni avec nos
voisins. Telles sont nos conditions. Dis-nous maintenant toute ta volonté. — Seigneurs, répondit le
roi, vous êtes mes féaux. Dieu m'aide ! Mon neveu
a d'étranges manières, mais je m'étonne qu'il ait
cherché à me déshonorer. Conseillez-moi, je vous
le requiers. Vous savez que je n'ai pas d'orgueil,
et je ne veux pas perdre votre service. — Sire,
disent les barons, voyez votre nain : il a merveilleux
savoir. Mandez et interrogez le devin, et finissons-en
avec cette affaire ! »

Or écoutez la trahison du méchant bossu.
Maudits soient tous ces devins et astrologues !
Le nain est venu ; l'un des barons l'accole. Le roi
lui dit ce qui le tient en souci. « Roi, dit Frocin,
commande à ton neveu d'aller dès demain matin
à Carduel, chez le roi Artur : qu'il lui porte un bref
écrit en parchemin bien scellé de cire. Tristan
couche devant ton lit. Tout à l'heure, je sais qu'il

parlera à Iseut pour lui annoncer son départ. Sors
de la chambre au premier sommeil. Je te jure que
si Tristan aime la reine de fol amour, il viendra à
elle pour lui parler, et s'il y vient, et si je ne le sais,
et si tu ne le vois, détruis-moi. Ils seront pris
prouvés sans serment. Roi, laisse-moi faire et tirer
les sorts à ma volonté et ne parle à Tristan de son
voyage jusqu'à l'heure du coucher. » Le roi répond :
« Ami, il en sera comme tu le désires. »

Le nain était de très grande perfidie. Il alla
chez un boulanger, acheta pour quatre deniers de
fleur de farine et la mit en son giron.

Après souper, les chevaliers allèrent se coucher
par la salle. Tristan fut au coucher du roi. « Beau
neveu, fait celui-ci, tu iras demain matin porter
ce bref au roi Artur, à Carduel. Salue-le de ma part
et ne demeure qu'un jour avec lui. — A votre
volonté. », répond Tristan. Le roi ajouta : « Tu te
mettras en chemin avant l'aube. »

Tristan fut en grand émoi. Entre son lit et celui
du roi Marc, il y avait bien la longueur d'une lance.
Il vint à Tristan une idée folle : il se dit qu'il tâche-
rait de parler à la reine, dès que son oncle serait
endormi. O Dieu! quelle témérité!

Quand ils furent tous couchés, le nain Frocin
entra sans bruit dans la chambre. Il répand entre
les deux lits la fleur de farine pour qu'elle retienne
la trace des pas, si Tristan s'avise de s'approcher
de la reine. Tristan vit besogner le nain ; il pensa
qu'il ne faisait pas cela sans qu'il lui fût commandé,
car il n'avait pas coutume d'être si empressé au
service. Il se promit bien de déjouer la ruse du

sournois. Quelques jours auparavant, tandis qu'il chassait au bois, un sanglier l'avait blessé à la jambe. La plaie était à peine refermée ; mais il ne s'en souciait guère. Tristan ne dormait pas. A minuit, il vit le roi se lever et sortir de la chambre, accompagné du nain. Il n'y avait nulle clarté, ni cierge, ni lampe allumée. Tristan, se dressant sur son lit, joint les pieds, mesure l'espace à franchir, et saute. Il tombe sur le lit du roi à côté d'Iseut. Sa plaie crève et le sang se répand dans les draps. Il ne s'en aperçoit pas tout d'abord ; il était trop aux délices qu'il avait de si longues heures convoitées : en d'autres occasions sa plaie lui aurait cuit, mais qu'était cette brûlure en comparaison de la flamme qui le dévorait, et à quoi montait cette petite douleur au prix des mille mignardises, jolivetés et déduits dont il honorait sa dame par amours ?

Le nain était dehors ; il vit bien, en regardant la lune, que les deux amants étaient joints et enlacés ensemble dans le lit du roi. Il en frémit de joie. « Allez, dit-il au roi, et si vous ne les prenez sur le fait, qu'on me pende ! » Les trois félons, par qui la trahison avait été en secret pourpensée, étaient à l'aguet, aux portes de la chambre. Le roi revient. Tristan l'entend et se lève en hâte. Il eut tôt fait de sauter sur sa couche. Malheur ! en prenant son élan, le sang jaillit ; des gouttes tombent sur la farine.

Le roi entra dans la chambre, avec le nain qui tenait une chandelle. Tristan faisait semblant de dormir, et l'on pouvait entendre le bruit de son

9

haleine. A ses pieds gisait Périnis, et la reine gisait
dans le lit du roi.

Sur la fleur de farine éparpillée, le sang parut.
Le roi menace. Les trois barons sont là ; ils se saisissent de Tristan ; ils crient qu'ils ne laisseront
pas de requérir que justice soit faite. Ils montrent
au roi la jambe qui saigne. « Vous êtes traître
prouvé, dit le roi à Tristan, et sans excuse. Soyez
sûr que demain vous serez détruit. — Sire, grâce,
crie la reine à genoux ; pour Dieu qui souffrit passion, prenez pitié de nous ! — Mon oncle, dit
Tristan, je ne plaiderai pas pour moi. Je sais que
je me suis mis dans un mauvais cas. Si je n'avais
eu peur de vous courroucer, ceux qui m'ont tendu
ce piège l'eussent payé cher ! Ils n'eussent pas eu le
temps de mettre la main sur moi. Mais envers vous
je n'ai aucun grief. Que la chose tourne bien ou
mal, vous ferez ce qu'il vous plaira de ma personne. Mais, sire, pitié pour la reine ! » Ce disant,
Tristan s'incline. « Car il n'y a homme en ta maison,
m'accusant d'avoir eu, par vice, compagnie charnelle avec la reine, qui ne me trouve armé en champ,
et prêt à lui répondre. Sire, grâce pour la reine, au
nom de Dieu ! »

Les Trois qui sont en la chambre ont pris Tristan
et l'ont lié de cordes, et ils ont également lié la
reine. Ils attendent, l'œil chargé de haine, ce que
décidera le roi. Je vous dirai leurs noms : l'un s'appelait Ganelon : il était long et maigre, avec une
figure jaune et une barbe noire comme Africain.
Gondoïne avait la face ronde, l'œil faux, cheveux
pâles comme étoupe et narines enflées : en tout la

semblance d'un pourceau. Denoalan était de petite stature et de poil roux ; avec son mauvais visage grêle et aigu, et ses yeux enfoncés et perçants, il ressemblait assez bien un goupil dont il avait la nature décevante, engigneuse et rapineuse.

Tristan, s'il avait su qu'il ne lui fût loisible de justifier Iseut, se serait fait dépecer vif plutôt que de se laisser lier, lui et la reine. Mais il avait foi en Dieu et pensait bien que, si on lui permettait de se défendre, nul n'oserait prendre les armes contre lui : c'est pourquoi il ne voulait se mettre dans son tort envers le roi en usant de violence. S'il eût su ce qui devait avenir, il les eût tués tous les trois.

Le bruit se répand par la cité que Tristan et la reine Iseut ont été trouvés ensemble, et que le roi veut les mettre à mort. Grands et petits, tous pleurent : « Hélas, hélas ! disent-ils, Tristan, le meilleur, le plus vaillant du royaume, quel dommage que ces gloutons vous aient pris par traîtrise ! Ha ! franche reine honorée, y aura-t-il jamais en nulle terre fille de roi qui t'égale ! Ha ! maudit nain, voilà l'œuvre de ta devinaille ! Jamais ne voie Dieu en face qui trouvera le nain et ne le férira du glaive ! Ah ! Tristan, quelles terribles douleurs vous endurerez, beau cher ami, quand votre corps sera mis à la torture ! Hélas ! quel deuil de votre mort ! Quand le Morhout prit port ici pour ravir nos enfants, il trouva nos barons silencieux, et nul n'eût osé s'armer contre lui. C'est toi, Tristan, qui livras bataille pour nous tous, gens de Cornouaille, et nous délivras du Morhout : mais il te navra d'un coup dont tu faillis périr. Non, jamais nous ne consentirons à ta mort! » Il y a grande noise sur la place. Tous courent au palais. Le roi était dur et entêté. Aucun baron, tant fût-il hardi et puissant, n'osait lui adresser la parole pour qu'il pardonnât à Tristan son méfait.

Il fait maintenant grand jour. Le roi commande de creuser une fosse en terre et de couper et mettre en tas des épines, des viornes et autres broussailles. Un ban est crié que tous ceux de l'honneur accourent incontinent. A grand bruit les Cornouaillais s'attroupent. Il n'y a nul d'entre eux qui ne fasse deuil, hormis le nain de Tintagel. Le roi a annoncé qu'il veut faire ardoir en un bûcher son neveu et sa femme. « Roi, vous ne commettrez pas ce péché, se récrient les gens du royaume. Les coupables doivent être d'abord jugés. Vous les détruirez après. Grâce! » Le roi irrité répond : « Par le Seigneur qui fit le monde, j'aimerais mieux perdre mon héritage que je ne les fasse brûler sur-le-champ. Dût-on m'en demander compte un jour, laissez-moi faire à ma guise. » Il commande d'allumer le feu et d'amener Tristan : il veut qu'il meure le premier. Des sergents lui lient les mains et le poussent devant eux : l'affront de ces vilains est profondément ressenti par le neveu du roi à qui la honte arrache des larmes. Iseut, folle de douleur, tord ses bras et jette de longs sanglots. « Ah! Tristan, fait-elle, quel outrage pour vous que ces liens dont vous êtes couvert! J'aimerais mieux que l'on m'occît et que vous fussiez sauvé, bel ami! Vengeance encore en pourrait être prise! »

Oyez, seigneurs, la grande pitié de Dieu : il ne

veut pas la mort du pécheur ; il a entendu les cris
et les prières des pauvres gens en faveur de ceux
qui étaient en péril. Près du chemin qu'ils suivaient,
il y avait une chapelle assise au haut d'une colline ;
du côté du chœur qui était percé d'une verrière, la
roche était droite et haute de dix toises : de cette
roche un écureuil n'aurait pu sauter sans se briser
sur la falaise. « Seigneurs, dit Tristan à ceux qui le
menaient, voici une chapelle ; veuillez m'y laisser
entrer. Je suis près de trépasser de ce monde : je
prierai Dieu qu'il ait merci de mon âme, car je lui
ai trop forfait. Seigneurs, il n'y a qu'une entrée,
gardez la porte ; je reviendrai dès que j'aurai fini
ma prière. » Les sergents se conseillèrent. « Nous
pouvons bien le laisser aller », dirent-ils l'un à l'autre. Ils le délièrent. Tristan entra dans la chapelle.
Il ne fut pas lent à la traverser, vint derrière l'autel,
tira le vantail de la fenêtre, et par l'ouverture
bondit au-dehors. Le vent, en s'engouffrant dans
ses vêtements, amortit sa chute, si bien qu'il
tomba sain et sauf sur une grande pierre plate qui
avançait au milieu du rocher ; les Cornouaillais
appellent encore cette pierre le Saut de Tristan.

Cependant le peuple a envahi la chapelle : ils ne
voient plus Tristan. Dieu lui a fait une grande
grâce : tandis que le feu là-bas flambe et crépite,
il fuit à toutes jambes le long de la vallée. Au détour d'un buisson, il aperçut Gorvenal qui venait,
chevauchant et tenant en dextre son cheval. Il
avait ceint son épée et était sorti de la ville, car il
redoutait d'être pris par les gens du roi Marc, et
livré au supplice à la place de son seigneur. Quand

il vit son écuyer, Tristan fit grande joie. « Maître,
j'ai échappé par un miracle de Dieu, dit-il, mais,
hélas! quand je n'ai Iseut, rien ne me vaut. Si on
veut la jeter au feu, je mourrai pour elle! — Pour
Dieu, beau sire, dit Gorvenal, reprenez courage.
Voici un buisson épais, clos de fossés tout autour.
Sire, mettons-nous dedans. Nous verrons les gens
passer, et nous saurons des nouvelles de la reine.
Si elle est mise à mort, jurez de ne jamais monter
en selle que vous n'en ayez pris terrible vengeance!
Vous avez en moi un compagnon qui vous aidera
et vous suivra au milieu de tous les périls. — Mais,
beau maître, que ferai-je sans mon épée? — La
voici ; je vous l'ai apportée avec votre cheval. —
C'est bien ; je ne crains désormais, sinon Dieu. —
J'ai encore sous ma gonelle une chose qui pourra
vous être utile : un haubergeon aux mailles solides
et fines. — Tôt, baillez-le-moi, beau maître. J'aimerais mieux être tiré à quatre chevaux que je
ne tue ceux qui tiennent ma mie, si je puis venir à
temps au bûcher. — Ne te hâte point. L'occasion
ne tardera guère. A cette heure, il y a trop grand
empêchement : le roi est courroucé ; tous les bourgeois et tout le peuple de la ville sont avec lui, et
il a commandé que quiconque pourra te prendre,
s'il ne le fait, sera pendu. Chacun aime mieux soi
qu'autrui. S'il levait sur toi la huée, tel qui te veut
du bien n'oserait faire un pas pour te délivrer. »
Tristan est très abattu. Au péril d'être massacré,
il se fût lancé à la rescousse d'Iseut, si Gorvenal
ne s'y fût opposé.

Un messager accourt auprès d'Iseut et lui

apprend l'aventure de son ami. « Dieu en ait bon gré! fait-elle. Mon sort m'importe peu désormais!» La reine avait été liée, pieds et poings, par le commandement des Trois ; elle attendait son supplice. « Comment pourrais-je me plaindre, fait-elle, quand les félons losengers qui devaient garder mon ami l'ont laissé, grâce à Dieu, échapper? Je suis sûre maintenant que le nain et les trois envieux, par le conseil de qui je serai mise à mort, auront le loyer qu'ils méritent. »

Quand le roi Marc sut que son neveu s'était enfui, il devint noir de colère. Il commande que sa femme soit incontinent amenée. Iseut sort du palais. Quelle tristesse! Il y a grande noise dans la rue : le peuple est épouvanté de voir la pauvre reine dans les liens hideux qui l'enserrent. Si vous aviez entendu leurs cris et leurs gémissements! « Ha! franche reine honorée, quel deuil pour le pays! Certes, ceux qui sont cause de votre mort en retireront petit gain. Puissent-ils en avoir mal-étrenne! »

La reine fut conduite devant le bûcher. Dinas, le sire de Lidan, qui aimait beaucoup Tristan, se jette aux pieds du roi : « Sire, fait-il, entendez-moi. Je vous ai servi longuement, en toute loyauté. Jamais il n'y eut homme en tout ce royaume, pauvre orphelin ou vieille femme, qui, durant tout le temps que j'occupai votre sénéchaussée, me donnât seulement une maille beauvoisine. Sire, grâce pour la reine! Vous voulez la détruire par le feu, sans jugement : ce n'est pas juste, car elle n'a pas reconnu son méfait. Si vous brûlez la reine, ce sera

un grand malheur. Tristan vous a échappé ; il
connaît mieux que personne les plaines, les bois,
les gués et les passages, et il est fier et redouté.
Vous êtes son oncle, et il est votre neveu. Certes,
il ne s'armera pas contre vous. Mais vos barons,
s'il trouve vos barons à portée de sa main, et s'il
les malmène, votre terre en sera encore dévastée !
Sire, je ne cherche pas à le nier, si quelqu'un, fût-il
le roi de ce pays, avait à cause de moi détruit ou
condamné au feu un simple écuyer, il me pendrait
plutôt que vengeance n'en fût prise ! Pensez-vous
que Tristan puisse rester coi devant le supplice
d'une fille de roi qu'il a amenée de lointain royaume ?
Il y aura encore grande lutte. Roi, rendez-moi
Iseut, en récompense de vous avoir servi toute ma
vie. »

Ganelon, Gondoïne et Denoalan écoutaient Dinas
et gardaient le silence : ils savaient bien que si
Tristan était quitte, il les guetterait et aurait sa
vengeance. Le roi prit Dinas par la main : il dit en
colère qu'il ne laissera pas de faire justice. Dinas
l'entend, il a grand deuil ; jamais par sa volonté
la reine ne sera mise à mort. Il se relève et salue le
roi : « Sire, dit-il, je retourne à Lidan. Je ne pourrais voir brûler la reine pour tout l'avoir des plus
riches hommes de la chrétienté. » Il monte sur
son destrier et s'en va, chère basse, triste et
morne.

Iseut fut amenée au feu, environnée de toute la
gent qui pleurait, criait et maudissait les traîtres
du roi. La dame était vêtue d'un bliaut de paile
gris broché menu de fils d'or ; ses cheveux tressés

tombent jusqu'à ses pieds, ses bras sont étroitement liés ; son visage ruisselle de larmes.

Il y avait à Lancien un malade qui s'appelait
Ivain ; il était ladre et contrefait à merveille. Il
était venu voir le jugement de la reine avec une
centaine de ses compagnons : jamais vous ne vîtes
tant de méseaux si bosselés, si gangrenés et si
difformes, avec leurs bâtons et leurs potences ;
chacun tenait sa cliquette. Ivain s'adresse au roi :
« Sire, dit-il, tu veux faire justice de cette femme :
à mon avis, le supplice durera peu : ce grand feu
aura bientôt brûlé le corps, et le vent dispersé la
cendre. Si vous vouliez m'en croire, il y aurait
justice plus rigoureuse, une chose qui vaudrait
beaucoup mieux, et telle que la mort par le feu
serait encore douce en comparaison, car la reine
vivrait, mais d'une vie misérable, et nul n'en enten-
drait parler qui ne t'en redoutât davantage. — Si
tu m'enseignes ce moyen, répondit le roi, que la
reine puisse vivre, mais d'une vie qui ne vaille, je
t'en saurai gré, et récompenserai largement ton
service. Celui qui saurait inventer un châtiment
cruel dont on n'a pas encore entendu parler aurait
mon amour et ma reconnaissance éternelle. — Roi,
dit Ivain, je te dirai brièvement à quoi je pense.
J'ai ici cent compagnons. Donne-nous Iseut ; elle
nous sera commune. Jamais dame n'aura pire fin.
Sire, nos draps nous collent au corps, et il y a en
nous une si grande ardeur qu'il n'est femme au
monde qui puisse souffrir notre commerce. Avec
toi la reine était accoutumée au vair et au gris ;
elle vivait honorée et joyeuse ; elle avait foison

de bons vins dans les grands celliers de marbre. Si vous la donnez à nos méseaux, quand elle entrera dans nos huttes, partagera notre écuelle, et qu'il lui faudra coucher avec nous, quand, au lieu de tes beaux mangers, elle aura de ces quartiers et de ces lopins que l'on dépose à nos huis, par le Seigneur qui règne dans le ciel, quand elle verra notre cour, elle aura tel désespoir que mieux lui vaudrait être morte que vive. » Le roi a ouï ce qu'a dit Ivain le lépreux. Il s'avance vers Iseut et la prend par le bras. « Grâce, grâce ! crie-t-elle, plutôt que de me donner à ces gens, jetez-moi dans le bûcher ! »

Le roi octroie la reine au méseau qui la prend. Un cri d'horreur s'élève de la tourbe, tandis qu'Ivain la tire à lui. Déjà la bande faisait grande noise de la voix et des béquilles, étrivait à qui le premier ferait sa volonté de la reine. Ils donnèrent enfin le choix à Ivain comme à leur capitaine. Comme ils allaient droit vers le buisson où Tristan se tenait embûché, Gorvenal lui cria : « Fils, que feras-tu ? Voici ta mie. — Oh ! Dieu, quelle aventure ! » Tristan broche son destrier. Il barre le chemin au méseau. « Truand, vous l'avez assez menée ! Lâche-la tôt, si tu ne veux laisser tes os sur la place ! » Ivain se désaffuble et attroupe ses gens : « Or aux bâtons ! On verra qui sera des nôtres ! » Si l'on eût vu alors les méseaux courir, souffler et jeter leurs chapes ! Chacun hoche sa potence ; l'un menace et l'autre hue. Tristan ne veut pas toucher cette chiénaille, ni les bâtonner, ni répondre à leurs rampones. Gorvenal accourt. D'un jarron qu'il tient il frappe Ivain qui lâche Iseut, et tombe, la tête ensan-

glantée. Les autres méseaux retournent par la
lande plus vite que le pas. Tristan se hâta de
dénouer les liens d'Iseut. Puis, sans tarder, ils
montent, Tristan emportant Iseut en croupe, et
tous trois s'enfuient au plus profond de la forêt.

X

*La fin du nain astrologue. — Dans la forêt de Morois.
— La grotte des amants. — Husdent. — L'arc Qui-ne-
faut. — La chasse du roi Marc. — La loge de ramée.*

Quand sa frénésie fut passée, le roi tomba dans
un profond abattement. Il prit en haine ses losengers, et il détesta par-dessus tout le nain et son
œuvre. Le méchant bossu ne tarda pas à recevoir
son châtiment. Il était seul à savoir un secret du
roi : il le livra, et ce fut grande folie, car le roi en
retour prit sa tête. Un jour qu'il avait bu, il eut
vin de pie. Les trois félons lui demandèrent comment ils avaient tant à se dire, le roi et lui, et ce
qu'ils barguignaient ensemble. « Le roi, fait le nain,
m'a toujours trouvé très fidèle à garder son secret.
Je vois bien que vous voulez le connaître. Mais
je ne veux pas trahir le roi. Je vous mènerai tous
les trois devant le Gué Aventureux. Il y a là une
aubépine sous la racine de laquelle est creusée une
fosse. Je me mettrai dedans, et vous m'entendrez
parler dehors. Ce que je dirai, c'est le secret que le

roi n'a jamais révélé à personne. » Les barons
vinrent à l'épine ; ils écartèrent les branches de
la fosse, et ils y boutèrent le nain à la grosse tête.
Alors le nain parla ; il dit ces mots : « Écoutez, je
vous parle, épine, non à vous, seigneurs marquis :
Marc a des oreilles de cheval ! » Ainsi les trois félons
surent le secret du roi Marc. Et un jour que le roi
s'entretenait après dîner avec ses barons, Gondoïne
lui dit à l'oreille : « Roi, nous savons ce que tu
nous caches : tu as des oreilles de cheval. — Ah !
dit le roi. J'ai été vendu par ce nain ! Cette fois, il
a fini de rire. » Il tire l'épée et lui tranche la tête.
Telle fut la fin du nain astrologue : ceux qui le
haïssaient à cause de Tristan et de la reine en
ouïrent sans déplaisir la nouvelle.

Entre-temps, les fugitifs chevauchaient dans la
grande forêt de Morois. Au commencement, ils ne
demeurèrent guère qu'un seul jour dans le même
lieu ; ils couchaient sur la dure et vivaient d'herbes
et de racines. Heureusement la saison était belle,
et longues et claires les journées. Il y avait en
Tristan un merveilleux archer, mais il ne pouvait
exercer son adresse, car il lui manquait l'arc et les
flèches. Gorvenal chercha tant par la gaudine qu'il
rencontra un forestier endormi et le déroba de son
bel arc d'aubour et de deux saïettes empennées ;
il se procura encore un fusil, avec le tondre et la
pierre à feu. Lors Tristan put se mettre à l'affût
et guetter le lièvre et le chevreuil. Quand il en
avait tué un, il le dépouillait, et Gorvenal le rôtis-
sait à une broche de coudrier. Ainsi ils sustentaient

leur petite vie. Mais le sel et le pain leur faisaient
cruellement défaut. Tristan n'eut de cesse qu'il
n'en eût trouvé. Il chevaucha tant qu'il entra dans
une lande où il vit des bergers qui gardaient leurs
moutons ; et il échangea avec eux un quartier de
chevreuil contre deux pains d'orge et une pochetée
de sel bis.

A force d'errer, ils découvrirent une clairière soli-
taire et plaisante. Ils bâtirent alors avec des
perches et des rains feuillus deux loges qu'ils
jonchèrent d'herbes et de roseaux. Ils aménagèrent
aussi un parquet pour les chevaux. Dès qu'il était
nuit anuitée, chacun entrait dans sa hutte de
branches. Les deux amants dormaient dans les
bras l'un de l'autre. Ils entendaient parfois ululer
les loups ; d'autres fois, la pluie tombait avec fiers
bouffements de vent, éclairs hideux et grands
roulements de tonnerre. Ils n'avaient ni linceul,
couette ni coussin, ni riche tapis pour aiser leurs
corps ; ils s'abritaient sous la feuille, comme bêtes
de la forêt en leurs muchettes, et gisaient sur nat-
tes de joncs, et dès le matin ils allaient à la recher-
che de leur dîner.

Un jour, ils vinrent par aventure à une petite
maisonnette sise au pendant d'un val. Là demeurait frère Ogrin, l'ermite. Il était devant sa porte,
appuyé sur sa potence. Tristan le salua. Frère
Ogrin lui rendit son salut. « Sire Tristan, dit l'ermite (car il l'avait reconnu aussitôt), on a publié
un ban par toute la Cornouaille que celui qui se
saisirait de vous aurait cent marcs pour son guerdon. Il n'y a baron en cette terre qui n'ait fait le

serment de vous livrer au roi, mort ou vif. — Je le sais, dit Tristan. — Sire Tristan, dit l'ermite, Dieu remet le péché à celui qui se repent par bonne confession. — Sire Ogrin, dit Tristan, Iseut m'aime de bonne foi, et vous n'en savez pas la raison : c'est par la vertu d'un breuvage. » Ogrin n'écoute pas ; il continue : « Sire Tristan, quelle consolation peut-on donner à un homme mort ? Celui-là est mort qui a vécu longuement en péché, s'il ne regrette sa faute et n'a ferme propos de s'amender. Nul ne peut absoudre pécheur sans repentir. » L'ermite Ogrin les sermonne, les exhorte à changer de vie, leur rappelant les prophéties de l'Écriture et le Jugement dernier. « Que feras-tu ? dit-il à Tristan d'un ton rude. — Frère Ogrin, j'aime Iseut éperdument, et tant que j'en perds le sommeil. Mon conseil est pris : j'aimerais mieux être truand avec elle, et vivre de pain moisi et de fruits sauvages, que posséder, sans elle, toutes les terres du roi Otrant. » Iseut pleure aux pieds de l'ermite. « Sire, je vous le jure, par Dieu le Tout-Puissant, notre amour est venu par une boisson d'herbes dont nous bûmes l'un et l'autre : c'est là tout notre péché. » Frère Ogrin dit simplement : « Dieu vous donne vraie repentance ! » Cette nuit-là, Tristan et Iseut s'hébergèrent chez l'ermite : par charité, il fit violence à la règle de sa vie. Au petit jour, ils s'éloignèrent.

Déjà on était à la Sainte-Croix de septembre. Il y avait foison de noisettes, de cornouilles, de blessons, de pommottes, de prunelles, de cormes et d'alises par les buissons. Bientôt souffla le vent de

la pluie, et la pluie, se mit à tomber pendant des
semaines entières ; puis vint une bise tranchante
qui fit voler les feuilles jaunies par la forêt. Tristan
pensa à se ménager un refuge pour l'hiver. Il erra
tant parmi la gaudine, parmi les tertres, les landes,
parmi les hièbles et les bruyères, qu'il vint à un
endroit merveilleux, enserré de hautes roches au
flanc desquelles s'ouvrait une grotte large et profonde. Des géants jadis l'avaient habitée, car elle
était en partie taillée et peinte de signes mystérieux.
En contreval, était une fontaine avec un étang, et
tout autour verdoyait la forêt haute et drue.
Avec Gorvenal il se mit en quête d'une hache, d'une
scie, de clous et de marteaux ; ayant coupé des
arbres, ils fendirent le merrain, taillèrent des ais
et des madriers et fermèrent la grotte. Puis ils la
garnirent de peaux de mouton et de sellettes faites
de troncs équarris, et ils s'y établirent avec leurs
aisements. Bientôt la neige couvrit les chênes et
les pins ; le gel figea le cristal des fontaines. Gorvenal bouchonnait les chevaux et renouvelait leur
litière et allumait de grands feux. Sur leurs pauvres
matelas farcis de feuilles de châtaignier, Iseut
et Tristan se réchauffaient du feu de leur ardeur
amoureuse. Pendant la journée, Tristan façonnait
des arcs de bois d'if et des boujons de frêne, tressait
filets et panneaux. Nul n'était plus habile de ses
doigts ; il façonna des écuelles de hêtre, et pour
Iseut un peigne de buis. Et il allait berser par le
bois, tuait pluviers et videcoqs, ou prenait les
oiseaux à la pipée, ou bien il pêchait à la main
la carpe, la tanche et l'anguille.

Le temps vint où la sève monte et où les arbres jettent leurs bourgeons. La violette fleurit, puis l'épine blanche, puis le genêt, puis le muguet, puis l'églantine. Il fit de nouveau bon s'ombroyer sous la rame et se baigner dans l'étang. Parfois Tristan montait son baucent et chevauchait avec Iseut ; ils allaient très loin, par les chaumois et les landes, au péril de leurs corps. Mais nul n'avait souci de défier Tristan, car il était redouté des hauts hommes, et d'autre part, on ne savait qui il était, parmi les charruyers, bouviers champoyant et autres bonshommeaux menant pourceaux et truies. Des pastoureaux aperçurent un jour la belle Iseut qui cueillait des fleurs au bord d'un ruisseau, et ils s'enfuirent, effrayés, croyant que ce fût une fée.

Quand la saison fut de retour où l'on chasse le cerf, où les blés sont hauts, la saison des longues journées et des grandes rosées, Gorvenal rappela à Tristan qu'il lui convenait de se bien garder et de ne sortir qu'en larcin de sa cachette. Il était certain que le roi avait fait crier un ban contre Tristan par toute la Cornouaille, et que les félons qui voulaient sa mort ne tarderaient pas à lui donner de leurs nouvelles.

Écoutez maintenant l'aventure du chien de Tristan. Jamais comte ni roi n'eut brachet tant vaillant ; il était vif, rapide, léger, joyeux, toujours prêt à répondre à l'appel. Il avait nom Husdent. Il était resté attaché, un landon entre les pattes. Il regardait souvent par le donjon, car il était en grande angoisse de ne plus voir son

seigneur. Il refusait toute pâture. Il grognait et
larmoyait des yeux, et sans cesse trépignait du
pied. Dieu! comme il faisait pitié à ceux qui l'ap-
prochaient! Chacun va disant : « S'il était mien,
je le délierais, car il menace bien de devenir
enragé. Ah! Husdent, jamais tel brachet ne sera
trouvé, qui tant soit prompt ni qui fasse tel deuil
pour son maître! Certainement, il n'y eut bête de
tel amour. Salomon dit à bon droit que son ami,
c'est son chien. Husdent prouve bien cette vérité.
Il ne voulut goûter de rien depuis que Tristan
fut pris! Roi, il faut délier Husdent et lui ôter ce
bâton qui lui pend au cou! » Le roi pensait en
lui-même : « Je crois bien qu'il enrage de ne plus
voir mon neveu. Certes le chien a très grand sens :
je ne crois pas qu'en toute la terre de Cornouaille
il y ait jamais un chevalier qui vaille Tristan! »
Gondoïne et Denoalan en ont arraisonné le roi :
« Sire, déliez Husdent. Nous verrons bien certainement s'il mène telle vie à cause de son
maître. Car s'il a vraiment la rage, il n'aura pas
sitôt la langue au vent qu'il ne morde bêtes ou
gens ou autre chose. »

Le roi appela un écuyer et lui commanda de
faire délier Husdent. Tous se juchèrent sur les
bancs et sur les selles, de peur que le chien ne les
assaillît, sitôt délivré de son landon et de sa
chaîne. Tous disaient : « Il est enragé! » Mais de
ce qu'ils pensaient, le brachet ne se souciait
guère. Dès qu'il fut lâché, il fend la presse, le nez
subtil, traverse la salle, gagne la porte et court
d'un trait à l'hôtel où il avait coutume de trouver

Tristan. Le roi est ébahi, et tous les autres, qui se
mettent à le suivre ; le chien aboie, et saute, et file
en quête de son seigneur. Il fouille tous les lieux
par où Tristan passa ; il se jette dans la chambre
où il fut saisi pour être livré au supplice. Sautant
et donnant de la voix, il prend le chemin du
moutier, grimpe sur le rocher, entre dans la chapelle, bondit sur l'autel, toujours cherchant son
maître, et enfin saute par la fenêtre. Il est tombé
au bas de la roche et s'est écorché la jambe, mais,
sans prendre le temps de lécher sa plaie, il court,
le nez à terre. Il s'arrête un moment à l'orière du
bois où Tristan s'embûcha avec Gorvenal ; il sort
du buisson et s'embat dans le sentier qui mène
à la forêt de Morois. Les chevaliers disent : « Ces-
sons de suivre ce damné chien ; il pourrait nous
mener en tel lieu d'où il nous serait malaisé de
sortir. » Ils laissent le brachet et retournent sur
leurs pas. Husdent enfile une charrière, puis une
autre, puis mainte petite sentelette. Il s'ébaudit
fort dans sa course. La forêt retentit de ses abois.

Tristan était assis sur le pendant d'une combe
avec la reine et Gorvenal. Ils prêtent l'oreille.
Tristan dit : « Je gage que c'est Husdent. » Ils
sont pris de frayeur. Assurément, c'est le roi qui
vient avec une nombreuse troupe, guidé par le
brachet. Tristan s'est levé ; il tend son arc, et
tous trois vont se mettre à l'abri dans un fourré.
Husdent débûche ; il s'arrête, lève la tête. Tristan
s'approche. Qui eût vu alors le bon Husdent hocher
le chef, crouler la queue, pleurer de pitié et bondir
et se rouler à terre de joie! Il saute sur Iseut la

Blonde, puis sur Gorvenal et leur lèche les mains.
Il fait fête à tous, même au cheval. Mais Tristan
a grande pitié. « Ha! Dieu! dit-il : ce brachet nous
a retrouvés bien malencontreusement : homme
banni n'a guère besoin de chien qui n'est muet au
bois. Nous sommes dans la forêt, haïs du roi. Il
nous fait rechercher par toute sa terre. S'il par-
vient à mettre la main sur nous, il nous fera brûler
ou pendre. Si Husdent demeure, nous serons toujours en émoi. Mieux vaudrait qu'il fût tué, que
nous fussions découverts par ses cris. Mais la
mort serait le prix de sa fidélité! Sa noble nature
l'a conduit jusqu'à nous. Que faire? Conseillez-
moi, Iseut. — Tristan, il serait mal de nous défaire
d'Husdent qui a eu pitié de notre exil. Écoute : le
chien prend les bêtes au cri, soit par nature, soit
par l'accoutumance. J'ai ouï dire qu'un forestier
gallois avait un chien courant qu'il avait si bien
dressé qu'il poursuivait et atteignait un cerf percé
d'une flèche sans pousser le moindre cri. Ami Tristan, quelle joie si l'on pouvait apprendre Husdent
à chasser en silence! » Tristan était pensif. Il
dit : « J'essaierai. J'aurais deuil de tuer Husdent,
mais je crains ses aboiements, car ils pourraient
nous faire prendre. »

Il s'occupe aussitôt de dresser son chien. Il
va se mettre à l'affût. Quand passe un chevreuil
ou un daim, Tristan encorde sa flèche et tire.
L'animal fuit en bondissant. Husdent s'élance
après et aboie. Alors Tristan le frappe. Le chien
s'arrête devant son maître, se tait et abandonne
la bête ; il regarde en haut, n'ose aboyer, ne sait

que faire et perd la trace. Tristan alors met le chien derrière lui et bat le bois avec une verge. Husdent veut de nouveau crier. Tristan de nouveau l'endoctrine. Au bout d'un mois, le brachet était si bien dompté qu'il suivait le vent, sur l'herbe ou sur la neige ; jamais il ne laissa échapper sa bête, tant il était baut et vif et remuant. S'il prend au bois daim ou chevreuil, il l'embûche bien, le couvre de rameaux, et s'il l'atteint parmi la lande, comme il arrive souvent, il jette dessus foison d'herbes, retourne auprès de son maître et le mène tout droit au gibier.

Tristan trouva une nouvelle manière de chasser. Il inventa l'arc Qui-ne-faut. Cet engin est dressé dans le bois et tendu de telle manière que si une bête heurte ses cordes par quelque endroit, en haut ou en bas, incontinent un déclic décoche la flèche. L'arc Qui-ne-faut ne manque jamais son but ; c'est pourquoi Tristan lui donna ce beau nom. Il fut d'un très grand secours aux bannis. Grâce à lui, ils furent tout l'hiver pourvus de sauvagine et eurent grand plenté de venaison de maint grand cerf, de lièvres, chevreuils et sangliers. Par ce moyen, Tristan gagna l'amitié de maint berger ou laboureur et put se procurer ce qui leur manquait en fait de draps et d'aisements. Ils en ont grand besoin, car il y aura bientôt deux ans qu'ils sont dans la forêt. Leurs vêtements sont déchirés ; ils vont pieds nus, hérissés comme hurons et hommes ramages.

Un matin d'été, Tristan était allé regarder l'arc Qui-ne-faut ; après quoi il était parti

avec Husdent berser, à une lieue, dans la gaudine.
La reine vint à sa rencontre. Déjà la chaleur
était grande. Iseut accole son ami : « Où avez-
vous été ? dit-elle. — Après un cerf ; je l'ai tant
chassé que je n'en peux plus. Je veux dormir. »
Ils avisent à cet endroit une loge faite de rains
verts et bien jonchée. Tristan s'étend. Iseut se
couche auprès de lui. Tristan a tiré son épée et
l'a placée entre leurs deux corps. Tristan était en
braies. La reine avait son bliaut cousu de sa main ;
à son doigt brillait une riche émeraude, présent
du roi Marc ; le doigt était grêle à merveille à peu
que l'anneau n'en glissât. Ils s'endorment, accablés
par la chaleur, le bras droit de Tristan sous la
nuque de la belle Iseut ; leurs bouches étaient
près l'une de l'autre ; toutefois, elles n'étaient
pas jointes. L'air est doux et seri ; nul souffle de
vent ne croule les feuilles ; un rayon d'or tombe
sur la face d'Iseut qui brille comme un miroir. Ils
étaient seuls, endormis sous la loge ; Gorvenal
était parti au loin. Or oyez l'étrange, la piteuse
aventure !

La veille, le roi Marc avait dit qu'il irait chasser
le cerf et le sanglier. On avait dressé les trefs et
les pavillons. Un veneur s'était rendu sur les
lieux avec ses limiers ; il avait reconnu la trace
des pinces d'un grand porc, marqué les abattures,
les endroits où la bête avait fouillé et retourné
la terre. Et une fois faites les brisées, il était
retourné aux tentes. Le lendemain, tandis que le
roi chevauchait avec ses hommes, le veneur revint
au lieu qu'il avait parcouru, fit un détour et aper-

çut la feuillée. Il s'approche et reconnaît les
amants. Son sang se glace dans ses veines ; il
est épouvanté, car il sait bien que si Tristan
s'éveille, il laissera sa tête en gage. S'il prit les
jambes à son cou, il ne faut pas le demander.
Tristan dormait auprès de son amie, en péril de
mort. De ce taillis où était la loge, il y avait bien
deux lieues jusqu'à l'endroit où se tenait l'assemblée. Le veneur va grand erre, car il avait bien
ouï le ban que l'on avait fait de Tristan : celui qui
découvrirait au roi son refuge aurait une grande
somme d'argent, et son silence lui coûterait la
vie. Le roi le voit arriver, à grosse haleine. Il lui
dit : « Sais-tu quelque nouvelle, toi qui as l'air
si pressé ? Viens-tu te plaindre de quelqu'un ?
As-tu fait une mauvaise rencontre ? — Écoute-
moi, roi, s'il te plaît. On a proclamé par ce pays
que celui qui pourrait trouver ton neveu devrait
plutôt se laisser périr qu'il ne le prît ou ne vînt
t'en informer. Eh bien, je l'ai trouvé et je crains
ton courroux. Aussi je te mènerai là où il dort avec
la reine. Que je meure si je ne t'ai pas dit la vérité.
Certes, j'eus grand-peur quand je les vis, car les
flèches de Tristan ne manquent jamais leur but. »
Le roi l'entend ; il souffle, sa face s'envermeille
d'émoi et de colère : « Dis-moi, veneur, fait-il
tout bas en se penchant à son oreille, où sont-
ils ? — En une loge de Morois, à deux bonnes
lieues d'ici. Je les ai vus, endormis dans les bras
l'un de l'autre. Viens tôt, et châtie les auteurs de
ta honte. S' tu n'en prends âpre vengeance, tu
n'as plus le droit de tenir ta terre. » Le roi lui dit :

« Si tu tiens à la vie, garde-toi bien de dire à qui
que ce soit ce que tu m'as appris, qu'il soit étranger ou privé. Va à la Croix-Rouge, hors du chemin,
là où l'on enfouit les corps, et m'y attends. Je te
donnerai de l'or et de l'argent autant que tu
voudras, je te le garantis. » Le veneur laisse le
roi, s'en vient à la Croix-Rouge, et s'y assied.
Male goutte lui crève les yeux ! Mieux lui eût valu
s'entremettre d'autre chose, car depuis, il mourut
à grand-honte, comme vous verrez ci-après.

Le roi appelle ses privés et leur dit : « J'ai une
chose dont je désire m'assurer par moi-même. Je
vais donc vous laisser une heure. Je vous commande
que nul de vous ne soit si hardi que de me suivre
et de voir où je vais. » Tous se regardent ébahis.
Chacun dit : « Roi, est-ce un gab ? Vous vit-on
jamais aller seul quelque part ? Jamais fut-il un
roi qui n'eût une garde ? Quelle nouvelle avez-
vous ouïe ? Ne vous dérangez pas pour un rapport
d'espion. — Taisez-vous, dit le roi, je ne sais nulle
nouvelle d'importance. Mais une pucelle m'a
mandé en hâte. J'irai sans écuyer ni compagnon
pour cette fois, seul sur mon destrier. — Voilà
qui nous pèse, répond un de la ménie du roi.
Caton recommande à son fils d'éviter les lieux
écartés. — Je le sais, dit le roi, mais laissez-moi
faire mon plaisir. » Le roi a ceint son épée et
monte en selle. Il repasse en son esprit et déteste
le méfait que Tristan commit lorsqu'il lui ravit
Iseut au clair visage et lorsqu'il s'enfuit avec elle.
S'il les trouve, il leur fera payer sa honte. Le roi
est enfélonné du désir de les détruire. Il se dit qu'il

aimerait mieux être détranché qu'il ne prît vengeance de ceux qui l'ont déshonoré.

Il vint à la Croix-Rouge où le veneur l'attendait. Il lui dit de le mener rapidement et par la voie la plus courte. Ils entrèrent dans le bois, sous l'ombre épaisse. L'espion va devant ; le roi le suit, se fiant à son brant dont il a donné mainte colée ; en quoi il est un peu outrecuidé, car s'il trouvât Tristan éveillé et que bataille s'ensuivît, il mourût sans doute avant de venir à ses fins. Le roi Marc dit au veneur qu'il lui donnerait vingt marcs d'argent, s'il s'acquittait bien de sa besogne. Ils étaient maintenant près du lieu où dormaient les amants. L'espion fit descendre le roi de cheval. Il lie la rêne du destrier à la branche d'un hêtre, et quand ils ont découvert la loge, ils avancent à pas comptés. Le roi délaça son manteau dont les agrafes étaient d'or fin ; il tient son épée hors du fourreau et entre sous la ramée ; l'espion va derrière. Quand le roi Marc vit qu'Iseut était chastement vêtue, que Tristan avait ses braies et que les lèvres des deux amants ne se touchaient, et quand il vit l'épée nue qui était entre eux deux, il s'arrêta ébahi. Une douce obscurité régnait dans la loge, hors un chaud rayon qui glissait des feuilles et luisait sur le pommeau de l'épée et sur le doux visage de la reine aux cheveux d'or. « Dieu ! dit le roi, qu'est-ce que cela veut dire ? Ce ne sont pas là les manières qu'ils ont accoutumé d'avoir ensemble, au rapport de mes espions. Que faire ? Les tuer ? Ce serait un affreux péché. Me retirer ? Peut-être ! Ils sont depuis longtemps dans la

forêt. Je puis bien croire que, s'ils s'aimassent
de fol amour, ils ne se fussent point là endormis
en leurs chainses et leurs bliauts, mais plutôt
enlacés nu à nu, et il n'y aurait pas entre eux
cette épée. J'étais venu en intention de les tuer :
je ne les toucherai pas, je ferai taire mon ire et
ma rancœur. Que dirait-on dans le royaume si,
après avoir éveillé ce jeune homme qui dort, je le
frappais ou s'il me frappait, et que l'un de nous
tombât pour ne plus se relever ? Je ferai mieux ;
je leur laisserai la preuve que je les ai vus dans
leur loge et que j'ai eu pitié d'eux. Je vois au doigt
d'Iseut l'émeraude que je lui donnai jadis, et j'ai
un anneau qui fut autrefois le sien. Je changerai
les anneaux, et je prendrai l'épée de Tristan, et
laisserai la mienne en échange. » Le roi se pencha
vers la reine, admira un instant avec un long soupir
la merveilleuse beauté et le rayonnant visage, et
tout doucement, tout souef, tira du doigt l'anneau
vert et y glissa le sien. Puis il ôta l'épée qui gisait
entre les deux corps, et y mit la sienne. Au moment
où il sortait de la ramée, il vit un trou dans le
feuillage par où tombait le chaud rayon qui illu-
minait le visage de la reine, et pour la préserver
du hâle et de l'éclat du soleil qui aurait pu l'incom-
moder, il étoupa le trou de son gant de vair.

Le roi et l'espion ne furent pas lents à se remettre
en selle ; ils piquèrent de l'éperon et tant allèrent
qu'ils revinrent bientôt là d'où ils étaient partis.
Les chasseurs venaient de prendre un porc et
attendaient le roi pour le défaire. On lui demanda
d'où il venait et où il avait été si longtemps. Il

mentit de son mieux : nul ne sut jamais où il était allé, ni pour quelle besogne.

Les amants dormaient toujours, et Iseut faisait un songe. Il lui semblait qu'elle était dans une grande forêt, sous un riche pavillon ; deux lions affamés venaient à elle, menaçant de la dévorer, mais tout à coup, chacun la prenait par la main. De l'effroi qu'elle eut, Iseut jeta un cri et s'éveilla. Le gant de vair tombe sur son épaule. En même temps, Tristan ouvre les yeux et se dresse sur son séant. « Dieu ! s'écrie Iseut, c'est le gant du roi, celui-là même que j'ai apporté d'Irlande ! » Tristan en grand émoi veut saisir son épée ; il reconnaît celle de son oncle et, au doigt d'Iseut, le propre anneau du roi Marc. « Nous sommes perdus, s'écrie la reine, le roi nous a trouvés ici ! — Nous n'avons plus qu'à fuir. Le roi était seul ; il est allé sûrement chercher des gens pour nous prendre. Dame, enfuyons-nous vers le pays de Galles. »

Sur ces entrefaites, Gorvenal entra. Voyant Tristan tout pâle, il lui dit : « Qu'avez-vous ? — Par ma foi, maître, j'ai que le noble roi Marc nous a trouvés ici, tandis que nous dormions ; il m'a laissé son épée et emporté la mienne. Je crains qu'il ne suive le conseil de Félonie. Il a pris l'anneau d'Iseut et mis le sien à la place : par ces échanges, nous pouvons bien apercevoir qu'il veut nous décevoir. Il était seul quand il nous découvrit ; il a eu peur et il s'est éloigné, mais il est allé certainement appeler à la rescousse quelques hommes à tout faire. Il n'a pas renoncé à jeter nos cendres au vent. Nous n'avons d'autre ressource que la fuite. »

Ils montent et partent aussitôt. Et tandis qu'ils vont à bonne allure, ils entendent au loin le glatissement des brachets et la voix des chasseurs du roi qui ont fait lever un grand cerf ; et le galop de leurs destriers se mêle à la belle noise et au mélodieux tintamarre que font la menée des cors, et les cris des hommes, et l'aboi des chiens et des lévriers lancés à la poursuite, et le retentissement de la chevauchée à travers la forêt.

Ils allèrent à grandes journées, traversèrent
toute la forêt de Morois et atteignirent la marche
de Galles. Amour les aura durement éprouvés et
fait passer par de terribles frissons. Ils ont connu
ses joies, mais aussi ses travaux. Il semble qu'ils
aient épuisé de la coupe d'amour tout le miel et
tout le fiel. Leur pâleur révèle leur lassitude, leur
silence pensif le trouble de leur âme.

Vous savez le breuvage dont ils burent sur la
nef qui les ramenait d'Irlande, mais on ne vous a
pas dit que les effets du lovedrink, du vin herbé,
avaient été déterminés pour une durée de trois
ans ; la mère d'Iseut l'avait fait pour sa fille et
pour le roi Marc ; un autre en éprouva la puissance,
hélas ! pour sa joie et pour son malheur. Tant que
durèrent les trois ans, le boire amoureux bouillon-

nait dans les veines de Tristan et d'Iseut, tant que
rien au monde ne pouvait en surmonter la vertu.
Le lendemain de la Saint-Jean d'été échut le terme
prévu par la reine d'Irlande. Iseut reposait encore.
Tristan s'était levé de bon matin. Il suivait le
fil d'un ruisseau, quand un cerf débûcha ; Tristan
tira ; le cerf s'enfuit, une flèche dans le flanc. Tristan se mit à l'enchausser si bien et bel qu'au soir
la poursuite durait encore. Soudain, il s'arrêta.
C'était l'heure où il avait bu sur la nef, et soudain
voici que la tristesse envahit son âme... « Ha Dieu !
fait-il, j'ai tant de peine ! Il y a juste trois ans
aujourd'hui que je porte le faix d'amour, le
dimanche comme au long de la semaine. J'ai oublié
la chevalerie, j'ai négligé cours et baronnies. Je
suis banni du pays, loin de mes pairs. Tout me
manque, et vair et gris. Ha Dieu ! mon cher oncle
m'eût tant aimé si je n'eusse méfait envers lui !
Comment ai-je pu commettre telle traîtrise ! Je
devrais être à la cour, avec cent demoiseaux à
mon service. J'ai bien envie d'aller comme soudoyer chercher fortune en terre étrangère. Je
souffre de donner à la reine une loge de feuillage
au lieu de courtines de soie, ou une grotte au milieu
des bois, quand elle devrait habiter en belles
chambres pourtendues de riches étoffes, avec une
nombreuse suite de demoiselles. Par ma faute, elle
a pris la mauvaise voie. Je prie Dieu, le Seigneur du
monde, qu'il m'octroie le courage de rendre à mon
oncle la paix de son foyer. Certes, je le ferais très
volontiers, si la reine pouvait s'accorder avec le
roi qui l'a épousée selon la loi de l'Église romaine. »

Ainsi Tristan, appuyé sur son arc, regrette le
tort qu'il a fait au roi Marc et l'inimitié qu'il a
mise entre lui et sa femme.

De son côté, Iseut se lamentait : « Lasse, dolente,
à quoi bon la jeunesse ? Vous êtes au bois comme
une serve, vivant misérablement et besognant de
vos mains. Je suis reine, mais j'en ai perdu le nom
par le poison que nous bûmes en mer : c'est la
maladresse de Brangaine qui en fut cause. Hélas !
que ne fit-elle meilleure garde ! Je devrais avoir avec
moi les demoiselles des terres nobles, les filles des
francs vavasseurs ; elles m'auraient loyalement
servie, et je les aurais, pour leur loyer, mariées à
de hauts hommes. Ami Tristan, nos erreurs viennent
de ce vin herbé qu'on nous fit boire.

— Noble reine, lui dit Tristan, nous usons mal
de notre jeunesse. Si je pouvais par quelque moyen
m'accorder avec le roi, qu'il oubliât son ressentiment et accueillît notre serment que jamais ni
en fait ni en dit je n'eus de ma volonté privauté
et accointance avec vous qui pût être tenue à
vilenie, il n'y aurait chevalier en ce royaume, de
Lidan à Dureaume, s'il prétendait que notre
amour fût déshonnête, qui ne me trouvât armé
pour lui répondre. Et si le roi Marc m'octroyait,
quand vous serez justifiée, de reprendre place en
sa ménie, je le servirais honnêtement comme mon
oncle et mon seigneur ; il n'y aurait soudoyer qui
le servît mieux en guerre. Et s'il lui plaisait de
vous reprendre et de refuser mes services, j'irais
les offrir au roi de Frise, ou bien je passerais en
Petite Bretagne, avec Gorvenal, sans autre com-

pagnie. Reine franche, où que je sois, je me cla-
merai toujours vôtre. Ce départ ne me serait pas
venu à la pensée, si notre vie còmmune ne vous
contraignait à tant de privations que vous souffrez depuis si longtemps en ce désert. Vous avez
perdu pour moi le nom de reine ; vous pouviez
être heureuse, honorée avec votre époux, dans
votre riche palais, sans ce vin herbé qui nous
fut donné en mer! Franche Iseut, belle reine,
conseillez-moi sur ce que nous devons faire. —
Sire, grâces soient rendues à Jésus, quand
vous voulez guerpir le péché. Ami, qu'il vous
souvienne de frère Ogrin qui nous prêcha la
loi de l'Écriture et tant nous exhorta dans son
ermitage. Beau doux ami, si le remords vous
presse, il ne pouvait mieux avenir. Courons retrouver frère Ogrin ; je suis certaine qu'il nous
donnera bon conseil, par quoi nous pourrons
mériter encore la félicité éternelle. — Noble reine,
dit Tristan avec un soupir, oui, allons voir
frère Ogrin, et mandons au roi notre résolution
par bref, sans autre cérémonie. »

Cela dit, ils retournent en arrière et chevauchent
tant qu'ils viennent à l'ermitage. Ils trouvent
Ogrin qui faisait une pieuse lecture. L'ermite
les aperçoit le premier ; il les appelle : « Jeunesse
déchassée par l'honneur et reboutée de Dieu,
leur dit-il, avec quelle rigueur le péché vous malmène! Combien durera votre folie ? Vous n'avez
que trop erré par les mauvais chemins. Allons!
repentez-vous! — Oui, dit Tristan, il y a longtemps que nous suivons cette voie, mais telle

était notre destinée. Depuis trois ans, jour pour jour, nous connaissons les tribulations de l'amour. Je voudrais maintenant pouvoir accorder le roi et la reine, et je quitterais le pays. Je m'en irais en Loonois ou en Petite Bretagne, ou, si mon oncle voulait me souffrir à sa cour, je le servirais comme je dois. Pour Dieu, sire Ogrin, donnez-nous le meilleur conseil, et nous ferons ce que vous commanderez. » La reine s'incline aux pieds de l'ermite ; elle le supplie de les accorder avec le roi. « Car je n'aurai de ma vie pensée d'amour criminel. Je ne dis pas que je me repente jamais d'aimer Tristan d'une amitié sans déshonneur : tels que vous nous voyez, nous avons renoncé à la vie commune. »

L'ermite est touché de ces paroles, et il en remercie Dieu : « Sire omnipotent, je vous rends grâces de m'avoir laissé vivre assez pour voir ces jeunes gens venir à moi dans l'intention de guerpir le mal. Je jure ma créance qu'ils auront bons conseils de moi. Écoute, Tristan, un petit, et vous, reine, entendez ma parole. Quand un homme et une femme ont commis le péché, s'ils se sont quittés et viennent à pénitence et ont le repentir, Dieu leur pardonne leur méfait, tant soit-il laid et horrible. Pour ôter la honte et couvrir le mal, on doit mentir un peu avec adresse. Vous m'avez demandé conseil, je vous le donnerai sans délai. J'écrirai un bref sur parchemin. Il sera transmis à Lancien. Vous manderez au roi avec bons saluts que vous êtes au bois avec la reine, mais que, s'il voulait la reprendre et vous pardonnât, vous

iriez à la cour. Que le roi vous fasse pendre si
l'un des barons vous accuse d'avoir pris vilainement druerie avec la reine et si vous ne pouvez
vous justifier. Tristan, j'ose te donner ce conseil,
parce que je sais qu'il ne se trouvera personne
pour bailler gage contre toi. Le roi ne peut refuser
cette demande. Quand il vous condamna au bûcher,
à cause du nain, de nombreux témoins l'attestent,
il ne voulut pas de plaidoirie. Sans l'intervention
de Dieu qui te permit de t'échapper, tu serais
mort à déshonneur. Ta fuite sauva la reine.
Depuis vous avez vécu tous deux dans la forêt.
Ce n'est merveille : c'est toi qui l'amenas de sa
terre d'Irlande et la donnas au roi à Tintagel où
eurent lieu les noces. Tout cela fut fait : Marc le
sait bien. Il eût été mal de faillir à la reine ;
il te sembla meilleur de fuir avec elle. Si le roi
veut bien écouter ta défense, offre-lui de la présenter à sa cour, devant grands et petits, et, s'il
lui paraît bon, quand il sera certain de ta fidélité,
au conseil de ses vassaux, qu'il reprenne sa femme.
Si la chose ne le fâche pas, tu demeureras auprès
de lui et le serviras comme son soudoyer. Et s'il
ne veut de ton service, tu passeras la mer de
Frise et iras servir un autre roi. Tel sera le contenu
de la lettre. — Je l'octroie, dit Tristan. Qu'on
mette en outre sur le parchemin, s'il vous plaît,
beau sire Ogrin, que je n'ose me fier à lui, à cause
du ban qu'il a fait crier. Mais que je le prie, comme
seigneur que j'aime de bon amour, qu'il me ré-
ponde par un autre bref où il me dise son plaisir.
Qu'on porte le bref à la Croix-Rouge et qu'on

le pende à un arbre. Je n'ose lui mander où je suis,
car je crains encore sa colère. Je croirai ce qu'il
me mandera et ferai tout ce qu'il voudra. Maître
Ogrin, que le bref soit scellé. C'est tout ce que j'ai
à vous dire. »

L'ermite se leva ; il prit penne, encre et parchemin et mit par écrit toutes ces paroles. Quand ce
fut fini, il prit un anneau et scella la lettre avec
la pierre. « Qui la portera ? dit-il à Tristan. — Moi-
même. Je connais les êtres du château. Beau sire
Ogrin, sauve votre grâce, la reine demeurera ici,
tandis que j'irai à Lancien. Je partirai à la nuit
avec mon écuyer. Nous descendrons au bas de
la pente, et j'entrerai seul dans la ville, tandis
que Gorvenal gardera les chevaux. »

Le soir, après le coucher du soleil, quand le
ciel commence à se rembrunir, Tristan se mit en
route avec son maître. Ils arrivent aux portes de
la ville. Tristan descend, franchit le fossé, tandis
que les guettes cornaient de loin en loin. Il vint
promptement jusqu'au palais. Son cœur bat fort.
Il s'avance jusqu'à la fenêtre de la chambre où
le roi dort. Il n'a garde d'éveiller l'attention
du voisinage en criant à haute voix ; il appelle
doucement son oncle. « Qui es-tu, dit le roi, qui
viens à telle heure ? Que désires-tu ? Dis-moi ton
nom. — Sire, on m'appelle Tristan. J'apporte
une lettre. Je la mets là, au bas de la fenêtre. Je
n'ose vous parler plus longuement. Lisez cette
lettre, bel oncle. Je m'en vais. » Le roi se penche
à la fenêtre, appelle par trois fois son neveu. Mais
Tristan s'est enfui au plus vite. Il rejoint Gorvenal.

Tous deux montent, fuient à toute vitesse, et s'embattent dans la forêt.

Ils ont tant erré qu'au petit jour ils sont à l'ermitage. Ils entrent ; ils trouvent Ogrin qui priait Dieu de défendre de tout encombre Tristan et son écuyer. Quand il les voit, son cœur sautèle de joie. Ne demandez pas si Iseut fut contente : depuis leur départ, elle n'avait cessé de verser des larmes. Combien le temps lui avait paru long : « Ami, dis-moi, fait-elle, tu as donc été à la cour ? » Tristan lui a tout raconté, comment il vint aux portes de Lancien, comme il arraisonna le roi, comment celui-ci le rappela, comment il laissa le bref à la fenêtre et comment le roi trouva l'écrit. « Je rends grâces à Dieu, dit Ogrin ; Tristan, vous ne tarderez pas à recevoir de ses nouvelles. »

Le roi cependant faisait lever son barnage ; il mande d'abord son chapelain. Il lui tend le bref : celui-ci brise la cire et ouvre le pli. En tête de la lettre, il lit le salut de Tristan au roi, et parcourt rapidement ce qui suit ; il a dit au roi tout le contenu du message. Le roi l'écoute bonnement ; sa joie est grande. Il fait venir les plus prisés de ses barons : « Seigneurs, leur dit-il, un bref vient de m'être envoyé. Je suis votre roi et vous mes marquis. Le bref vous sera lu. Après quoi, vous me conseillerez ; je vous le requiers. » Dinas de Lidan se leva ; il dit à ses pairs : « Seigneurs, écoutez-moi. Si je ne parle pas bien, ne suivez pas mon avis. Que celui qui saura mieux dire parle à son tour, fasse le bien et laisse la folie. Nous ne

savons d'où nous vient le bref qui nous est transmis. Qu'il soit lu premièrement, et selon ce qu'il
contiendra, que celui qui peut donner un bon
conseil le donne sans hésiter. Il n'est forfait plus
grand que de conseiller mal son droit seigneur. »
Les Cornouaillais dirent au roi : « Dinas a parlé
comme un homme de cœur », et au chapelain :
« Dan Chapelain, devant nous tous, lisez le bref
de point en point. »

Le chapelain s'assied, déplie le bref des deux
mains. « Écoutez. Tristan, le neveu de notre
seigneur, mande d'abord salut au roi et à tout
son barnage. " Roi, tu sais comment fut fait le
mariage de la fille du roi d'Irlande. C'est moi qui
allai par mer demander sa main ; je l'ai conquise
par ma prouesse, ayant délivré le pays du grand
serpent crêté. Je l'amenai en ta contrée, et tu la
pris pour femme devant tes chevaliers. Tu n'es
guère demeuré avec elle, car des félons jaloux et
des losengers de ton royaume te firent accroire
des mensonges. Je suis prêt à en donner gage, si
quelqu'un voulait jeter le blâme sur la reine, et
l'alléger, beau sire, contre mon pair, à pied ou
à cheval, chacun ayant armes égales. Et si je ne
puis le prouver et me justifier moi-même, en
ta cour, fais-moi juger devant ton ost. Vous savez,
sire, que dans votre colère, vous voulûtes nous
brûler, mais Dieu nous prit en pitié. J'échappai
à la mort en faisant un saut du haut d'un grand
rocher ; lors la reine fut abandonnée aux méseaux :
je la sauvai, et depuis lors elle a fui avec moi et
partagé mon exil. Comment aurais-je pu l'aban-

donner, puisqu'elle s'était exposée à la mort pour
moi ? Quand nous fûmes dans la forêt, je n'osai
plus en sortir. Vous fîtes crier un ban pour qu'on
se saisisse de nous. Maintenant, si c'était votre
plaisir de reprendre Iseut au clair visage, nul
baron de ce pays ne vous servirait mieux que je
ne ferais. Si l'on vous détourne de me prendre à
votre service, je m'en irai chez le roi de Frise, et
vous n'entendrez plus jamais parler de moi.
Conseille-toi sire, et fais ton plaisir. Je ne peux
plus vivre en tel tourment : ou je m'accorderai
avec toi, ou je ramènerai Iseut en sa contrée, et
elle sera reine d'Irlande. '' — Sire, dit le chapelain,
il n'y a rien de plus dans cet écrit. »

Les barons ont ouï la demande de Tristan qui
leur offre la bataille pour la fille du roi d'Irlande.
Et tous sont du même avis : « Roi, disent-ils,
reprends ta femme. Ceux-là n'eurent pas le sens
commun qui médirent de la reine. Je n'approuve
guère que Tristan demeure deçà la mer. Qu'il
aille plutôt en Galvoie offrir ses services au riche
roi de ce pays qui guerroie avec le roi d'Écosse.
Mandez-lui par lettre qu'il vienne et vous amène
la reine à bref délai. » Le roi appela son chapelain :
« Écrivez promptement ce bref, lui dit-il ; vous
avez ouï ce que vous y mettrez. Hâtez-vous : j'ai
le cœur serré : il y a longtemps que je n'ai vu la
malheureuse Iseut. Scellez le bref et pendez-le
à la Croix-Rouge dès ce soir. N'oubliez pas les
saluts de ma part. »

Le bref fut écrit, porté et pendu à la Croix-
Rouge.

Tristan ne dormit pas de la nuit. Avant le jour, il a traversé la Blanche Lande et pris la charte scellée. Il la porte à Ogrin. « Tristan, dit l'ermite après avoir lu la lettre, sois heureux. Ta parole a été entendue. Le roi reprend la reine, selon le conseil de ses gens. Mais ils n'ont pas osé l'exhorter à te retenir comme soudoyer. Va donc servir en autre terre et demeure un an ou deux, après quoi tu reviendras à la cour, si le roi le veut. Dans les trois jours, le roi est prêt à recevoir la reine. L'entrevue aura lieu au Gué Aventureux. C'est là que tu devras la conduire. Le bref ne dit pas autre chose. »

Dans le petit jardin d'Ogrin Tristan parle à Iseut : « Voici bientôt le moment de nous séparer ; est-il deuil plus cruel que de perdre son amie ? Mais il faut nous y résigner, à cause de la souffraite de biens que vous avez si longtemps endurée. Vous avez assez pâti, reine. Quand le moment viendra de nous quitter, nous échangerons un gage. Durant mon séjour en terre étrangère, je ne laisserai pas de vous envoyer des messages. De votre côté, belle amie, mandez-moi tout ce qu'il vous plaira. — Tristan, dit Iseut avec de longs soupirs, tu me donneras Husdent, ton brachet : jamais chien de chasse ne sera gardé à tel honneur ; bête ne sera mieux hébergée ni couchée en si belle cage, car Husdent me rappellera notre vie dans la forêt. Ami Tristan, je vous donnerai mon sceau de jaspe vert. Pour l'amour de moi, portez l'anneau à votre doigt, et s'il vous vient à la pensée de me mander quelque chose par

message, faites-moi présenter cet anneau. Nul
ne m'empêchera alors, dès que je verrai l'anneau
(que ce soit sagesse ou folie) de faire ce que me
dira votre messager, pourvu que l'honneur soit
sauf. Je vous le promets au nom de notre parfait
amour. Ami, voulez-vous me donner Husdent
le baut ? — Oui, chère Iseut, je vous donne Husdent par druerie. — Merci. Ayez donc l'anneau
en échange. » Tristan prend le beau jaspe vert et en
orne son doigt. Deux baisers scellent le marché.

Frère Ogrin se hâta d'aller au Mont Saint-Michel
de Cornouaille. Il acheta vair et gris, draps de
soie et de pourpre, écarlate et chainsil plus blanc
que fleur de lis, et un palefroi à douce allure,
harnaché d'or flamboyant. Ogrin barguigne, achète
au comptant et à crédit, de sorte que la reine sera
richement vêtue.

Le roi Marc a fait hucher par toute la Cornouaille qu'il s'accorde avec la reine Iseut. L'accord sera pris devant le Gué Aventureux : la
renommée l'a claironné partout. A cette assemblée
ne manquera ni chevalier ni dame. Ils étaient
avides de voir la reine qui était aimée de toutes
gens, hormis les félons que Dieu damne. Il y eut
foule au Gué Aventureux, le jour du parlement.
Maints pavillons et maintes tentes sont dressés,
sur toute l'étendue de la prairie. Tristan chevauche avec sa mie. Il a endossé son haubert
sous son bliaut, car il craint toujours quelque
embûche. Il aperçoit les tentes et reconnaît le roi
et ses barons. « Dame, dit-il à Iseut, retenez Husdent et ayez-en bien soin. Voyez là-bas le roi,

votre mari, avec les hommes de son honneur.
Nous n'aurons plus désormais long entretien
ensemble. Voici les chevaliers, les soudoyers du
roi, qui viennent au-devant de nous. Pour Dieu,
le glorieux du Ciel, si je vous mande aucune
chose, pensez à faire ma volonté. — Ami Tristan,
foi que je vous dois, s'il se présente un messager
sans votre anneau, je ne croirai rien de ce qu'il
me dira, mais dès que je verrai l'anneau, il n'est
ni tour, ni mur, ni château fort qui me retiendra
que je ne fasse aussitôt le commandement de
mon ami, loyalement. — Dieu t'en sache gré!
dit Tristan en pressant Iseut sur son cœur. —
Ami, écoute. Par le conseil d'Ogrin l'ermite,
tu vas me rendre au roi. Je te prie de ne partir de
ce pays tant que tu saches comment le roi se
comportera avec moi, ta chère drue. Va donc
t'héberger chez le forestier Orri ; que ce séjour
ne t'ennuie : nous y avons couché mainte nuit.
Les trois félons qui nous persécutent finiront
par y trouver leur perte. Que l'Enfer s'ouvre
pour les engloutir! Je les redoute encore. Cache-
toi bien dans le cellier d'Orri. Je te manderai
par mon chambellan Périnis les nouvelles de la
cour. Prends ton mal en patience. — Je serai
sage, Iseut. Mais qui te reprochera folie se garde
de moi comme d'ennemi! »

Ils sont tant allés, que le roi s'est avancé à leur
rencontre. Ils s'entre-saluent. Le roi venait très
fièrement à une portée d'arc devant ses gens avec
Dinas le sénéchal. Tristan tenait par la rêne le
palefroi d'Iseut. « Roi, fait-il, je te rends la noble

reine Iseut. Jamais il ne fut donné à un homme d'accomplir si haut devoir. Je vois ici les barons de ta terre, et en leur présence je veux te requérir que tu me permettes de me justifier et soutenir devant ta cour qu'il n'y eut jamais entre elle et moi quoi que ce soit qui atteigne notre honneur. Ceux qui m'ont accusé n'ont jamais fait la preuve. Permets-moi de combattre à pied ou autrement devant ta cour. Si je suis condamné, qu'on me livre au supplice, et si je sors du combat sain et sauf, retiens-moi parmi tes chevaliers, ou laisse-moi retourner en Loonois. »

Le roi voulut se conseiller : il demande d'abord l'avis d'Andret. Le félon dit : « Roi, si tu le retiens, il en sera plus redoutable. » Le roi est hésitant et garde le silence. Il se tire à l'écart et laisse la reine avec Dinas qui était homme sincère et loyal et coutumier de faire bonnes manières aux gens. Dinas joue et gabe avec Iseut ; il lui ôte du cou sa chape qui était de riche écarlate ; elle avait vêtu une tunique sur un beau bliaut de soie. Certes, l'ermite Ogrin ne regretta pas d'avoir payé la robe un bon prix : la reine était belle à merveille. Le sénéchal s'égaie avec elle, ce qui ne laisse pas de faire enrager Gondoïne et ses amis. Ils s'approchent du roi. « Sire, font-ils, nous te donnons un sage conseil. La reine a encouru le blâme et fui hors de ta contrée. Si tu les laisses ensemble, on dira que tu consens à leur félonie. Fais partir Tristan de ta cour, et dans un an, quand tu seras assuré qu'Iseut t'est fidèle, tu manderas à Tristan de revenir. Tel est le

conseil que nous te donnons de bonne foi. » Le
roi se recueillit un moment et dit : « Barons, je
suivrai votre avis. » Les barons se retirent et ré-
pètent les paroles du roi.

Quand Tristan entend que le roi veut qu'il
s'éloigne sans délai, il prend congé de la reine.
Ils se regardent l'un l'autre simplement ; la reine
était rouge ; elle avait vergogne à cause de l'assemblée. Tristan s'en va, et ce départ rend bien
des cœurs pensifs. Le roi met à sa discrétion or
et argent, et vair et gris. Il lui demande où il
ira. « Roi de Cornouaille, répond Tristan, je ne
prendrai pas une maille de ce que vous m'offrez ;
je vais mettre mon épée au service du roi de Galvoie qui est en guerre avec ses voisins. » Tristan
eut un beau convoi. Il fut accompagné du roi à
cheval et de nombreux barons. Iseut le suit de
ses yeux mouillés de larmes. Ceux qui ont accompagné Tristan retournent au bout d'un certain
temps. Dinas seul le reconduit longtemps encore.
Enfin il prend congé de son ami. Tous deux se
jurent de se revoir. « Dinas, entends un peu. Si
je te mande par Gorvenal quelque besogne pressante, fais tôt comme tu dois. » Dinas répond
que Tristan peut compter sur lui. Ils s'embrassent
et se séparent non sans tristesse.

Dinas rejoignit le roi qui l'attendait sous un
arbre. Or les barons chevauchent vers la ville. Le
peuple en sort par milliers, tant hommes que
femmes et enfants, pour fêter joyeusement le
retour de la reine. Les cloches sonnent à toute
volée. Quand on apprend que Tristan s'en va, les

visages se rembrunissent. Ils démènent grande joie
pour Iseut : sachez qu'il n'y avait pas une rue qui
ne fût pourtendue de draps de soie ou au moins de
courtines, et jonchée de fleurs. Le roi avec sa suite
se rend au moutier Saint-Samson ; évêque, abbé,
moines et clercs vont à sa rencontre, revêtus d'au-
bes et de chapes. La reine est descendue ; l'évêque
l'a prise par la main et la mène à l'autel. Dinas le
preux lui apporte un parement d'orfroi qui vaut
bien cent marcs d'argent. La reine en fait offrande
à l'église et le pose sur l'autel : une chasuble en
fut faite, qu'on ne tire du trésor qu'aux grandes
fêtes annuelles : elle est encore à Saint-Samson,
disent plusieurs qui l'ont vue. Quand Iseut sortit
du moutier, le roi, les comtes et les princes la condui-
sirent au haut palais où il y eut grande fête : les
portes en furent grandes ouvertes, et chacun put y
venir manger. Jamais depuis ses noces la reine
n'avait été autant honorée. Le roi affranchit cent
serfs et adouba vingt demoiseaux à qui il donna
armes et hauberts. Pendant ce temps-là, Tristan
chevauchait par la forêt. Il a tant erré par voie et
sentier qu'il est venu à la maison d'Orri. Le forestier était homme franc et grand chasseur ; il
prenait sangliers et laies avec des panneaux, cerfs
et biches, daims et chevreuils à la haie. Il n'était
pas chiche et donnait beaucoup à ses sergents. Il
logea Tristan dans un cellier souterrain qui avait
une entrée secrète. Il hébergea aussi Gorvenal qui
servait son maître du mieux qu'il pouvait. Par
Périnis, le franc meschin, le banni eut des nouvelles
de sa mie.

XII

Nouvelle requête des trois félons. — Iseut réclame sa mise en jugement. — Mission de Périnis à la Table Ronde.

Il était dit que les trois félons n'auraient fin ni cesse de tourmenter le roi Marc. Un mois s'était à peine écoulé. Le roi était allé en plaine avec deux fauconniers. Il regarde en l'air un épervier qui chasse une alouette; l'alouette monte si haut qu'on ne la voit plus qu'à peine. Le fauconnier tient sur son poing un autre épervier qui convoite l'oiseau, et soudain il le laisse aller; il part raide comme une flèche et tire contremont de toute la vitesse de ses ailes, atteint l'alouette, l'avillonne et ne la peut saisir. Et l'alouette plonge et fond à terre avec l'épervier; elle se délivre et vient se mettre entre les chevaux; elle se croit sauvée, mais déjà l'épervier l'a prise entre ses serres. Le roi s'égayait à ce déduit si plaisant à regarder, quand soudain viennent les trois félons qui lui disent : « Roi, écoute,

si la reine n'est pas coupable, elle ne s'est toutefois
encore justifiée. Les barons de ce pays t'ont requis
de faire faire la preuve judiciaire ; si tu continues
à te dérober, on le tiendra à vilenie. Ce soir, à ton
coucher, dis à ta femme ta ferme résolution d'or-
donner le jugement, et si elle refuse chasse-la de
ton royaume. » Le roi écoute les barons. Le sang
lui monte à la tête. « Seigneurs Cornots, dit-il, vous
ne cessez de blâmer la reine. Il faudrait en finir avec
cette affaire. Demandez-vous qu'elle se retire en
Irlande ? Que voulez-vous ? Tristan offrit de la
défendre, mais nul de vous n'eût osé prendre les
armes. Aujourd'hui il est hors du pays. Vous avez
eu raison de moi ; j'ai banni Tristan, et maintenant il faut que je bannisse la reine ? Puissent-ils
avoir male fin, ceux qui me poussèrent à l'exiler !
Par saint Étienne le martyr, vous me demandez
trop. Jamais on ne vit tel acharnement. Vous n'avez
cure de ma tranquillité ; avec vous je ne puis avoir
la paix. Mais dès demain, je vous mettrai en demeure
de choisir. Nous verrons bien. »

Les paroles du roi ont tellement effrayé les
barons qu'ils ne voient d'autre ressource que la
fuite. « Dieu vous confonde ! s'écrie Marc, vous qui
avec tant d'ardeur pourchassez ma honte. Mais
cela ne vous vaudra rien. Je ferai venir le baron
que vous avez fait fuir. » Ils s'en vont, tête basse.
Ils disent : « Que faire ? Le roi est plein de rancune.
Bientôt il mandera son neveu ; rien n'y fera ; et
si Tristan revient, nous sommes morts. Il ne trouvera en forêt ou sur le chemin nul d'entre nous qu'il
ne lui passe l'épée à travers le corps. Disons au roi

que nous sommes pour la paix, et que nous ne lui
parlerons plus jamais de l'aventure de sa femme. »
Le roi était dans une éteule avec ses fauconniers. Il
n'a cure de ce que les félons peuvent lui conter ;
il le jure entre ses dents. Et il se dit que s'il avait
sa force avec lui, il les ferait arrêter tous les trois.
Ceux-ci reviennent. « Sire, font-ils, entendez-nous.
Vous êtes marri et courroucé, parce que nous vous
parlons de votre honneur. Cependant un roi ne
devrait savoir mauvais gré à ceux qui le conseil-
lent. Malheur à celui qui te hait ! Mais nous qui
sommes tes féaux, nous te donnons loyalement
notre avis. Puisque tu ne nous crois pas, fais ce
qu'il te plaît. Tous nous tairons désormais là-dessus.
Pardonne-nous de t'avoir fâché. » Le roi ne répond
rien ; il reste accoudé à son arçon et ne daigne pas
tourner la tête. Il leur dit enfin : « Seigneurs, il y a
peu, vous entendîtes le défi que mon neveu vous
porta au sujet de ma femme. Vous avez esquivé le
combat. Désormais, je vous interdis. Déguerpis-
sez de ma terre. Par saint André que l'on va requérir en Écosse, vous m'avez fait au cœur une blessure qui ne se fermera pas d'ici un an. » Gondoïne,
Ganelon et Denoalan voient que le roi s'éloigne
sans avoir voulu entendre raison. Ils vont de leur
côté, pleins de rage et de haine. Ils ont des châteaux
forts bien clos de pieux, bâtis sur hauts puis et
assis en la roche. Ils donneront du tourment à leur
seigneur, si la chose n'est amendée.

Le roi n'a pas fait longue demeure avec ses
fauconniers. Il est descendu à Tintagel devant sa
tour. Nul ne le suit. Il entre dans les chambres,

l'épée ceinte. Iseut s'est levée à sa rencontre, puis s'est assise à ses pieds. Le roi la prend par la main et la relève. La reine s'incline ; il la regarde bien en face. Il la vit très cruelle et fière ; elle s'aperçut qu'il était fâché : il était venu en petite compagnie. Elle pense : « Mon ami a été trouvé, le roi l'a pris ! » Le sang lui monta au visage, et elle eut froid dans le ventre. Elle tombe à la renverse, pâmée. Le roi l'a prise entre ses bras ; il la couvre de baisers. Il pensait qu'un mal soudain l'avait frappée. Quand elle fut revenue à elle, le roi lui dit : « Ma chère amie, qu'avez-vous ? — J'ai peur, sire. — De quoi ? » Elle est rassurée, ses couleurs reviennent. Elle dit doucement : « Sire, je vois que vous n'avez pas passé une bonne journée. Est-ce les chiens ou les oiseaux ? » Le roi se déride, embrasse Iseut. « Amie, fait-il, j'ai trois félons qui de longue-main cherchent à nous désunir. Je ne sais ce qui me retient de les chasser hors de ma terre. Ils ne craignent pas de me faire la guerre. Ils m'ont assez éprouvé et je leur ai trop consenti. Il n'y a plus à y revenir. Leurs faux rapports ont été cause que j'ai chassé mon neveu loin de moi. Mais je n'ai cure de leurs menaces. Tristan reviendra prochainement ; il me vengera des trois félons. »

La reine l'a entendu ; elle eût bien dit tout haut ce qu'elle pensait, mais elle n'osait. « Dieu a fait miracle, songe-t-elle ; mon seigneur déteste ceux qui ont levé le blâme contre moi. Puissent-ils être châtiés ! » Et simplement, comme celle qui sait parler à propos : « Sire, fait-elle, quel mal ont-ils dit de moi ? Chacun peut dire ce qu'il pense. Je n'ai

d'autre défenseur que vous. Que Dieu les mau-
disse! Ils m'ont tant de fois fait trembler! — Dame,
dit le roi, trois de mes barons les plus prisés m'ont
abandonné. — Pour quelles raisons? — Ils me
blâment à ton sujet. — Pourquoi, sire? — Je te
le dirai. Il n'y a pas eu d'épreuve judiciaire tou-
chant le cas de Tristan. Si tu ne veux présenter ta
défense, ils diront que c'est parce que tu es coupable. — J'y suis prête. — Quand? — Aujourd'hui
même. — Le terme est court. — Il est assez long.
Sire, écoute-moi pour Dieu. N'est-ce pas chose
monstrueuse qu'ils ne me laissent une heure en
paix? Dieu m'aide, je n'accepterai d'autre défense
que celle que je te deviserai. Si je leur faisais serment en ta cour, devant tes gens, ils devraient
m'assurer qu'ils n'exigent pas autre justification.
Roi, je n'ai parent en ce pays qui pour ma défense
se mît en guerre ou en rébellion. Je m'en tiens à
mon offre et ne me soucie de leur refus. S'ils veulent que je jure, et s'ils veulent le jugement de
Dieu, ils passeront par mes conditions. Au jour
marqué, j'aurai sur la place le roi Artur et sa
ménie. Si devant lui je suis mise hors de cause, les
gens d'Artur sauront prendre ma défense contre
les Cornots ou les Saînes qui tenteraient de m'accuser encore. C'est pourquoi il convient que ceux-là
y soient et voient de leurs yeux ma justification.
Le courtois Gauvain, le neveu d'Artur, Girflet
et le sénéchal Keu et les autres combattront
contre ceux que j'ai dits. Les Cornots sont médisants, tricheurs de mainte façon. Fixe un terme et
mande-leur que tu veux que tous, pauvres et

riches, soient en la Blanche Lande. Déclare claire-
ment que tu confisqueras leur héritage à ceux qui
manqueront à l'appel. Ma personne sera en sûreté,
dès que le roi Artur verra mon message, car il
viendra ici ; je suis certaine de ses sentiments. —
Vous avez parlé comme il sied », dit le roi. Le terme
du jugement est assigné à quinze jours de là.
Le roi le mande aux trois fuyards qui ont
traîtreusement quitté la cour.

Or tous savent par la contrée le jour marqué
pour l'assemblée et que le roi Artur y viendra avec
la plupart des chevaliers de sa ménie. Iséut ne
s'est pas attardée. Elle mande par Périnis à Tristan
tous les tourments qu'elle a soufferts naguère
pour lui. Que la paix lui soit enfin rendue ! Tristan
le peut, s'il veut. « Dis-lui qu'il connaît bien le
marais qui se trouve au Mal Pas, au bout de la
planche : j'y salis un jour mes vêtements. Sur la
motte, en haut de la planche, qu'il se tienne,
accoutré en méseau, le jour qu'on lui marquera ;
qu'il ait une béquille et un hanap de bois avec une
bouteille attachée par une courroie. Que son visage
soit tuméfié à souhait, et qu'il porte devant lui
son hanap, et demande l'aumône aux passants ;
il gardera l'argent jusqu'à ce que je le voie privé-
ment en chambre secrète. — Dame, dit Périnis,
comptez sur moi pour accomplir le message. »
Périnis quitte la reine et s'en va tout seul par la
forêt ; à la tombée de la nuit il arrive au refuge de
Tristan. Orri et Gorvenal viennent de se lever de
table. Ils le conduisent au cellier. Tristan est bien

heureux d'apprendre des nouvelles de sa drue. Il
prend la main du franc valet et le fait asseoir.
Périnis lui a tout conté du message de la reine.
Tristan s'incline un peu vers la terre et jure par
tous les saints que ses ennemis ont fait ce tripot
pour leur malheur et qu'ils ne pourront éviter que
leurs têtes ne pendent aux fourches. « Dis à la
reine, fait-il, mot pour mot, que j'irai au rendez-
vous, qu'elle n'en doute pas. Qu'elle s'entretienne
en joie et santé. Je ne prendrai un bain jusqu'à
tant que mon épée soit teinte du sang de ses tour-
menteurs. Dis-lui que tout sera bien imaginé pour
la garantir des effets du serment. Je la verrai quelques instants seulement. Va, dis-lui qu'elle n'ait
aucune crainte. Je serai au plaid, accoutré comme
truand. Le roi Artur me verra assis au bout du
Mal Pas, mais il ne pourra me reconnaître : je
lui tirerai son aumône, comme aux autres. Raconte
à la reine tout ce que je t'ai devisé dans le souterrain, et porte-lui plus de saluts qu'il n'y a en mai
de boutons sur l'aubépine. — Je lui dirai tout cela,
dit Périnis en montant les degrés. Je vais maintenant au roi Artur, beau sire ; je dois le prier à son
tour de venir ouïr le serment, avec cent chevaliers
qui seront les garants de la reine, au cas où les
félons mettraient sa loyauté en doute. »

Il sort du souterrain et enfourche son bon chasseur. Il ne tirera la rêne qu'il ne soit venu à Carduel. Il va au château, s'enquiert du roi ; on lui
dit qu'il est à Senaudon. Il fait boire son cheval
et lui donne son picotin. Il passa la nuit dans les
bois. Au petit jour il se remit en chemin et chercha

tant qu'il vit les tours de Senaudon. Un berger
était dans la lande qui sonnait du flageolet. « Ami,
dis-moi, le roi est-il ici ? — Certainement, sire, à
l'heure qu'il est, il est assis à la Table Ronde, avec
toute sa ménie. » Le valet descendit au perron. Il
passa la porte. Il y avait là foule de fils de comtes
et de riches vavasseurs. L'un d'eux accourt au roi.
« Sire, il y a là dehors un valet qui demande à te
parler. »

Périnis entra dans la salle, s'avança jusqu'à
l'étage où le roi était assis, entouré de ses barons.
« Dieu, fait-il, sauve le roi Artur et tout son barnage, de par la belle Iseut, son amie! » Le roi se
lève de table : « Dieu la sauve et garde, dit-il, et
toi, ami! Il y a longtemps que je n'ai reçu d'elle
un message. Valet, devant ma ménie, je t'octroie
tout ce que tu requiers. Tu seras fait chevalier, toi
tiers, en l'honneur de la plus belle qui soit d'ici
jusqu'en Espagne. — Sire, merci. Oyez pourquoi je
suis venu. Que tes barons entendent, et notamment
messire Gauvain. La reine s'est accordée avec son
seigneur, ce n'est plus un secret. A cet accord
furent présents tous les barons du royaume. Tristan
offrit de se porter garant de la loyauté de la reine.
Mais nul parmi les barons ne voulut prendre les
armes. Or, sire, derechef, ils réclament le jugement
de la reine. Il n'est à la cour du roi homme noble,
Irois ou Saîne, qui soit de son lignage. J'ai ouï
dire que celui-là nage très bien dont on soutient le
menton. Roi, si je mens, tenez-moi pour cuivert.
Le roi change souvent d'avis ; il n'a pas courage
entier. La belle Iseut lui a répondu qu'elle ferait

justice devant vous. Elle vous requiert et vous
supplie, comme votre amie chère, que vous soyez
au jour convenu au Gué Aventureux. Venez-y avec
cent de vos compagnons. Elle sait qu'il y a en
votre cour maints chevaliers loyaux et sans reproche. Elle sera acquittée devant vous. Dieu garde
qu'il ne lui arrive malheur ! Car alors vous lui seriez
garant et ne lui manqueriez si peu que ce soit.
D'aujourd'hui en huit jours aura lieu l'assemblée. »

En entendant le messager, les chevaliers pleurent grosses larmes ; il n'en est un seul qui ne soit
ému. « Dieu ! fait chacun, qu'est-ce que ces barons
demandent encore ? Le roi a fait ce qu'ils ont
commandé. Tristan est parti du pays. Jamais
n'entre en paradis qui refusera d'aider la reine
Iseut, la belle ! » Gauvain s'est levé. « Oncle, dit-il,
si tu me l'octroies, le procès tournera mal pour les
trois félons. Le plus infâme est Ganelon : je le
connais, et il me connaît bien aussi. Je le jetai dans
un bourbier après une rude joute. Si je puis le tenir,
Tristan reviendra à la cour du roi Marc, car je lui
ferai assez d'ennuis, et il sera pendu haut et court. »
Girflet se lève après Gauvain : « Roi, Denoalan, Gondoïne et Ganelon haïssent la reine de longue-main.
Que Dieu me fasse perdre le sens si je ne défie
Gondoïne, et si je ne lui perce le flanc d'outre en
outre de ma lance de frêne, que jamais je n'embrasse belle dame sous la courtine ! » Périnis ap-
prouva d'un bel enclin de tête. Ivain, le fils d'Urien,
prend la parole à son tour : « Je connais assez Denoalan ; il applique tout son engin à diffamer. Il sait
bien faire muser le roi ; il lui en dira tant que l'autre

le croie. Si je le rencontre sur mon chemin, comme
il m'avint naguère, et qu'il ne gagne la bataille, que
je sois clamé sans foi ni loi si je ne le pends de ma
main. » Périnis dit au roi Artur : « Sire, je suis certain que les félons qui ont brouillé le roi avec la
reine recevront le châtiment qu'ils méritent.
Jamais homme de lointaine contrée n'a menacé à
ta cour que les tiens n'en soient venus à bout. » Le
roi Artur sourit de contentement. « Sire valet, fait-il,
allez manger. Ceux-ci penseront à venger votre
dame. » Puis il dit à haute voix, pour que Périnis
l'entende : « Ménie franche et honorée, gardez que
pour l'assemblée vos chevaux soient bien nourris
et reposés, vos écus neufs et vos draps magnifiques. Nous allons jouter devant la belle Iseut.
Celui-là aimera bien peu sa vie qui hésitera à
prendre les armes. »

Le roi a fait son ban. Tous les barons l'acclament
et jurent de se trouver au jour dit à la Blanche
Lande. Périnis le bien-né demande congé. Le roi
monte sur Passelande, son bon cheval, car il veut
convoyer avec une nombreuse suite le messager
d'Iseut. Ils vont devisant le long du chemin : le
sujet de l'entretien est la belle par qui tant de
lances seront mises en pièces. Avant de s'en séparer,
le roi promit à Périnis de l'armer chevalier un jour
prochain et de lui faire présent de tout son harnais.
« Bel ami, dit-il, allez, et saluez de ma part votre
dame, comme son propre soudoyer qui vient à elle
pour lui rendre la paix. Je ferai toutes ses volontés,
ce qui ne manquera pas d'accroître mon prix et
ma renommée. » Périnis remercia le roi, le salua

et piqua le chasseur, tandis que le roi s'éloignait avec sa suite. Il chemine aussi tôt qu'il peut. Il ne séjourna nulle part, tant qu'il vint d'où il était parti et rendit compte à la reine et au roi de son message.

Tristan

XIII

*La Blanche Lande et le Mal Pas. — Tristan ladre. —
Ruse d'Iseut. — Le Noir de la Montagne et les chevaliers d'Artur. — Le serment ambigu.*

Le terme est venu du jugement de la reine. Tristan n'a pas perdu son temps : il s'est fait une robe
bigarrée : il est sans chemise, en cotte de vieille
bure, avec de laides bottes de cuir à carreaux, et
chape toute enfumée. Ainsi affublé, on le prendrait
pour un lépreux. Toutefois, il a sous son accoutrement son épée étroitement nouée entre ses flancs.
Il sort de son hôtel en cachette, avec Gorvenal qui
lui fait ses dernières recommandations : « Sire
Tristan, ne soyez bricon. Gardez que la reine ne
vous fasse semblant ni signe. — Maître, fait Tristan, soyez tranquille : je me tiendrai comme il
faut. De votre côté, faites ce que je désire. Je dois
craindre d'être reconnu. Prenez mon écu et ma
lance et apportez-les-moi avec mon cheval sellé
et enfréné, maître Gorvenal. Si besoin est, tenez-

vous bien embuissonné au bon passage que vous connaissez. Le cheval est blanc comme fleur ; cachez-le bien sous le feuillage afin qu'on ne puisse l'apercevoir. Le roi Artur sera là avec ses gens, et le roi Marc de même. Des chevaliers étrangers behourderont pour acquérir los et renom, et moi, pour l'amour d'Iseut, j'y ferai une joyeuse entrée. Qu'à la lance pende la manche dont la belle me fit don. Allez, maître, et faites pour le mieux pour notre sûreté. » Tristan prit son hanap et sa béquille et s'éloigna.

Gorvenal vint à son hôtel, vêtit son harnais et se mit aussitôt à la voie. Tandis qu'il se cache dans le bois, tout près du Mal Pas, Tristan s'établit, sans s'embarrasser autrement, sur une motte, au bout du marécage. Il fiche devant lui le bourdon qu'il avait pendu à son cou. Tout autour de lui s'étendent les bourbiers. A voir sa carrure, on ne pouvait le prendre pour un homme contrait ou infirme ; son visage, son pis, étaient boursouflés comme ceux d'un ladre ; par la vertu de l'herbe dont il s'était frotté, il avait peau d'oie, âpre et raboteuse. Il faisait cliqueter sa bouteille contre son hanap de bois pour apitoyer les passants. « Malheur, gémissait-il d'une voix rauque, malheur ! Qui aurait pu penser que je vivrais d'aumône ? Bonnes gens, ce métier n'est pas le mien, mais je n'en puis faire désormais un autre. » Les passants tirent leurs bourses ; Tristan reçoit l'argent sans mot dire. Tel a été sept ans truand qui ne sait si bien manger à l'écuelle d'autrui ; il demande même aux courlieux à pied et autres garçons qui vont mangeant

sur le chemin. L'un lui donne, l'autre le paie de
horions. Cette vile piétaille l'appelle arlot et
mignon. Tristan écoute et ne répond rien, sinon :
« Pour Dieu, je vous pardonne! » Mais quand un
de ces ribauds l'approche de trop près, il le reconduit avec sa potence. Les francs valets de bon
lignage lui donnent ferlin ou maille esterline ; il les
reçoit et dit qu'il boit à tous, et qu'il a tel feu au
corps qu'il ne pourra jamais l'éteindre. Ils pleurent
de pitié, et il n'est nul parmi eux qui puisse le
soupçonner de feindre.

Hébergeurs et écuyers cependant se hâtaient de
préparer les logements. Et voici les chevaliers qui
viennent le long des chemins et des sentes. Il y a
grande presse en ces fondrières où les chevaux
entrent parfois jusqu'aux flancs, où plus d'un
trébuche à grand-peine. Tristan ne s'en émeut
guère. Il leur crie : « Tenez bien vos rênes, seigneurs,
et piquez de l'éperon : plus loin vous serez à l'aise. »
Les chevaliers embourbés font tous leurs efforts,
mais le marais croule sous eux. Chacun s'enfonce,
et qui n'a houseaux en est bien privé. Le ladre
joue de sa cliquette, et à celui qui patauge dans la
fange il dit : « Pensez à moi. Que Dieu vous tire
du Mal Pas! Aidez-moi à renouveler ma robe. » Il
frappe son hanap de sa bouteille. Il appelle et
requiert tous ceux qui passent avec un malin
plaisir, et avec la secrète pensée de se faire remar-
quer d'Iseut la Blonde.

Il y a grande noise en ce Mauvais Pas. Les passants souillent leurs vêtements, et c'est à qui
criera le plus fort. Et voici le roi Artur qui vient

voir les chevaucheurs empêtrés dans le marais.
Tous ceux de la Table Ronde étaient au Mal
Pas avec leurs écus neufs, leurs chevaux gras et
séjournés et leurs atours les plus magnifiques. Ils
vont behourdant devant le gué. Tristan connaissait bien le roi Artur. Il l'appela : « Sire Artur,
je suis malade, estropié, méseau, et défait. Mon
père était pauvre ; onc il n'eut terre. Je suis venu
ici chercher l'aumône. J'ai entendu dire beaucoup
de bien de toi ; tu ne dois pas m'éconduire. Tu es
vêtu de beau grisain de Rennebourg, je pense.
Ta chair est plus blanche que toile de Reims. Je
vois tes jambes chaussées de riche soie brochée,
et tes guêtres sont de fine écarlate. Roi Artur,
vois comme la peau me démange et comme je
grelotte de fièvre! Pour Dieu, donne-moi ces
guêtres. » Le noble roi a pitié du ladre. Deux
demoiseaux l'ont déchaussé. Le malade prend les
guêtres, et se rassoit sur son tertre. Des barons
de la suite d'Artur lui jettent d'autres vêtements ;
il en a maintenant à grand plenté.

Voici maintenant le puissant roi Marc qui
s'avance vers le palud. Tristan va essayer d'avoir
du sien. Il cliquette de plus belle de sa bouteille
et de son hanap, et crie d'une voix enrouée avec
un sifflement du nez : « Pour Dieu, roi Marc, un
petit don! » Le roi Marc tire son aumusse et dit :
« Tiens, frère, elle est un peu usée ; mets-la sur ton
chef. — Sire, merci, fait Tristan ; elle est encore
bonne contre le froid. » Ce disant, il la glisse sous
sa chape avec tout ce qu'il a détourné. « D'où
es-tu, ladre? fait le roi. — De Carlion, fils d'un

Gallois. — Depuis combien d'années vis-tu retiré
du monde? — Sire, il y a trois ans, sans mentir.
Tant que je fus bien portant, j'avais courtoise
amie. C'est à cause d'elle que j'ai ces bosses ;
elle me fait sonner nuit et jour de cette tartevelle
dont le bruit étourdit ceux à qui je demande
l'aumône pour l'amour de Dieu. » Le roi repart :
« Raconte-moi donc comment ton amie t'a donné
cela ! — Sire roi, son mari était méseau : je faisais
avec elle la petite joie, et ce mal me vint de la
vie commune. Mais, certes, jamais il n'y eut
femme plus belle. — Comment l'appelles-tu ? —
La belle Iseut. » Le roi éclate de rire, et il s'éloigne.

À ce moment le roi Artur revenait de jouter,
lance levée. Il était gai. Il s'enquit de la reine.
« Elle vient par la forêt, sire roi, Andret l'accom-
pagne. » Et ils se disent l'un à l'autre : « Quelle
fondrière que ce Mal Pas ! On ne sait comment
en sortir. Il serait plus sage de rester ici. »

Les trois félons, que le feu d'enfer arde, viennent
à leur tour au gué et demandent au malade l'endroit où l'on peut passer. Tristan avec sa béquille
leur montre un grand croulier : « Voyez, là, cette
tourbière après cette mare, c'est droit de ce côté :
j'en ai vu passer plusieurs. » Les félons entrent
dans la fange, là où le ladre leur enseigne, et
bientôt s'y embourbent tous trois d'un coup
jusqu'aux auves de la selle. « Piquez à force, leur
crie le méseau du haut de sa motte, seigneurs,
vous n'avez plus qu'un petit chemin à faire ! »
Et de plus en plus les chevaux enfoncent dans la
vase, tandis que ceux qui les montent sont en

grand émoi de n'y trouver rive ni fond. Les chevaliers qui joutaient sur le mont accourent à bride
abattue. Le ladre leur crie : « Seigneurs, tenez-
vous bien à vos arçons ; vous n'avez que quelques brasses à faire pour traverser le marais. Je
vous dis que j'ai vu des gens y passer aujourd'hui. »
Si on l'eût vu alors hocher sa cliquette et heurter
le hanap! Voici enfin Iseut la belle : elle ne se tint
pas de joie quand elle vit la mésaventure des
envieux. Il y avait foule de barons autour du
roi qui regardaient les chevaliers se débattre dans
l'eau et la boue. Et le méseau les relance : « Seigneurs, la reine est venue ici pour établir son
innocence. Allez ouïr le jugement. » Il avise
Denoalan. « Prends-toi à mon bâton, lui crie-t-il,
et tire de tes deux mains tant que tu pourras! »
Denoalan avance la main ; le ladre lui tend le
bâton, puis le lâche, et le félon tombe en arrière
et disparaît dans le bourbier. Il en sort à grand-
peine. « Je n'en peux mais, fait le méseau, j'ai
les jointures et les nerfs engourdis et les mains
raides depuis que j'ai pris le mal d'Acre ; la
podagre m'a enflé les pieds et mes bras sont
comme une écorce. » Dinas était avec la reine ; il
cligne de l'œil à Tristan qu'il a reconnu sous sa
chape. Il se réjouit fort de voir les félons pris
à la trappe. Les accuseurs se sont tirés du marais
non sans encombre ; il leur faut maintenant
prendre un bain et changer de draps. Mais oyez
du franc Dinas. « Dame, dit-il à la reine, ce ciglaton
sera gâté ; c'est un endroit plus propre à faire
rouir le chanvre qu'à se promener avec une dame.

Je serais fâché que votre robe fût tachée. » Iseut
sourit, et, pour toute réponse, lui guigne de l'œil :
il entend la pensée de la reine. Il fait un détour
avec Andret, derrière un buisson d'épines, et
trouve un gué, où ils passent à peu près nets.

Iseut était restée seule. De l'autre côté du Mal
Pas se tenaient les deux rois et leur barnage qui la
regardaient. Elle vint à son palefroi tout tran-
quillement, prit les franges de la sambue qu'elle
noua sur les arçons, ôta le frein, le poitrail et les
lorains du cheval qu'elle disposa sous la selle,
mieux que nul écuyer ou garçon palefrenier. Tenant
sa robe d'une main et de l'autre sa courgie, elle
s'approche du gué, cingle son palefroi qui s'élance
et passe outre le marais. L'assemblée regardait
ébahie. La reine avait bliaut de soie de Bagdad
fourré d'hermine et manteau à traîne. Ses cheveux
sortaient de dessous sa guimpe en deux longues
tresses galonnées de blancs cordons et de fils
d'or, et tombaient sur ses épaules, et un cercle
d'or ceignait son chef de part en part. Elle s'adresse
vers la planche et parle au méseau : « Ladre, j'ai
besoin de toi. — Franche reine débonnaire je
suis à votre service, mais je ne sais ce que vous
me demandez. — Je ne veux pas crotter ma robe
dans ce bourbier ; tu me serviras d'âne et me
porteras tout doucement par la planche. —
Arrier ! reine franche, demandez-moi plutôt autre
chose. Je suis ladre, pustuleux et maléficié. —
Truand, viens çà et écoute. Crois-tu que je prenne
ton mal ? N'aie pas peur. — Ah ! Dieu, que voulez-
vous donc ? — Tu es gros et fort, tourne-toi,

mets là ton dos ; je te monterai comme un valet. »
Le faux infirme rit ; il courbe l'échine, Iseut noue
sa robe, et elle monte. L'assemblée, là-bas, n'en
croit pas ses yeux. Il soutient ses jambes de sa
béquille, soulève un pied et pose l'autre ; souvent
il fait semblant de choir et prend une mine douloureuse. Jambe deçà, jambe delà, Iseut le chevauche. « Or, disent les gens, regardez donc ! La
reine à cheval sur un méseau ! Il cloche du pied ;
il va choir sur la planche avec sa béquille. Allons
à sa rencontre au sortir de ce marchais. »

Le roi Artur s'avance, et tous les autres à la file,
tandis que le ladre, tête baissée, arrive au bout
de la planche et descend la reine, nette comme au
sortir de son palais. « Vous me baillerez bien quelque chose pour ma peine ? — Il l'a bien mérité,
reine, dit Artur, donnez-lui. — Foi que je vous dois,
sire, il est fort truand ; il a assez ; il ne mangera
aujourd'hui tout ce qu'on lui a donné ; sous sa
chape, j'ai senti sa gibecière qui n'est pas petite ;
elle est pleine de demi-pains et de pains entiers,
sans compter le reste. Il a des vivres et de quoi se
vêtir. S'il veut vendre vos guêtres, il en aura bien
cinq sous d'esterlins, et de l'aumusse de mon seigneur, il pourra acheter un bon lit avec draps et
couettes, ou un âne qui passe le marécage. C'est
un arlot qui a trouvé bonne pâture ; il n'emportera
pas de moi un ferlin vaillant ni une maille. » On
fait fête à Iseut. On amène son palefroi. Les deux
rois s'empressent autour d'elle et lui tiennent
l'étrier.

Cependant, Tristan trousse ses bagues et se

hâte de déguerpir. Il rejoint Gorvenal qui l'attend
en un détour, avec deux chevaux de Castille munis
de selles et de freins, deux écus et deux lances.
Que vous dirai-je des chevaliers ? Gorvenal avait
couvert son chef d'une guimpe blanche qui ne
laissait paraître que les yeux. Tristan s'enveloppe
la tête d'un voile noir. Il cache sa cotte d'armes et
son écu sous une serge de même couleur. A sa
lance pend l'enseigne que son amie lui a transmise.
Chacun monte son destrier. Gorvenal a un cheval
bel et gras ; Tristan monte le Beau Joueur : il
est revêtu comme son maître d'une housse noire.
Tous deux, ils ont ceint le brant d'acier. Ainsi
armés, ils vont trottant par un pré vert et débû-
chent au grand galop en la Blanche Lande. Gauvain, le neveu d'Artur, dit à Girflet : « Voyez venir
ces deux ! Je ne les connais pas. Sais-tu qui ils
sont ? — Je les connais, dit Girflet. L'un a cheval
noir et noire enseigne : c'est le Noir de la Montagne. Je connais l'autre aussi qui a des armes
vaires : il n'y en a guère en ce pays. Ces deux chevaliers sont féés, j'en suis certain. » Les deux compagnons portaient leurs atours comme s'ils fussent
nés avec. Le roi Marc et le roi Artur parlaient
d'eux plus qu'ils ne faisaient de tous les autres
répandus dans la large plaine. Quand ils paraissent
entre les rangs des chevaliers, on ne regarde
qu'eux. Ils brochent ensemble vers le tertre, mais
ils ne trouvent à qui se joindre. La reine les
reconnut tout de suite : elle se tenait d'un côté
du rang, avec Brangaine. Andret piqua vers
Tristan, lance levée : il ne le reconnaissait point,

mais Tristan savait bien à qui il avait affaire. Il
fond sur lui, le frappe dans l'écu et le jette à terre
avec un bras cassé. Il gît aux pieds de la reine,
sans relever l'échine.

Gorvenal vit venir des trefs le veneur qui avait
voulu livrer Tristan à la mort, quand il était
endormi dans la forêt. Il s'adresse à lui à toute
allure et lui plante son fer dans le corps.

Girflet, Cinglor, Ivain, Taulas de la Déserte,
Coris et Gauvain virent malmener leurs compagnons. « Seigneurs, fait Gauvain, que ferons-nous ?
Le veneur gît là, béant. Sachez que ces deux sont
féés. Nous ne les connaissons ni tant ni quant.
Or ils nous tiennent pour ribaudaille. Brochons
vers eux, allons les prendre ! — Qui pourra nous
les amener, dit le roi, nous aura servis à notre
gré. » Tristan et Gorvenal passèrent de l'autre
côté de l'eau. Les autres n'osèrent les suivre ;
ils demeurèrent au Pas, en grande angoisse ;
ils pensaient bien que les deux chevaliers étaient
des fantômes. Plusieurs abandonnent la joute et
retournent aux héberges.

Les tentes étaient nombreuses sur la lande ;
elles étaient de toile aux solides cordeaux, ornées
au sommet d'un pommeau qui reluisait au soleil ;
le dedans était jonché moins de roseaux que de
fleurs. Il y avait foule sur la Blanche Lande. Maint
chevalier jouait avec sa drue, en tressant des
chapeaux de fleurettes. On entendait au loin la
menée d'un cor de ceux qui chassaient le grand
cerf. Chaque roi se tenait à la disposition des deman-
deurs. Entre les riches barons il y eut maint

échange de présents. Après manger le roi Artur
va faire visite au pavillon du roi Marc avec sa
ménie privée, en riches atours de soie ou d'écarlate teinte en graine. Avec eux, il y avait maint
ménestrel qui jouait de son instrument, chalemie,
freteau, bedon ou bousine. Les deux rois réglèrent
le plaid de la reine qui devait avoir lieu le lendemain, devant tout le barnage. Puis Artur va se
coucher avec ses barons et ses drus.

Quand les guettes cornèrent le jour, chacun se
leva. Le soleil était déjà chaud sur la prime ; le
brouillard tomba, et la rosée. Les Cornouaillais
s'assemblent : il n'y a chevalier dans tout le
royaume qui n'ait avec lui sa femme. Un drap de
soie brodée fut étendu par terre, devant le tref
du roi Artur : c'était une étoffe de Nicée, ouvrée
menu à bêtes. Toutes les reliques du royaume de
Cornouaille renfermées en trésors, en armoires,
en masses, en filatères, fiertes, écrins ou châsses,
en croix d'or ou d'argent, furent entassées sur le
drap. Les deux rois se mettent de chaque côté ;
ils veulent qu'il y ait loyal accord. Artur le premier prend la parole : « Roi Marc, dit-il, qui t'a
conseillé une chose injuste s'est conduit de manière
déloyale ; tu t'es engagé légèrement dans cette
affaire. Tu ne dois croire une parole fausse. Les
dénonciateurs ont trop beau jeu de se dérober,
quand on les somme de soutenir leur accusation
par les armes ; ils doivent répondre de leur personne. La franche Iseut ne veut répit ni terme.
Ceux-là doivent savoir de certain qu'ils seront

pendus, si après sa défense ils continuent à l'accuser de folie. Or, oyez, roi : la reine s'avancera de telle sorte qu'elle puisse être vue de loin, et elle jurera de sa main droite sur les corps saints que jamais elle n'eut aucun commerce avec ton neveu que l'on puisse tenir à vilenie. Et quand elle aura ainsi juré, commande à tes barons de faire la paix. — Ah! sire Artur, qu'en puis-je mais? répondit le roi Marc. Tu me blâmes et tu as raison, car fol est celui qui croit les envieux ; je les ai crus, hélas! bien malgré moi. Mais s'il y a jugement en ce pré, nul ne sera si hardi de persister dans sa haine, quand la reine sera justifiée, qui ne reçoive un châtiment mérité. »

Le conseil est fini. Tous s'assoient en rang. Iseut est entre les deux rois qui la prennent par la main. Gauvain est près des reliques, et toute la ménie d'Artur autour de lui. « Entendez-moi, belle Iseut, dit le roi Artur, oyez de quoi on vous appelle : déclarez que Tristan ne toucha à votre corps et n'eut aucun amour autre que l'amour légitime qu'il doit porter à son oncle et à la femme de son oncle. » Iseut répondit à haute voix : « Seigneurs, je jure sur les saintes reliques que jamais homme ne se mit entre mes jambes, hormis le ladre qui se fit bête de somme pour me porter outre le gué, et le roi Marc mon époux. De ces deux je ne puis m'éconduire. Si l'on juge que je doive subir l'épreuve du fer rouge, je suis prête. » Tous ceux qui l'ont ouïe approuvent la défense : « Elle a parlé comme elle devait. — Dieu! avez-vous ouï ce serment? — Elle a fait justice. — Elle en a plus

dit que ne requéraient les félons. L'affaire est
jugée. Elle a juré que nul n'entra entre ses cuisses
que le méseau qui l'a portée, hier, à l'heure de
tierce, outre le gué, et le roi Marc, son droit
époux par la loi de Sainte Église. Malheur à qui
refusera de la croire! »

Le roi Artur dit au roi Marc, devant tous les
barons : « Roi, nous avons vu, ouï et entendu la
défense de la reine. Maintenant, que Denoalan,
Ganelon et Gondoïne se gardent de leurs calomnies!
Guerre ou paix ne me retiendront, dès qu'Iseut
m'en requerra, que je n'accoure armé avec les
miens, défendre sa cause! » Ils s'en vont. Iseut la
Blonde remercie le roi Artur. « Dame, répond celui-ci,
je garantis votre sûreté. Il ne se trouvera désormais, tant que je serai en vie, un seul homme qui
ose médire de vous. Ces trois traîtres l'ont fait
à leur dommage. Je prie le roi, votre sire, de ne
plus ajouter foi au rapport d'un félon. — Si je
le fais dorénavant, dit Marc, blâmez-moi. »

Là-dessus les deux rois se séparèrent ; chacun
retourna aux affaires de son royaume. Le roi
Artur alla à Dureaume. Le roi Marc demeure en
Cornouaille.

Le roi a rétabli la paix avec les siens ; tous le craignent de loin et de près. Il donne mille marques d'amour à Iseut, l'emmène en ses déduits et se peine de lui faire plaisir en toute circonstance. Iseut souffre cette vie d'assez bon courage, mais son vrai refuge est le sommeil et le songe. Quand la journée est finie et qu'elle dort, alors commence sa véritable vie. Pour Tristan, c'est une lutte terrible qui se livre en son cœur. Certes, le breuvage merveilleux avait épuisé ses effets, mais l'amour est de telle nature que le remembrer est, bien plus que l'œuvre, chose périlleuse, et ce remembrer tuait en lui le repentir. Il retombait dans son péché à chaque occasion, et son esprit avisé faisait naître presque chaque jour une occasion nouvelle. Puis il se blâmait et concevait une

grande tristesse de persévérer dans le mal et de
mentir sa foi de chevalier. Il lui souvint des conseils
d'Ovide et de ses remèdes d'amour. Fuir l'oisiveté : mais est-ce que sa vie remplie de peines et
de travaux l'avait jamais détourné d'aimer ?
Chercher les défauts et les secrètes imperfections
de celle qu'on aime : il en trouvait trop peu pour
s'y arrêter une heure. Ce qui l'eût retenu davantage, c'était la pensée qu'il méconnaissait le roi
Marc et trahissait son `amour, bien qu'il l'aimât
et qu'il eût donné sa vie pour lui. Il considérait
aussi les grands dommages causés par les ardeurs
de la chair : discordes, mensonges, trahisons, guer-
res, séditions et toutes manières d'homicides.
Parfois encore, il avait honte de ces déguisements
et jongleries auxquels il se rabaissait, pour contenter sa passion désordonnée. Mais, quand Aristote
s'était avili au point de se laisser mettre la bride
et la selle et chevaucher par la femme d'Alexandre,
pouvait-il espérer être plus sage qu'Aristote ? En
bref, plus il se débattait dans les rêts d'Amour,
plus il en sentait l'étreinte, et moins il pouvait
s'en échapper. Il ne lui restait qu'une ressource :
fuir très loin et ne plus revenir.

Cependant les trois félons, dans leur rancœur,
cherchent encore à lui nuire. Un espion avide
d'argent est venu à eux. « Seigneurs, leur dit-il,
le roi, l'autre jour, vous sut mauvais gré de vos
paroles et vous prit en haine à propos de sa
femme. Je consens à être pendu si je ne vous fais
voir Tristan allant à son rendez-vous. Je connais
sa cachette. Quand le roi va chasser, il en sort.

Tristan a autant de ruses que renard. Il connaît maint moyen de s'introduire dans la chambre de la reine. Allez à la fenêtre de derrière, à droite : vous y verrez venir Tristan, l'épée ceinte, tenant un arc avec deux flèches. — Comment le sais-tu ? — Je l'ai vu hier matin. — Qui a-t-il avec lui ? — Son ami Gorvenal. — Où logent-ils ? — Dans un hôtel aux environs. — Chez Dinas ? — Sans doute. — Ils n'y sont pas à son insu. — C'est probable. — Où le verrons-nous ? — Par la fenêtre de la chambre, c'est la pure vérité. Si je vous le montre, combien me donnerez-vous ? — Un marc d'argent. C'est promis. — Or écoutez, dit l'espion. Il y a dans la chambre de la reine un petit pertuis qui donne sur le ruisseau du verger ; là, les roseaux sont très épais. Que l'un de vous y aille par la fraite du jardin neuf, et tout doucement s'approche de la fenêtre. Faites une longue brochette d'une épine aiguisée au couteau ; piquez la courtine qui est derrière pour l'écarter, et vous verrez tout clair ce qui se passe dans la chambre. Si d'ici trois jours vous ne voyez ce que je vous ai dit, je veux bien qu'on me passe l'épée à travers le ventre. — C'est chose entendue », disent les barons. Lors ils délibèrent lequel d'entre eux ira voir, le premier, le merveilleux train d'amour que mène Tristan avec celle qui a son cœur et sa pensée. D'un commun accord ils choisirent Gondoïne. Sur quoi chacun s'en va de son côté.

La reine ne se souciait plus des félons ni de leur tripot. Elle avait mandé à Tristan par Périnis qu'il vînt le jour suivant, à la brune. Le lendemain donc, par la nuit obscure, Tristan s'est mis à la voie. A l'issue d'un bois, il regarda sur sa gauche et reconnut Gondoïne qui venait à cheval. Tristan s'arrêta, se cacha derrière une touffe d'épines, et attendit, l'épée à la main. Mais Gondoïne prit une autre voie. Tristan hésite, sort du buisson, veut rejoindre Gondoïne, mais pour néant, car celui-ci est déjà loin. Au bout d'un moment, Tristan vit Denoalan qui chevauchait le long d'un sentier : il allait l'amble, sur un palefroi noir, suivi de deux grands lévriers. Il se mit à l'affût contre un pommier. Denoalan a lancé ses chiens dans un fourré pour en déloger un sanglier. Tristan avait ôté son manteau et son chaperon. Avant que Denoalan pût se garder, il se jeta sur lui et l'enferra si bien de son épée qu'il lui arracha l'âme du corps. Après lui avoir coupé les tresses pour les montrer à Iseut, il remit son manteau et son chaperon et gagna au plus vite la chambre de sa drue.

Gondoïne, guettant au pertuis, vit, dans la chambre qui était jonchée, Brangaine peigner la blonde Iseut ; après quoi elle sortit avec Périnis. Le félon appuyé contre la paroi vit ensuite entrer Tristan : il tenait son arc et deux flèches d'une main, et de l'autre deux longues tresses. Tandis qu'Iseut lui mettait les bras autour du cou, elle aperçut l'ombre de la tête de Gondoïne ; elle fut effrayée, mais se contint sagement. « Amie, dit Tristan, voici les tresses de Denoalan ; j'ai pris ma vengeance : il ne vous fera plus de mal. » Iseut songe que si Gondoïne peut s'échapper, la guerre recommencera entre Tristan et le roi Marc. Elle n'avait cure de gaber. « Tristan, dit-elle doucement, encorde une flèche et tends ton arc. Je vois là quelque chose qui m'ennuie. » Tristan a compris. Il encoche et tire. Émerillon ni hirondelle ne volent si vitement de la moitié que la flèche qui va se planter dans le têt et la cervelle et en ressort plus tôt que si ce fût une poire molle. Le félon tombe, se heurte à un pilier. Il n'eut loisir de dire seulement : « Confession! » Ainsi finit Gondoïne.

Ganelon n'eut pas un plus beau sort. A quelque temps de là, Gorvenal suivait la chasse du roi Marc. Il s'était arrêté à un ruisseau et faisait boire son cheval, quand une flèche tirée de grande raideur vint se ficher dans l'arbre où il était adossé ; il s'en fallut d'un empan qu'elle ne lui perçât l'œil et le chef. Gorvenal fait quelques pas ; il voit Ganelon qui fuit à bride abattue. Le traître pensait venger la mort de ses deux amis sur l'écuyer de Tristan, en attendant mieux. Mais peu lui valurent son arc et sa saïette. Gorvenal saute sur son cheval, enchausse le traître au grand galop, l'atteint et de son brant lui fait voler la tête.

Tristan s'en alla. Il laissa la Cornouaille. Il se loua comme soudoyer en Norgalles, en Galvoie. Il apporta aux rois et aux ducs de ces pays l'aide de son épée, détruisit çà et là de mauvaises coutumes et vit croître partout son prix et sa renommée. Entre autres bons faits, il défia et tua en combat singulier Nabon le Noir et délivra deux mille hommes et

femmes, que celui-ci tenait prisonniers. C'est ainsi
que le Val du Servage devint la Franchise Tristan :
les Bretons ont fait un lai sur cette aventure.

Après plusieurs voyages et chevauchées, il était
revenu dans le pays de Logres, chez un duc nommé
Gilan qui l'honorait de son amitié et le tenait cher
sur tous les autres pour sa prouesse et pour son
habileté de harpeur. Il avint qu'un jour Tristan
était pensif comme celui qui a laissé sa joie au loin.
Le duc vit la tristesse de son hôte et il voulut le
divertir. Il fit apporter les dés et les tables, mais
Tristan refusa de jouer. Le roi demanda alors les
échecs, mais Tristan ne put rien tirer de ses péonnets, de son roc et de son aufin ; il retombait toujours dans ses pensées. Le duc Gilan, voyant qu'il
ne parvenait pas à le dérider, lui dit : « Ami
Tristan, je vais vous faire voir un jeu que je ne
montre à personne, et ce serait merveille si vous
n'y trouviez confort. » Il appela son chambellan
et lui dit : « Qu'on m'apporte Petit-Crû ! » Bientôt
des sergents entrèrent ; l'un portait un beau petit
tapis de laine bariolée, l'autre un chiénet à peine
plus gros qu'une belette et tel que nul homme
jamais n'avait vu le semblable. Il venait de l'île
d'Avalon et avait appartenu à Morgue la fée. C'était
une bête au corps mignon et faite à compas par Nature ; son poil était d'une étrange couleur ; vous n'auriez su dire si elle était inde ou vermeille, argentine ou
diaprée, tant elle était changeante. Au vrai, si l'on
regardait le petit chien de face, il semblait vert
comme cive ; de côté il semblait rouge coquart et
fauvelet, et par-derrière jaune comme penne d'oriot.

A le voir si doux, si docile, si gai et joli, on ne pouvait se lasser de le remirer ; et plusieurs en étaient restés longtemps éblouis et dévoyés de leur sens, tant ils s'étaient délités en ces décevables couleurs. Les valets étendirent le tapis sur une table et posèrent le chien dessus. Tristan vit qu'il avait au cou un petit grelot d'argent, et ce grelot se mit à tinter, aux mouvements que fit Petit-Crû, d'un tintement si souef et si menu et si mélodieux qu'on eût dit qu'il venait du Paradis. Et aussitôt Tristan se mit à oublier son chagrin, car le grelot de Petit-Crû avait telle vertu que, quand il sonnait, il n'y avait homme si dolent et si déhaité, si encombré d'ennui, si éploré, si forclos de joie, si plein d'ire et de pesance, qui ne fût aussitôt conforté et guéri. Tristan était tout yeux tout oreilles, et il regardait Petit-Crû, et lui passait la main sur le poil qui était doux comme la soie. Et il pensait qu'Iseut serait bien heureuse d'avoir un tel chiénet avec le collier et le grelot. S'il pouvait tant exploiter que le duc lui en fît don pour son amie !

Le lendemain, après dîner, tandis que le duc était dans la salle, Tristan vint avec sa harpe. Le duc Gilan lui dit : « Tristan, vous me faites plus belle chère aujourd'hui qu'hier. Vous avez apporté votre instrument. Il y a longtemps que je ne vous ai entendu. — Sire, si c'est votre plaisir, je chanterai volontiers. » Alors il se mit à chanter, en s'aidant de sa harpe, quelques-uns des lais qu'il avait composés au cours de sa vie errante. C'était le Lai de Pleur où il se remembrait son voyage à l'aventure pour

chercher remède à la blessure que lui avait faite le
Morhout, et le Record de Victoire où il célébrait la
défaite du grand serpent crêté. « Tes lais sont beaux,
dit le duc. Je ne me lasse pas de les ouïr. Poursuis,
Tristan : tu auras bon loyer. » Tristan dit : « Sire,
je vous chanterai maintenant le Lai du Boire
Amoureux : c'est l'histoire d'une fille de roi à qui
sa mère donna, la veille de ses noces, un vin fait
par nigromance afin de retenir son baron dans les
lacs d'amour, mais, hélas ! ce ne fut pas le baron qui
le but... » Gilan était ému de douceur et de pitié ;
il ne savait ce qu'il devait admirer le plus, des vers
ou de la note ; l'eau du cœur lui coulait des yeux.
« Écoute, Tristan ; demande-moi ce que tu voudras,
mais chante encore. — Sire, oyez le Lai de Joie
où deux amants se rencontrent dans la gaudine
par un beau jour de mai. Après je vous dirai le
Lai de Mort où mon jouvenceau annonce son intention de finir en vrai martyr du dieu d'Amour. Mais
auparavant, je vous chanterai le Chèvrefeuille. »
Tristan trouva ce lai un matin qu'il guettait le
convoi de la reine. Il avait coupé un bâton de
coudrier, l'avait équarri et paré, et il y avait gravé
ces mots : « Ni vous sans moi, ni moi sans vous. »
C'était un signe de reconnaissance entre eux.
Quand Iseut trouvait le bâton sur le chemin, elle
savait que son ami était tout près. Dans ce lai,
Tristan se comparait au chèvrefeuille qui se prend
au coudrier ; tant qu'ils sont enlacés, ils peuvent
bien durer ensemble, mais dès qu'on les sépare l'un
de l'autre, le coudrier dépérit, et tout ainsi le
chèvrefeuille.

Sur la fin de la journée, Tristan dit au duc : « Sire, vous m'avez promis une récompense. — Certes, et je suis tout prêt à te l'octroyer. Dis-moi donc, ami, ce que tu veux. — Quelque chose dont il vous coûtera de vous dégarnir. — Mais non, ami, rien ne me coûtera, et je ne paierai jamais assez cher la joie que tu m'as donnée. — Eh bien! sire, je voudrais le petit chien au grelot merveilleux. » Le duc Gilan se fit un peu prier ; il eût mieux aimé bailler une robe, un palefroi, et même une grande terre, que de se séparer de Petit-Crû. Mais il dut tenir parole.

Tristan se mit en quête aussitôt d'un messager pour aller en Cornouaille et porter de sa part Petit-Crû à la reine. Iseut reçut le chiénet plaisant à regarder comme une pierre précieuse ; elle ouït tinter le grelot d'argent, et toute sa tristesse s'envola ; elle n'eut que joie à songer de Tristan et de leurs amours passées. Petit-Crû ne la quittait pas ; il dormait dans sa chambre sur un coussin de soie ; et quand elle chevauchait avec le roi, elle le faisait porter devant elle dans une cagette faite d'un treillis d'or.

Après son séjour auprès du duc Gilan, Tristan fut en Espagne. Là il vainquit en bataille un géant redoutable. Ce géant était le neveu du fameux Outrecuidé qui d'Afrique alla requérir les princes et les rois de terre en terre. L'Outrecuidé était hardi, très fort et renommé en prouesses ; il se battit avec tous, en tua et mit à mal plusieurs et leur coupa les barbes. Il se fit faire de toutes ces grandes barbes une robe fourrée ample et traînante. Il ouït un jour parler du roi Artur, si vaillant que nul, disait-on, n'avait pu l'outrer en joute ou défaire en bataille. Il lui fit dire, non sans l'avoir salué comme son ami, qu'il avait de nouvelles barbes de rois et de barons déconfits, mais qu'il lui manquait encore une bordure et des franges pour se faire une pelisse telle qu'elle est due à barbes de si hauts seigneurs ; et parce qu'il est le plus grand roi de la terre, il lui mande par amour qu'il fasse raccourcir la sienne et veuille bien lui en faire honneur ; si Artur ne veut pas l'octroyer, le géant fera ainsi qu'il a accoutumé : il mettra comme enjeu la pelisse avec la barbe du roi et lui livrera bataille ; et le vainqueur aura à la fois la barbe et la pelisse. Quand Artur reçut cet orgueilleux message, il contremanda au géant qu'il le combattrait plutôt que de donner sa barbe et de passer pour un couard. Le géant, ayant appris la réponse du roi, vint jusqu'aux marches de son royaume le requérir de se mesurer avec lui. La pelisse et la barbe furent mises en enjeu, et le combat commença ; il dura tout le jour. Enfin Artur eut raison du géant et lui ôta à la fois la pelisse et la tête.

Cette aventure ne se rapporte à mon histoire sinon parce que le géant combattu par Tristan était le neveu de celui qui recherchait les barbes des rois. Il vint demander la barbe du seigneur que Tristan servait alors en Espagne. Le sire ne trouva nul de ses parents ou amis qui osât défier le géant ; ce dont il fut très dolent et se plaignit devant toute sa ménie. Alors Tristan entreprit de châtier l'Outrecuidé à la place de ces pautonniers. Ce fut une joute très dure, une bataille acharnée où finalement le géant perdit la vie.

En revenant d'Espagne, Tristan entendit parler du duc de Bretagne qui était vieux et impotent, et que ses voisins guerroyaient sans merci. C'étaient tour à tour les Normands et le comte d'Anjou qui entraient dans ses terres, et allaient larronnant et meurtrissant par le plat pays, et mettaient toutes les villes à flamme et à saquement. Le duc Hoël, ayant su le los et grand renom de Tristan, le manda à Carahès et lui donna le commandement de son ost. Tristan occupa plusieurs fertés et forts châteaux ; et il assaillit par surprise une cité bastillée de hautes murailles et de grosses tours où les Angevins avaient fait retraite. Dès qu'ils voient les Bretons, ils se hâtent de courir aux armes, vont levant les ponts à chaînes, ferment portes et potis. Vous eussiez vu alors les assaillants embrasser targes et écus, brandir martel de fer et guisarme et se ruer sur la grande tour! Mainte saïette est tirée et maint carreau décoché. Ceux du dedans se défendent de lances et d'épieux, de matras, de pierres et de cailloux. Grande est la noise et la huée. Les Bretons de Tristan sont de merveilleux vasselage. A la fin la tour est emportée, et la ville prise, et le comte d'Anjou est contraint de se retirer dans ses terres, après avoir payé une forte rançon.

Le duc Hoël avait un fils qui se nommait Caherdin ; il fit la guerre avec Tristan, et ce fut le commencement d'une amitié qui devait durer toujours.

Ils avaient le même âge. Caherdin était bien aligné de corps, grêle par les flancs, doux et avenant, simple et franc de manières et de chère gaie et riante. Grâce à lui, Tristan devint sire de l'hôtel sur tous chamberlains, maréchaux et connétables. Le duc Hoel lui fit grand honneur, et lui donna du sien à bandon. Au bout de quelques mois, Tristan était prisé plus que tous les nourris du vieux duc, et celui-ci, non plus que Caherdin, n'entreprenait rien sans lui demander conseil.

Iseut aux Blanches Mains. — Un débat douloureux. —
Le mariage de Tristan. — Angoisses d'Iseut la Blonde.
— Béliagog. — La Salle aux Images.

Or Caherdin avait une sœur belle et sage, de
noble maintien et gracieuse contenance ; il n'était
pucelle plus douce et plus courtoise de Nantes
jusqu'à Tréguier. On l'appelait Iseut aux Blanches
Mains. La première fois que Tristan l'entendit
nommer, il tressaillit et sentit une pointure au cœur ;
et quand il la vit, il s'émerveilla de la ressemblance
non seulement du nom, mais du corps et du visage.
Iseut aux Blanches Mains était blonde comme
l'autre, sinon que ses cheveux tiraient un peu sur
l'auborne, tandis que la fille du roi d'Irlande les
avait sors et luisants comme le soleil. A cause de
cette ressemblance avec la dame de ses pensées, il
trouvait plaisante douceur à regarder la pucelle et
à l'étrenner de paroles aimables et de mille petits
soins. La sœur de Caherdin ne savait pas pour

quelle raison il aimait sa compagnie, et elle recherchait la sienne avec la simplicité et la modestie qui étaient dans sa nature.

En ce temps-là, Tristan avait fait plusieurs motets et chansonnettes qu'il chantait le soir pour se déduire et se consoler. Il y en avait un où étaient ces mots : « Iseut ma drue, Iseut ma mie, en vous ma mort, en vous ma vie. » Ceux qui entendirent ces vers où revenait le nom d'Iseut crurent de bonne foi qu'ils s'adressaient à la fille du duc Hoel, et déjà l'on parlait de mariage. Au demeurant, c'était le vœu le plus cher de Caherdin de voir Tristan épouser sa sœur. Mais qu'importait à Tristan Iseut aux Blanches Mains ? La seule Iseut qui remplissait son cœur était celle en qui il avait mis sa foi.

Son cœur se débat en des contradictions douloureuses : « Iseut, belle amie, soupire-t-il, quelle différence entre nos deux vies! Depuis cette cruelle départie, notre amour n'est pour moi que décevance. J'ai perdu la joie et vous l'avez jour et nuit. Ma vie se passe en tristesse et moleste, et la vôtre dans le plaisir et les délices. Je ne connais que le désir que rien n'apaise, et vous ne pouvez éviter que vous n'éprouviez pas le contentement de la chair. Le roi fait sa volonté de votre corps et mène sa joie, tandis que je suis en peine de vous. Ce qui était mon bien est devenu sa proie. Il me convient renoncer à ce que je ne puis posséder, car je sais bien qu'Iseut ne peut se satisfaire d'un vain songe. Que mon sort diffère du sien! Je dédaigne toutes les femmes pour la seule Iseut, et ne cherche aucun réconfort. Mais quelle angoisse de me sentir désiré

par une autre! Je ne puis faire ce que je veux, et
ne veux pas faire ce qui est en mon pouvoir. —
Hélas! quelle folie de fuir la joie quand elle est à la
portée de la main! A quoi bon s'entêter d'une idée
d'où nul bien ne peut venir? Il est hors de doute
que le cœur d'Iseut a changé et que mon nom est
enfoui dans les oubliettes de sa mémoire. — Non!
Ce changement n'est pas possible. Comment renon-
cerait-elle à un amour dont je n'ai pu m'affranchir?
Je suis certain que si elle ne vivait plus dans ma
pensée, quelque chose en son cœur le lui eût révélé.
De même, je sais tout ce que pense Iseut, soit en
bien, soit en mal : si elle m'avait oublié, j'aurais
entendu en moi un secret avertissement. Or je
sens qu'Iseut m'a gardé sa foi. Si je ne puis présen-
tement me rendre à ses vœux, je ne dois pas pour
tant changer et la délaisser pour une étrangère.
— Certes Iseut ne me trahit pas ; toutefois elle se
détache de moi peu à peu par la force des choses.
Si elle m'aimait assez, ne m'enverrait-elle pas un
message ou ne chercherait-elle à me voir? — Il
est vrai qu'elle n'ose à cause de son seigneur!
C'est trop lui demander de vouloir qu'elle abandonne cette cour où elle est aimée et honorée. Et
comment pourrait-elle sans vilenie offenser celui
qui l'a comblée de tant de biens? — La souvenance
et mémoire des joies passées ne la détourne pas
des joies présentes. Pourquoi ne ferais-je pas comme
Iseut? Pourquoi tant penser et la haïr et aimer
tour à tour? Que plutôt je me fasse une raison
comme elle, si du moins je le puis… — Je veux
essayer de trouver soulas par faits et par œuvres

sans que le cœur y ait part. Je verrai si le mariage me fera oublier mon amour. »

Tristan peu à peu se sent pris du désir de posséder celle qui a le nom et la beauté d'Iseut la Blonde. Il veut savoir comment la reine se comporte avec son oncle, et si l'on peut avoir vie commune avec une femme qu'on n'aime pas. Il fait tant d'amitiés à la meschine, et de son côté Iseut aux Blanches Mains met si bien son entente à lui plaire, qu'il se résout à la prendre, et elle à se donner, et que les parents consentent au mariage.

Jour est pris. Les apprêts des noces sont achevés. Tristan entre au moutier avec les siens ; le roi Hoel et Caherdin conduisent Iseut devant l'autel. Le chapelain dit la messe et fait tout ce qui regarde son ministère selon l'ordre de sainte Église. Après ils s'assoient au manger ; puis ils vont s'ébanoyer à la quintaine, au cembel, aux javelots, à la palestre, à des jeux de diverses sortes, comme il convient à de pareilles fêtes, suivant la coutume des gens du monde.

La journée est finie. Les barons saluent le roi et sa parenté et s'en vont. La nuit est proche et les lits sont préparés. La pucelle est défublée et couchée par ses meschines. Tristan se fait dépouiller du bliaut dont il était revêtu, étroitement ajusté aux poignets et séant à merveille. En tirant la manche, ils ont fait tomber l'anneau du doigt de Tristan, cet anneau qu'Iseut lui donna en druerie, le jour de leur dernière rencontre. Tristan regarde, voit l'anneau, et soudain il entre en une nouvelle pensée : il est en transe et ne sait plus à quoi se

résoudre. Il est saisi de remords, car il pense à la
convention dont cet anneau est le gage. Il demeure
un long temps muet et comme endormi. Enfin il
a vergogne devant la jeune épouse qui l'attend. Il
se couche, mais il est plus froid que glace. Iseut
l'accole, lui baise la bouche et la face ; de profonds
soupirs sortent de sa gorge, car elle veut ce qu'il
ne désire. Tristan connaît un nouveau tourment :
la nature l'attrait à la pucelle ; l'amour le retient ;
la raison éteint son ardeur et tue la volonté de sa
chair. Iseut aux Blanches Mains s'étonne d'une
telle honte et d'une telle froideur ; alors Tristan
s'excuse en lui mentant : « Ma douce amie, ne tenez
pas ma conduite à vilenie ; je vous ferai un aveu
que je vous prie de bien celer, que nul ne le sache
en dehors de nous. Ici sur le côté gauche, j'ai une
infirmité qui m'a déjà fait souffrir depuis longtemps,
et aujourd'hui encore m'a cruellement torturé.
Je n'ai pas le cœur à m'ébattre. Demain, sans doute,
j'irai mieux. — Ami, répondit la pucelle, j'ai deuil
de vous savoir malade, mais, pour le demeurant,
je puis et veux fort bien m'en passer. »

Telle fut leur première nuit. Et celles qui s'en-
suivirent ne furent pas plus joyeuses.

Ici nous laisserons Tristan à Carahès, et nous
dirons de la reine qui est à Tintagel.

Iseut la Blonde soupire toute seule en sa chambre pour Tristan qu'elle désire ; elle n'a autre
volonté, ni autre amour, ni autre espoir. Elle n'a
plus de nouvelles de son cher Tristan, ne sait seulement s'il est mort ou vif. Converse-t-il toujours
en Galvoie ou dans le pays de Logres ? Est-il en

France ou en Espagne ? Le bruit de ses hauts faits
n'est point parvenu aux oreilles d'Iseut, car c'est
la coutume que l'Envie publie le mal et taise le
bien ; l'Envie cèle les bonnes œuvres, répand partout les mauvaises. C'est pourquoi le Sage dit à son
fils dans le vieux écrit : « Mieux vaut être seul que
hanter les jaloux et se passer de compagnon qu'en
avoir un qui ne soit vrai ami. » Tristan avait assez
de faux amis dont il était haï ou peu aimé ; autour
du roi Marc il en demeurait encore ; ils n'avaient
garde de dire à la reine, de Tristan, le bien qu'elle
souhaitait : mais en qualité d'envieux, ils disaient
ce qu'elle détestait le plus.

Un jour Iseut était assise en sa chambre et chantait un lai piteux d'amour : comment dan Guiron
fut surpris et occis pour l'amour de sa dame qu'il
aimait sur toute créature, et comment le mari par
droite diablerie donna à sa femme le cœur de Guiron à manger, et comment la dame eut deuil indi-
cible quand elle sut la mort de son ami. La dame
chante doucement ; la voix s'accorde à l'instrument ; les mains sont belles, le lai beau à pleurer,
douce la voix, grave le ton. Alors survient le comte
Andret. Il était à peine guéri et répassé de sa rencontre avec le Noir de la Montagne. Depuis le départ
de Tristan, il avait tenté plusieurs fois de prier la
reine d'amour, mais en vain : il n'avait pu se faire
bienvenir tant qu'il tirât d'elle seulement un gant
ou autre menue druerie. Il était beau parleur,
lime sourde, comme on sait, très envieux des avantages d'autrui et peu prisé d'armes et de chevalerie.
Il trouve la reine qui chantait son lai ; il dit en

gabant : « Dame, on dit, quand entend la frésaie,
qu'on va parler de mort d'homme, mais cette fois
je crois bien que la frésaie annonce sa propre mort.
— Andret, dit la reine, il est assez de huants et de
frésaies par le monde. Vous pouvez bien craindre
de mourir, quand vous redoutez mon chant, mais
vous êtes vous-même oiseau de mauvais augure.
Je ne sais si jamais vous conterez une histoire
dont j'aie sujet d'être contente ; jamais vous ne
vîntes à moi sans m'annoncer de mauvaises nouvelles. Vous êtes de ces paresseux qui ramponent
les autres et qui jamais n'accompliront quelque
fait dont on parle. — Reine, vous voilà fort en
colère. Mais je ne m'offenserai pas de vos paroles.
Je suis le huant, vous êtes la frésaie. Pour ma mort,
il ne m'en chaut ; mais je vous apporte une triste
nouvelle de votre ami Tristan. Dame Iseut, vous
l'avez perdu : il a pris femme en autre terre. Vous
pouvez bien à présent chercher ailleurs, car il dédaigne votre amour : il a épousé une demoiselle de
haut parage, la fille du duc de Bretagne. » Iseut
répond par grand dépit : « Toujours vous avez
été huant pour dire du mal de Tristan. Que je
n'aie plus jamais de joie, si à votre égard je ne suis
frésaie. A mon tour, je vous annoncerai une chose
qui ne vous plaira qu'à demi. Je ne vous aime pas,
et vous ne recevrez, nul jour, de moi la moindre
druerie. J'eusse mal exploité si je vous eusse écouté,
quand vous me priiez d'amour. J'aime mieux
avoir perdu l'amour de Tristan qu'accueilli le vôtre.
Vous m'avez annoncé une chose dont vous ne tire-
rez pas profit. »

Andret vit qu'Iseut était très courroucée. Il ne voulut pas railler et irriter davantage sa douleur. Il sortit. La reine demeura seule, en proie à une grande détresse. Tristan s'était parjuré. Tristan! Était-ce possible? Elle ne croyait plus à l'amour. Elle eût voulu s'assurer de la vérité du fait, mais elle était tellement blessée et humiliée en son cœur qu'elle ne se confia à personne qui vive, ni à Brangaine la sage, ni au franc Périnis.

Tristan menait une vie étrange, mais il s'évertuait de la celer à chacun. Le vieux duc l'ignora toujours ; il croyait sa fille garnie de biens à sa devise et n'ayant rien à souhaiter ; au reste, c'eût été honte à elle de révéler telles privetés et de se plaindre de Tristan qu'elle aimait. Caherdin ne sut rien pendant longtemps. Tristan avait semblant d'homme heureux, sain et haité ; il faisait belle chère à tous. Il ne refusait jamais une bataille d'échecs ou de tables, et pour la chevauchée, les déduits de gibier et de rivière, il était toujours prêt. Un jour, Hoel l'emmena en forêt, et, tout en errant, ils vinrent au bord d'une eau large et profonde qui courait de grand randon parmi les rochers. « En ce lieu, dit le duc Hoel, finit ma terre. Il y eut là, naguère, de terribles combats, mainte targe trouée et maint heaume embarré, et maint chevalier navré à mort, et maint champion conquis en bataille. Depuis ce temps, il ne nous est plus permis de trépasser ce fleuve. La contrée appartient à un géant redoutable, très riche et d'outrageuse puissance. Béliagog est son nom. Au prix de lui, Braihier, Fièrebrace, Ferragus, Isoré, Ago-

lafre n'étaient que nains et menuaille. Il m'a occis
des milliers de mes prudhommes et contraint à lui
abandonner cette terre qui fut autrefois mienne.
Nous avons conclu la paix par telle convenance
qu'il ne viendrait jamais dans mon royaume et
qu'en retour nul de mes Bretons ne passerait outre
ce val. J'observerai la trêve aussi longtemps que je
pourrai, car si je la rompais, il aurait le droit d'en-
vahir mes terres et de mettre tout à feu et à sang.
Je vous dis ceci pour que vous vous gardiez de
forcer ce gué, car ce serait votre perte et la mort
assurée. — Béliagog, répondit Tristan, peut bien
aller et venir dans sa forêt ; je ne m'en soucie ;
il en est assez d'autres où je puisse mener mes
chiens et exercer mon arc. — Maintenant, nous
pouvons retourner », dit le duc. Ils revinrent au
château. Déjà on cornait le souper, et les sergents
mettaient les nappes. Toute la nuit Tristan pensa
au grand géant Béliagog. Il était curieux de le voir.
Il lui vint à l'esprit que, s'il pouvait accomplir
quelque nouvelle chevalerie, la renommée la porte-
rait peut-être à Iseut, et son prix en serait rehaussé.

Quelques jours après, il partit sans rien dire avec
son destrier et chevaucha tant qu'il fut à la rivière
qui marquait les fins et limites des terres d'Hoel et
du géant. Il chercha un gué, mais connaissant mal
les lieux, il se jeta au plus profond. Peu s'en fallut
qu'il ne fût emporté dans le courant. Mais il tira
tant sur sa rêne et tant gauchit et tant s'évertua
qu'il parvint à l'autre rive. Il ôta le frein et la
selle à son cheval, le mit au repos, fit sécher ses
vêtements, puis il remonta et piqua dans la forêt.

Il erra longtemps en lieux déshabités, étranges et sauvages, parmi dérubes, trépas resserrés et roches pendantes ; puis comme l'aventure tardait, il prend sa trompe et mène si grand effroi que monts et vaux en rebondissent et contresonnent tout à l'entour.

Béliagog l'a entendu. Il accourt comme forsené. Il avait bien deux aunes du chignon à la plante du pied, il était corsu à démesure, haut enjambé, avec une tête grosse et carrée et des yeux enfoncés qui luisaient comme des braises. Il tenait à la main une grande massue de fer emmanchée d'un jarron de chêne. A peine a-t-il aperçu Tristan sur son destrier qu'il crie : « Que venez-vous faire ici ? Et qui êtes-vous ? » Tristan répond sans se troubler : « Sire, j'ai nom Tristan ; je suis le gendre du duc Hoel. J'ai vu ce bois et ces beaux arbres, et je me suis pourpensé que j'y prendrais volontiers le merrain dont j'ai métier pour une maison que je veux faire bâtir. — Sire truand, tu es bien osé de vouloir disposer à ton gré et sans congé de moi, des arbres de ma forêt. Dieu me sauve! Si je n'étais en paix et bonne amitié avec le duc, tu ne sortirais pas d'ici. Retourne au plus tôt d'où tu viens, et sois heureux qu'à cette condition je te laisse la vie. — Sire géant, je n'ai point accoutumé d'obéir à la menace. Je veux marquer ici les plus beaux arbres, et je les ferai abattre pour les charpentiers. Mais si tu t'y opposes, je t'offrirai la joute, et l'issue du combat décidera de nous deux à qui appartiendront les arbres que j'ai dits et le demeurant de la forêt. — Jeune fou, tu me

tiens, je le vois, un géant comme il s'en trouve en
Espagne. Tu seras déçu et plus tôt que tu ne pen-
ses. » En disant ces mots, Béliagog, tout flambant
de colère, fait tournoyer sa massue et la lance de
grande vigueur. Tristan esquive le coup. Béliagog
courut ramasser son arme ; mais il ne put l'atteindre que Tristan ne sautât, înel comme un chevreuil, l'épée brandie ; il va fauchant de merveilleuse randonnée, si bien qu'il atteint durement le
géant et lui tranche la jambe. Béliagog roule à
terre et demande merci. « Je t'accorde la vie sauve,
dit Tristan, par tel convenant que tu me serviras
fidèlement ; j'ai besoin de ton aide pour l'œuvre
que j'ai méditée. — Tu puiseras à ton gré dans
mon trésor, dit le géant, et mes hommes, mes serfs
et tout ce que j'ai dans mon domaine, seront à ton
service. Je suis désormais ton homme et ferai tout
à ta volonté. » Tristan pansa et habilla la plaie de
Béliagog, et il corna tant que ses gens vinrent.
Ils l'emportèrent sur une bière ; puis ils s'entremirent de lui tailler une jambe de bois. Béliagog
répéta devant ses hommes le serment et l'hommage
qu'il avait faits à Tristan. Puis ils conclurent un
accord par lequel le géant devait fournir toutes
sortes d'ouvriers maçons, charpentiers, fèvres,
huchers, huissiers, perriers et cristalliers, peintres
et tailleurs d'images, ainsi que tout le merrain, et
les pierres, et le métal qui lui seraient nécessaires.

   La nuit qui suivit, Tristan ne dormit guère. Il
raconta à sa femme qu'il avait laissé échapper un
sanglier et n'aurait de relâche qu'il ne l'eût pris au
panneau. Il se leva à la pointe du jour et chevaucha

en hâte vers la forêt et le recet de Béliagog, et il fit de même tous les jours, pendant deux mois. Béliagog tint ses engagements ; il ouvrit ses coffres et abandonna à Tristan tout l'or et l'argent dont il avait besoin, et lui procura les ouvriers, et lui dit de prendre tout le merrain qu'il voudrait dans ses bois.

Il y avait au fin cœur de la forêt un grand tertre qui recélait dans ses flancs la plus merveilleuse grotte qui se pût imaginer. L'entrée était haute et carrée et donnait lumière à une première cave barlongue à voûte aiguë, d'environ dix toises de longueur et large de moitié, au bout de laquelle était un pertuis et une deuxième salle grande du double de la première. Cette salle était éclairée contremont par une baie naturelle qui laissait voir le ciel et les étoiles, et par où tombaient les pluies et s'amassait l'eau qui descendait, à travers les crevasses du rocher, jusque dans les profondeurs de la terre.

Tristan commanda tout d'abord de clore la grotte par une porte à ferrures dorées, faite de plusieurs bois précieux, assemblés par grande maîtrise. Au-dedans les parois furent taillées et peintes de rinceaux, fleurs, fruits, feuillages, hommes cornus, marmions, serpenteaux volants, luitons et autres monstres périlleux. Pour éclairer la grande salle, il fit clore la baie par une grande vitre faite de verres de diverses couleurs sertis en plomb et qui semblait toute reluisante de grenats, rubis, crisolites, saphirs et alebandines. Quant aux images et merveilles qui furent léans assises et édifiées,

je vous les deviserai ci-après. Toutes ces choses
se firent secrètement et en larcin ; nul ouvrier
ne fut si hardi qu'il sonnât mot de sa besogne ; Tristan avait longuement pourpensé ce palais souterrain où il mit tout son soin et toute son entente.
Il venait au chantier dès le petit jour et s'en retournait à la nuit. La grotte fut de chef en chef pavée
de mosaïque. Un huis à tourillon de cuivre, niellé
d'or et d'argent, fut établi entre les deux salles,
dans la première desquelles fut assise une manière
d'orgue à cent buseaux qui faisait entendre
ensemble et tour à tour gigue, chifonie, harpe,
bousine, flûte, tambour, cymbales et clochettes.
Trois poètes, sages docteurs qui surent de nigromance, l'avaient bâtie et ouvrée autrefois à Rome,
et l'empereur Aurélien en avait fait don et saisine
à un sénateur de la Gaule. Quand on défermait le
grand huis de la grotte, l'orgue se mettait à sonner
de toutes ses voix, et douze demoiseaux, très bien
faits, de fût et d'ivoire peinturés, et autant de
pucelles, tous affublés de soie et d'orfrois, ballaient
et menaient la carole. Ils figuraient la jeunesse
de Cornouaille faisant joie et réjouissance de la
victoire de Tristan et de la défaite du Morhout.
Celui-ci était représenté gisant mort sur son bateau ;
et droit contre lui était le serpent d'Irlande qui se
dressait sur sa queue, gueule béante et griffes en
bataille.

La deuxième salle était ornée plus richement
encore que la première, mais on n'y voyait que
deux images, de grandeur d'homme, taillées et
peintes par tel engin et maîtrise qu'on aurait pu

les croire vivantes. L'une était la reine Iseut, et
l'autre sa chamberlaine à qui nul de ses secrets
et arcanes ne fut jamais celé. Iseut était vêtue d'un
long surcot d'écarlate brodée ; un tissu ferré d'argent la ceignait parmi les flancs, auquel pendait
une aumônière ; elle portait sur son chef, d'où
tombaient deux longues tresses blondes, un cercle
d'or orné de pierres, et un riche collier descendait
sur sa gorge qui semblait se soulever et respirer.
Iseut avait au doigt un jaspe vert, et la main tenait
déroulée une liste où se lisaient ces mots : « Tristan,
prenez cet anneau, gardez-le pour l'amour de moi,
et qu'il vous souvienne toujours de nos joies et de
nos peines. » La figure du méchant nain Frocin,
coulée en laiton, était mise sous ses pieds en guise
d'escabeau. En face, sur un autre pilier, se tenait
Brangaine ; à ses pieds gisait Husdent que Tristan
avait pourtrait lui-même. Brangaine tenait à la
main un hanap ciselé à trifoire, avec cet écriteau :
« Reine Iseut, prenez ce breuvage. »

Quand toutes les besognes furent parfournies et
toute l'œuvre achevée, Tristan ferma la grotte, et
emporta les clés, non sans avoir recommandé à
Béliagog de faire si bonne garde que nul ne fût
si osé que d'en approcher à plus d'une archée ou du
jet d'une petite pierre.

XVI

Tourments des quatre amoureux. — L'eau hardie. —
Voyage de Tristan et de Caherdin en Cornouaille. —
Le convoi de la reine. — Caherdin enfantômé.

Tristan chevauchait du château à la salle aux
images et en revenait par détours et voies foraines,
afin de dérouter ceux qui auraient pu le suivre et
de n'être surpris de personne. Chaque fois qu'il
revoit la chère image, il la baise et l'accole comme si
ce fût la véritable Iseut. Et il lui recorde les délices
de leurs belles amours, et leurs ennuis et leurs mésaventures. Il la couvre de baisers quand il est de
bon hait, se courrouce quand quelque tristesse
noire le point, parce que, sur la foi d'un songe, il
mécroit Iseut de l'oublier ou d'avoir un autre ami :
comment pourrait-elle se défendre d'en aimer un
autre tout prêt à faire ses volontés ? Cette pensée
le jette dans l'erreur, et cette erreur abat son courage. Il craint Andret qui rôde nuit et jour autour
d'elle, la sert de son mieux, et la gourmande à son

sujet, mêlant la menace aux louanges. Il redoute que, n'ayant ce qu'elle veut, elle ne se laisse aller, et, faute de Tristan, ne se contente d'un autre. Quand il est joyeux, il s'assied sur une forme, au milieu de la salle, et chante pour lui plaire le Record de Victoire ou le Lai du Chèvrefeuille. Quand les soupçons lui viennent, il montre de la haine à l'image ; il ne veut pas la regarder, ni lui parler, ni lui sourire ; c'est à Brangaine qu'il adresse la parole : « Belle, je me plains auprès de vous du changement d'Iseut et de sa déloyauté. » Il dit à l'image tout ce qu'il pense, puis peu à peu il perd son assurance ; il regarde en la main d'Iseut qui veut lui donner son anneau ; il revoit le doux semblant qu'elle lui fit quand ils se séparèrent ; il lui souvient de l'accord qu'ils conclurent quand ils se dirent adieu ; alors il pleure et demande pardon d'avoir pensé une chose folle ; il voit combien il a été abusé par de fausses apparences. C'est pour cela qu'il fit ouvrir cette image, car il n'a personne à qui il puisse découvrir ses bonnes ou mauvaises pensées, sa joie ou son déconfort. Telle est la contenance de Tristan, le méchant d'amour : il fuit tour à tour et revient à l'image, lui montre belle chère ou lui fait triste mine. Tels sont les effets de la passion qui induit l'âme en trouble et erreur périlleuse. S'il n'aimait pas Iseut sur toute chose, il ne s'embarrasserait pas de l'idée d'un rival. D'autre part, s'il avait un autre amour, sa jalousie n'aurait aucune raison d'être ; il n'est jaloux que parce qu'il a peur de perdre ce seul et unique amour ; il a d'autant plus peur de le perdre que rien n'est capable de le contre-

balancer. Ce qui nous est indifférent, peu nous
chaut qu'il aille bien ou mal. Comment pourrait-on
craindre pour une chose qu'on n'a pas dans la
pensée ?

Entre ces quatre amants, il y a bien étrange
amour : les uns et les autres vivent en déplaisance
et mélancolie, et nul d'entre eux ne connaît le
plaisir. Premièrement le roi Marc redoute qu'Iseut
ne lui soit pas fidèle et qu'elle aime un autre que
lui : qu'il le veuille ou non, il a deuil et pesance : il
peut faire sa volonté du corps d'Iseut, mais cela
ne lui suffit, quand un autre a le cœur, ce dont il
forsène et enrage : qu'Iseut ait donné son amour
à Tristan, c'est pour lui un tourment que rien ne
saurait apaiser. Iseut, à son tour, a ce qu'elle ne
veut pas, et elle est sevrée de ce qu'elle désire. Le
roi n'a qu'une tristesse, la reine en a deux : elle
veut Tristan et ne peut l'avoir ; elle doit demeurer
auprès de son maître et seigneur ; il lui est défendu
de le laisser, et elle ne peut se plaire en sa compagnie ; elle a le corps et refuse le cœur, voilà son premier tourment ; elle désire Tristan, le seul homme
qu'elle puisse aimer, et Marc lui défend de le voir ;
tel est son second tourment. Quant à Tristan, il
veut la reine, comme la reine veut Tristan, et ne
peut l'avoir. Mais il ressent double peine et double
douleur : il est l'époux d'une Iseut qu'il ne peut
ni ne veut aimer ; il n'a pas le droit de l'abandonner : bon gré mal gré, il convient qu'il la garde,
puisqu'elle ne veut le tenir quitte de ses serments.
Quand il l'embrasse, il a peu de plaisir ; seul le
nom d'Iseut qu'elle porte l'aide à vivre ; il est

mécontent de ce qu'il a et s'afflige plus encore de
ce qu'il ne peut posséder : la belle reine en qui est
sa mort et sa vie. Pour cet amour se deut d'autre
part la femme de Tristan, Iseut aux Blanches Mains.
Celle-là n'est dédommagée d'aucun plaisir ; elle
n'a joie de son seigneur ni amour de nul autre ;
elle désire son mari, et son désir n'est jamais
exaucé ; au contraire de Marc qui peut jouir
d'Iseut la Blonde, bien qu'il ne puisse changer son
cœur. Je ne puis juger lequel des quatre souffre
la pire angoisse et n'en sait dire la raison ; car il
faudrait éprouver à la fois ce qu'éprouvent ces
quatre. Que les amants concluent à leur gré lequel
est le plus mal loti par l'amour, ou le mieux partagé.

Il y a deux ans que Tristan est en Bretagne. Il
passe son temps et se console comme il peut. Voici
maintenant qu'il entreprend d'édifier une nef qui
puisse courir par fleuve et par mer. Un grand manoir sied sur la falaise, où le duc Hoel séjourna longtemps dans sa jeunesse ; il l'a donné à son gendre
qui y vient passer l'été avec Iseut aux Blanches
Mains. En contreval, il y a un bon port avec foison de nefs, de barges, de chalands. Tristan mande
ses fèvres et charpentiers : ils abattent des arbres,
charroient le fût et le merrain, taillent et scient,
et vont dolant les ais, les clouent et chevillent,
assemblent le tison et les planchers, puis ils dres-
sent les mâts sur la nef, l'encordent de funains, la
munissent de barre et de guindeau. Puis ils la
tirent sur l'arène et la mettent à l'eau, et l'ancrent

dans le port. Tristan eut grande joie quand il vit
achevée cette belle nef, car il pensait qu'un jour
prochain il pourrait passer la mer et retourner en
Cornouaille.

La belle Iseut aux Blanches Mains dormait
pucelle avec son seigneur ; je ne sais quelle était
leur joie ou leur ennui. Tristan ne la guerdonne
d'aucun des plaisirs qui sont coutumiers à femme
épousée. Je ne sais si elle connaît rien de ces liesses,
ni si elle prise ou non cette manière de vivre. Sans
doute, si elle avait eu lieu de se plaindre, ne l'eût-
elle pas celé, comme elle fit alors, à ses amis.
Or il avint que sire Tristan et sire Caherdin
durent aller à une fête pour y faire leurs dévotions.
Tristan y mène Iseut ; Caherdin chevauche à sa
droite, sa sœur se tient à gauche. Ils devisent gaie-
ment, et ils sont tellement à ce qu'ils disent qu'ils
laissent leurs chevaux aller à leur guise. Celui de
Caherdin fait un écart et celui d'Iseut se cabre.
Elle le point de l'éperon et tire sur la rêne. Au moment où elle écarte la jambe pour éperonner de
nouveau, le palefroi saute en avant et frappe du
pied dans une flaque d'eau : Iseut en est toute écla-
boussée. Quand elle sentit le froid sur ses grèves,
Iseut jeta un cri, puis elle fut prise d'un tel fou
rire qu'elle n'aurait pu le contenir, même si elle
avait été à l'église, pendant la sainte quarantaine.
Caherdin, la voyant rire ainsi, pense qu'il a dit
une sottise, ou qu'elle a cru entendre quelque mot
malsonnant. C'était un chevalier modeste, franc
et amiteux. Il se prend à lui demander : « Vous

avez ri de bon cœur, Iseut, mais je ne sais vraiment ce qui apprêtait à rire dans mes paroles. Si
vous ne me dites pourquoi, je n'aurai plus confiance
en vous. » Iseut rougit ; elle feignait à avouer ce à
quoi elle pensait, mais comprenant qu'en se tai-
sant elle mécontenterait Caherdin, elle lui dit
franchement sa gorgée : « Je ris à la pensée d'une
aventure qui m'avint. Cette eau qui a rejailli sur
mes cuisses monta plus haut que jamais ne fit
main d'homme ni que Tristan jamais ne me le
requit. Frère, je vous ai dit ce que vous vouliez
savoir. » Caherdin demeure un moment tout coi
et honteux. « Iseut, que dites-vous ? Ne dormez-
vous pas ensemble comme deux époux unis devant
sainte Église ? Tristan vit-il donc comme un moine
et vous comme une nonnain ? — Vous l'avez dit.
— Comment ? Il ne vous embrasse jamais ? — Il
me donne tout au plus un baiser, en se couchant.
— Voyons, Iseut, il vous fait bien, de temps à
autre, quelque courtoisie ! — Jamais il n'a touché
mon corps. J'ignore tout du jeu d'amour ainsi
que la plus naïve pucelette. — Mais alors, s'écrie
Caherdin, c'est un outrage non seulement à vous-
même, mais à toute notre parenté ! Il y a certainement une raison. Il doit chercher plaisir ailleurs.
Je tâcherai d'éclaircir la chose. »

Les jours qui suivirent le pèlerinage, Caherdin fit
mauvaise figure à Tristan : il ne pouvait s'empêcher de songer à ce que lui avait révélé sa sœur. Un
jour, Tristan lui dit : « Ami, qu'avez-vous donc
contre moi ? Quand vous me rencontrez, votre
visage se rembrunit, et vous ne daignez plus

m'adresser la parole. Vous ai-je blessé de quelque
façon ? Avez-vous un grief contre moi ? » Caherdin
fit taire son mécontentement ; il répondit avec douceur : « Sachez que si je vous détestais, nul de mes
amis et parents ne saurait m'en blâmer. Car vous
nous honnissez tous par votre manière de vivre
et l'outrage que vous avez fait à ma sœur. Pucelle
elle était quand vous l'avez reçue, et elle est demeurée pucelle. Que trouvez-vous à reprendre en elle ?
N'est-elle pas d'assez grande beauté ? Pourquoi
donc l'avez-vous épousée, si vous ne voulez pas
vous contenir comme un mari le doit avec sa
femme ? — Caherdin, je n'ai rien fait que vous
n'auriez fait à ma place. Il y a là un grand mystère.
Certes votre sœur est belle et courtoise. Mais j'ai
une amie de telle beauté et de si haut rang qu'elle
surmonte toutes les autres. A telles enseignes
que si vous voyiez sa meschine, qui pourtant n'est
au prix d'elle non plus que la lune en regard du
soleil, vous voudriez l'avoir pour drue et dame de
vos pensées. — Tristan, vous gabez, repartit Caherdin ; je n'ai pas le cœur à souffrir vos moqueries.
Vous offensez Iseut et tout son lignage. Tel outrage
requiert amende. Comment pensez-vous vous acquitter de vos torts ? — Caherdin, vous êtes mon
frère et mon meilleur ami. Vous m'avez reçu à
grand honneur dans ce duché, et vous m'en avez
donné le plus beau témoignage. Je ne voudrais
pas agir mal à votre égard. Je suis prêt à vous
rendre raison. Voulez-vous voir les beautés dont
je vous ai parlé ? Je vous les montrerai, mais jurez-
moi bien de vous taire. — Par tous les saints de

Bretagne, je vous en donne ma parole. — Eh bien,
dit Tristan, tenez-vous prêt à chevaucher demain
matin. Je vous montrerai une grande merveille. »

Le lendemain, dès l'aube, Tristan et Caherdin se
mirent en route ; ils passèrent landes et forêts et
vinrent au gué du fleuve qui bornait la terre de Béliagog. « Où allons-nous ? dit Caherdin. — Outre ce
fleuve. — Tristan, vous voulez me perdre et me
livrer au grand géant Béliagog qui prend et tue
tout ce qui s'aventure dans sa contrée. Si nous
passons le gué, nous ne reviendrons pas vivants.
— Laissez-moi faire. » Ce disant, Tristan prit sa
trompe et par trois fois corna aussi fort qu'il put.
Béliagog apparut, clochant sur son échasse et
brandissant une massue de fer. Il brait comme un
forsené : « Que veux-tu, toi qui m'appelles ? —
Laisse aller ce chevalier avec moi et jette ta massue. » L'échassier mit bas son arme et retourna
en clochant. Tristan et Caherdin traversèrent la
rivière et chevauchèrent amont à petit amble.
Tristan raconta à son beau-frère comment il
avait conquis Béliagog et comment le géant avait
perdu une jambe dans la bataille. Ils furent bientôt à la caverne ; ils descendent de leurs chevaux
qu'ils lient à un arbre et vont vers la salle voûtée.
Tristan tira une clé de sa ceinture et déferma le
grand huis. Il prit la main de Caherdin : « Venez,
ami, dit-il, céans vous verrez la meschine admi-
rable, qui sert la reine de mon cœur. »

Caherdin suit Tristan dans la salle, qui odore
l'encens, la myrrhe et la rose ; il s'émerveille de la
musique qu'il entend, des jouvenceaux qui caro-

lent, de la lumière verte, jaune et vermeille qui descend de la verrière d'amont sur les parois et sur le pavement de mosaïque. Ébahi, il voit Tristan qui s'approche d'une image, plus belle que toutes les autres, l'accole et la baise mille fois, comme amant enflammé du brandon d'amour, disant : « Belle Iseut, pardonnez-moi d'avoir demeuré si long-temps. » Tristan mène ensuite Caherdin devant l'image de Brangaine, et il lui dit : « Frère, j'ai choisi la reine ; je vous donne la meschine. » Caher-din regarde le beau visage de la demoiselle, son corps bien compassé, les mamelettes saillant sous le bliaut et le bras qui tint le hanap d'or. Caherdin, était enfantômé, à peu qu'il crut que les images allaient se mouvoir et parler.

Au bout d'un long moment, il dit à Tristan : « J'espère que vous ne voudrez pas décevoir votre fidèle compagnon. Je tiens que ces figures sont œuvres de nigromance. Mais je voudrais savoir si elles sont à la ressemblance parfaite du modèle. Tristan, vous m'aurez déçu et trompé si vous ne me faites voir Brangaine en chair après m'avoir montré son image. — Oui, répondit Tristan, vous verrez les dames au naturel, mais jurez-moi de ne parler de tout ceci et de ce que je vous dirai tout à l'heure. » Caherdin fit de nouveau le serment que Tristan lui demandait. Ensuite Tristan lui devisa et élucida les merveilles de la salle où tout était fait et ouvré par si grand art que jamais œil humain n'avait rien vu qui pût s'y accomparer. « Nous allons retourner au château, dit Tristan. Et dans trois jours nous partirons. Prenez le bourdon et la

besace du romier ; c'est vraiment voyage aux lieux
saints que nous allons entreprendre. »

Ils font comme Tristan a dit, et aussitôt revenus,
ils atournent leur erre, se déguisent en pèlerins, non
sans emporter sous leur esclavine haubergeon et
miséricorde pour les chemins mal sûrs. Ils prennent congé de leurs parents et amis, de Gorvenal
à qui ils confient la garde d'Iseut aux Blanches
Mains, puis ils montent dans la belle nef avec leurs
chevaux et deux valets sans plus, et voguent vers
l'Angleterre.

A quoi bon allonger le conte ? Tant ils ont
erré et cinglé, tant ils ont erré et chevauché qu'ils
vinrent à une ville où le roi Marc devait s'héberger
pour la nuit. Ayant appris la nouvelle, Tristan
dit qu'il irait à sa rencontre avec Caherdin. Ils
allèrent donc jusqu'à un bois que Tristan connaissait et se juchèrent sur un chêne pour regarder
passer le convoi.

La route du roi se signale à grand hutin de méné-
triers sonnant timbres, grêles et clairons. En avant
viennent les archers, et, au milieu d'eux, un gon-
falonier portant le dragon qui ventèle, et ensuite
belle compagnie de chevaliers dont les heaumes
et le fer des lances reluisent au soleil. Entouré de
ses barons les plus prisés, le roi s'avance sur un
milsoudor acêmé de harnachure magnifique. Après
viennent les garçons avec brachets et chiens cou-
rants, et les veautriers, et les courlieux et cuistrons et berniers, et les maréchaux et hébergeurs,
et les chevaux de chasse, et les sommiers, et les
palefrois qu'on mène en dextre, et les oiseaux

qu'on porte à senestre. Caherdin s'émerveille fort
de ne voir encore la reine et sa meschine, quand,
après la roncinaille et la route de la gent menue,
paraît un grand chariot encourtiné et plein de
belles demoiselles. « La reine n'est pas loin, sans
doute ? demande Caherdin ; et n'est-ce pas Brangaine que je vois là ? — Non, ce sont les lavandiè-
res et chambrières foraines et autres béasses, celles
qui font les gros ouvrages, atournent les lits et
cousent les linceuls. » Un autre chariot, pareillement pourtendu de paile d'outremer, passe au
trot de six roncins attelés. « Et celles-ci ? dit
Caherdin. — Elles ont pour charge de baigner et
d'étuver, et de laver les chevelures des hauts
hommes. » Un troisième chariot vint après :
c'étaient des tousettes avenantes et de jolies bachelettes qui avaient les cheveux rognés à la guise des
chevaliers. « Voici les fileresses et les brodeuses
d'orfrois, dit Tristan, et les meschinettes que la
reine entretient en ses ouvroirs ; il y a là Fleurie,
Mahaut, Marotte, Raimondine, Nicolette, Florette,
Mabile, Marguerie, Aiglante, Isabel, Emmelot,
Guillemette ; je ne saurais vous les nommer toutes.
— Ah ! » De beaux demoiseaux parurent avec des demoiselles qui chevauchaient à sambues ; les demoiseaux étaient bien enseignés et allaient donoyant
et chantant sons ou pastourelles ; et les demoiselles, filles de vavasseurs, de princes et de marquis,
devisaient avec eux de druerie et de vrai et parfait
amour. Elles étaient vêtues de chainses ridés et de
beaux bliauts de samit à fleurs ; plusieurs avaient
sur le chef des chapelets de roses ; une grève divisait

leurs cheveux avelins ou sorets qui descendaient de
chaque côté du cou en deux longues tresses galonnées. Un palefroi venait derrière, couvert d'une
sambue à crépines d'or, où était assise Brangaine
au clair visage. Périnis chevauchait à sa droite.
Caherdin faillit tomber de son arbre : c'était bien
trait pour trait la belle de la salle aux images.
Enfin parut la reine en surcot de pourpre diaprée
et fourrée d'hermine, un cercle d'or sur ses beaux
cheveux. Une compagnie de chevaliers, lances
levées, fermait la grande route qui s'éloigna et
disparut dans la forêt.

« Vous ne m'avez pas trompé, Tristan, dit Caherdin, la reine est le rubis des beautés, et Brangaine,
après elle, est si belle que plus d'une qu'on admire
serait honorée d'être sa chambrière. Si vous pouvez
me la faire connaître, rien ne pourra rompre notre
amitié. — Eh bien, dit Tristan, ne tarde pas, prends
cet anneau et va le présenter à la reine ; je te dirai
comment. Tu suivras le convoi ; tu t'approcheras de
Brangaine ; tu lui parleras ; et quand elle saura qui
t'envoie, elle t'aidera à faire ton message. Mais
garde-toi de cet homme que tu as vu à la droite de
la reine : c'est Andret ; il m'aime peu, et je crains
sa félonie. »

Caherdin laissa Tristan au milieu du fourré ; il
se mit à cheval parmi les écuyers et les sergents et
chevaucha tout bellement, en attendant le moment
favorable. Or il avint qu'à un tournant du chemin
les chevaux et les chariots furent serrés les uns
contre les autres et durent ralentir, puis demeurer
une longue pièce de temps. La reine, tout à coup,

pensa à Petit-Crû. Elle fit appeler Brangaine ; elle
voulait savoir si l'on avait pris soin du petit chien.
« Dame, lui dit la meschine, il est toujours dans sa
cagette. — Apporte-le-moi. » Brangaine alla chercher la cagette au treillis d'or. Elle tira amont
l'huisset, et déjà la reine tendait les mains pour le
prendre, quand Petit-Crû sauta sur le chemin et
s'enfuit dans le bois en faisant tinter joyeusement
son grelot, si bien que tous ceux qui étaient là se
mirent à rire, à danser, à s'ébaudir, à être tout aises
et contents, mêmement ceux qui avaient la mine
triste et rechignée, et jusqu'à Andret qui en oublia
d'aguetter et de ramponer la reine. Caherdin était
descendu de cheval ; il courut après Petit-Crû, et
le rapporta à Brangaine qui le donna à sa maîtresse.
Caherdin salue alors Iseut d'un bel enclin de tête ;
il lui dit : « Noble dame, je vous rends votre petit
chien ; il mérite bien de s'héberger dans l'or et la
soie, car il vaut tous les trésors et toutes les pierres
du monde. » Ce disant, il montra le jaspe vert qu'il
avait à son doigt. La reine pâlit d'émoi. « Dis,
pèlerin, fait-elle, comment cet anneau t'est-il
venu ? — Dame, celui qui vous aime plus que
tout au monde me l'a donné pour que je vous aver-
tisse de sa venue. Il vous demande de l'attendre au
château. — Dis à celui qui t'envoie, fait Iseut à voix
basse, qu'il vienne à la tombée de la nuit. » Caherdin monte, tourne bride et ne tarde pas à rejoindre
Tristan.

La route s'émut de nouveau, et vers l'heure de
none on fut au château. Déjà les gens du roi étaient
rentrés et les queux préparaient le souper. « Amie,

dit le roi à la reine, avez-vous fait bon voyage ? —
Sire, je dois vous dire que je suis un peu lasse. Vous
ne m'en voudrez pas si je me retire de bonne heure.
— Qu'il soit fait selon votre désir. »

Cependant Tristan et Caherdin chevauchèrent
jusqu'à une demi-lieue du château. Là ils laissèrent
leurs roncins aux mains de leurs valets qui s'hébergèrent dans le voisinage. Puis ils prirent leurs bâtons pour rejoindre la reine et sa meschine. Depuis
qu'elles étaient rentrées, elles s'entretenaient ensemble de l'aventure de Petit-Crû et de l'anneau
apporté par l'ami de Tristan. « Oh! reine, si vous
aviez vu comme il me regardait! dit Brangaine.
— Il t'aime sûrement. — Peut-être l'aimerai-je
aussi! — Brangaine, j'ai souvent pensé à te marier.
Je crois que tu ne pourrais trouver baron plus bel
et avenant. »

Tristan et Caherdin n'eurent pas de peine à s'introduire au château, sous leur habit de pèlerin. La
reine avait fait avertir le portier. Vous retracer
la joie que s'entrefirent Iseut et Tristan, quand
ils se retrouvèrent après quatre années, serait
chose impossible, tant eût-on la langue délivrée
et aperte, tant fût-on bien-disant et n'épargnant
le papier ni la chandelle. Les amants eux-mêmes
ne purent suffire à exprimer par des mots ce que
leur cœur ressentait : leurs yeux qui riaient et
pleuraient à la fois furent plus beaux truchements
et meilleurs messagers que leur bouche ; il ne fut
pas tenu grand plaid d'Iseut aux Blanches Mains ;
au reste le temps pressait ; et peu valent les paroles
quand l'heure est venue des soulas et grands délits

dont Amour comble ses vrais fidèles quand il les va payant de leur longue attente.

De son côté Caherdin retrouva Brangaine l'avenante, au corps gent, à la bouche riante et vermeille ; il lui dit qu'il l'avait vue plusieurs fois en songe avant de la connaître. Pour le doux baiser et l'accoler, leurs lèvres et leurs mains ne demeurèrent point oisives. Caherdin plut à la belle. Toutefois elle ne voulut pas lui octroyer si tôt le don de merci. Mais comme il aurait été périlleux de le renvoyer à cette heure, elle dut lui permettre de passer la nuit à son côté. Brangaine avait appris la magie autrefois en Irlande : elle connaissait un charme pour faire dormir : c'était une plume d'un oiseau étrange rapportée jadis de l'Inde ; elle avait telle vertu que, quand on l'avait mise sous l'oreiller, celui qui y posait sa tête s'endormait incontinent et ne remuait non plus qu'un billot, jusqu'à ce qu'elle fût ôtée. En atournant le lit, Brangaine n'eut garde d'oublier d'y cacher la plume. D'où vint que Caherdin fut à peine entré dans le lit, quand il croyait tenir nu à nu son amie et en faire sa volonté, qu'il s'endormit profondément pour ne se réveiller qu'au matin. Brangaine se leva au petit jour et retira la plume de dessous l'oreiller. « Beau sire, dit-elle à Caherdin, quand il s'éveilla, levez-vous ; vous avez assez reposé. » Caherdin enrageait. Il pensa que la lassitude l'avait pris ou qu'il avait été enchanté. Il promit de faire bonne garde désormais.

La nuit suivante, le lit fut appareillé comme la veille, et Caherdin s'y tapit dans l'attente de la

demoiselle. Comme il se remuait et tournait en
tous sens, il secoua si bien l'oreiller qu'il en fit
tomber la plume. Il la ramassa aussitôt et la jeta
par la fenêtre, puis le rusé fit semblant de dormir.
Brangaine ne tarda pas à se coucher. Le faux dor-
meur n'attendit pas que la chandelle fût éteinte.
« Ma douce amie il vous faut payer votre dette
maintenant », dit doucement Caherdin à la belle
ébahie. Brangaine ne songea guère à éconduire son
jeune amant qui était gracieux et formé à devise.
Elle le laissa faire ; le conte dit même qu'elle y prit
du plaisir.

XVII

Andret et les deux écuyers. — Riotes et vitupères de femmes. — Tristan mendiant. — La brogne de crin. — Tristan pénitent. — Le sommeil de Dinas. — Andret tué par Caherdin.

Durant une semaine et plus, les quatre menèrent de commun leurs liesses et leurs drueries, et je laisse à penser si leur vie fut un beau songe ; seuls ne peuvent l'imaginer ceux qui n'ont pas été blessés des saïettes de l'enfant Vénus, qui ont nom Beauté, Simplesse et Compagnie, et n'ont pas su mériter le guerdon de leur féauté et de leur persévérance. On dit bien vrai : jamais honteux n'eut belle amie : la hardiesse de Caherdin fut récompensée autant que la patience de Tristan. Les amants trouvèrent maints tours et maintes finesses pour se revoir ; je ne saurais vous les dire tous, car ils n'étaient pas si coquards qu'ils n'en changeassent à chaque fois. Mais celée ne vaut en cour de roi. Andret avait fini par savoir toute l'affaire du petit

chien. Il mit ses rapporteurs à l'aguet. Tristan et
Caherdin, se sentant épiés, n'attendirent pas d'être
pris sur le fait. Ils coururent au lieu où étaient
mussés leurs écuyers et leurs montures. Là ils ne
voient hommes ni chevaux. Andret les avait
devancés et avait découvert la cachette. Les valets
n'eurent que le temps de prendre le harnais de leurs
seigneurs et se mirent au frapier. Andret les pour-
chasse de loin, et il croit voir Tristan et son compagnon. Il leur crie : « Honnis soient ces chevaliers
qui fuient par peur ! » Il broche son bai à grands
coups d'éperon et se rapproche un peu des fuyards ;
il crie encore de toutes ses forces : « Chevaliers,
chevaliers, au nom de celles que vous aimez entre
toutes, arrêtez ! arrêtez ! » Les valets vont les grands
galops, le fond d'un val, et se jettent dans les bros-
ses et les marais, et sautent par les dérubants et les
voies étroites et trébucheuses ; ils sont bientôt hors
de toute atteinte. Andret grousse entre ses dents :
« Quelle honte ! » Il n'aurait pas cru Tristan si failli
de courage ! Les deux sont bien à une lieue devant ;
force lui est d'abandonner la poursuite. Il rentra
au château plein de rage. Il alla trouver Iseut et
recommença à dire ses rampones et ses méchance-
tés. « Qu'est-ce encore ? fait la reine. Andret, vous
savez bien que je hais la gent mauparlière. — Reine,
il est bon que je fasse entendre mon cri : vous
m'avez surnommé le huard. — Oui, l'écoufle qui
est cruel aux petits et porte envie aux grands. —
Certes, je suis l'écoufle, mais votre ami est le lanier.
— Que voulez-vous dire ? — Vous le saurez bientôt. »

Là-dessus, Andret alla arraisonner Brangaine en cette manière : « Brangaine, vous avez dormi avec un qui a le cœur en la braie. Il a fui devant moi comme le lièvre devant les brachets. J'ai eu beau le conjurer au nom de celle qui lui est chère ; il n'a pas osé retourner. Vous avez bien logé votre amour, et vous avez l'ami que vous méritez, garce folle de pute aire ! »

Ces grosses paroles et la nouvelle de la fuite de Caherdin jettent Brangaine dans le désespoir : elle va trouver la reine : « Dame, fait-elle en pleurant, je suis morte. Je vous connus à la male heure, vous et Tristan votre ami ! J'ai quitté pour vous l'Irlande, et à cause de votre folie j'ai perdu mon honneur. Certes, je le fis par amour pour vous. Vous m'en promîtes grands avantages, la considération et un rang dans le monde, vous et Tristan le parjure que Dieu châtie ! C'est à cause de lui que je fus tout d'abord déshonorée. Qu'il vous souvienne de votre conduite à mon égard ; vous voulûtes vous défaire de moi ; il ne dépendit pas de votre loyauté que je ne fusse mise à mort par les serfs. Mieux me valut leur haine, Iseut, que ne fit votre amour. Depuis je n'eus pas à me louer de vous avoir crue et de vous avoir aimée et servie ! Pourquoi n'ai-je pas ourdi votre mort, quand sans raison vous cherchiez la mienne ? Sans doute ce forfait fut pardonné, mais vous l'avez renouvelé en me jetant dans les bras de Caherdin. Soyez maudite, reine, si vous payez ainsi mes services ! Est-ce là le grand honneur que vous m'aviez réservé ? Par votre faute, ce Caherdin qui ne cherchait qu'une com-

pagne pour sa joie, m'a traitée en garce folle. Comme
vous me l'avez vanté afin que je lui cède! Il n'y
avait, à vous entendre, baron de plus haut prix,
homme plus courageux et plus loyal! Vous me
l'aviez représenté comme le meilleur du monde, et
c'est le plus failli chevalier qui ait jamais porté
écu ni brant. Pour s'être enfui devant le comte
Andret, il mérite d'être honni à jamais. Dites-moi,
reine, depuis quand êtes-vous Richeut? Qui vous
a appris à faire le métier de courratière et à trahir
une pauvre fille? Il y a tant de vaillants qui m'ont
requise d'amour ; je me suis gardée d'eux, et voici
que je me suis donnée à un couard, et c'est vous
qui m'y avez poussée! Mais je me vengerai sur vous
et sur Tristan votre ami. »

Quand Iseut entend ces menaces dans la bouche
de sa fidèle suivante qui, maintes fois, s'est entremise pour favoriser sa joie ou sauver son honneur,
son âme s'emplit de chagrin et d'angoisse tout
ensemble. « Ah! malheureuse, s'écrie-t-elle, c'est
grand deuil que je vive : loin de mon pays, je n'ai
eu que maux et épreuves. Dieu vous punisse,
Tristan! C'est pour vous que je suis en telle détresse ;
c'est vous qui m'avez emmenée en cette contrée
où j'ai toujours été en peine. A cause de vous,
chacun me fait la guerre, ouvertement ou secrètement, le roi et tous ceux de sa terre. Je l'ai souffert
et je pourrais le souffrir encore, si j'avais l'amitié
de Brangaine. Mais quand elle se tourne contre
moi, je ne sais plus que faire. Je vous rencontrai
pour mon malheur, Tristan ; vous m'avez enlevée
à ma famille et fait haïr par tous ces étrangers.

Et maintenant, vous m'ôtez mon dernier réconfort, la noble Brangaine : nulle demoiselle ne fut jamais si vaillante et si loyale. Vous vous êtes entendu avec Caherdin pour me la ravir et en faire la gardienne d'Iseut aux Blanches Mains. C'est me trahir que me soustraire l'amour de celle que j'ai nourrie. Brangaine, qu'il vous souvienne de mon père et des prières de ma mère. Si vous me laissez ici, en terre étrange, que ferai-je, comment vivrai-je, seule, sans appui ? Brangaine, si vous voulez m'abandonner, vous ne devez pas pour autant me haïr, ni me chercher de mauvaises raisons. Je vous donnerai un bon congé, si vous voulez suivre Caherdin dans sa contrée. Dieu punisse Tristan, car c'est lui qui vous pousse à partir, je le sais !

— C'est d'un bien mauvais cœur, répond Brangaine, de dire de moi telles folies, des choses qui ne me vinrent jamais à la pensée. Tristan n'est pas à blâmer ; c'est vous qui devez porter la honte d'avoir agi comme vous l'avez fait. Si vous n'aviez la volonté du mal, vous ne le feriez pas sans relâche. Vous rejetez votre mauvaiseté sur Tristan ; mais si Tristan n'eût été, vous en auriez trouvé un pire. Je ne me plains pas qu'il vous aime, mais que vous m'ayez tendu un piège pour couvrir votre vice. Me voici honnie et vous en sûreté. Or maintenant gardez-vous bien, car je pense bien me venger. Puisque vous vouliez me marier, que ne m'avez-vous donnée à un vaillant chevalier, plutôt que de me livrer traîtreusement au plus couard qui fût jamais ?

— Vous êtes folle, Brangaine, répondit Iseut, je n'ai jamais pensé tant d'engins et de malices, et vous n'avez à redouter aucune trahison de ma part. Dieu m'est témoin que ce que je fis, je le fis par bonne intention. Caherdin est bon chevalier, riche duc et guerrier éprouvé. Comment pouvez-vous penser qu'il ait pu prendre la fuite ? Par crainte d'Andret ? Ceux qui disent cela sont des envieux. Il est parti pour toute autre raison. N'allez pas le haïr, ni Tristan, ni moi-même, pour des mensonges que vous aurez entendus. Brangaine, ne voyez-vous pas combien tous nos ennemis seraient heureux de nous brouiller ensemble ? Si vous me montrez de la haine, qui donc voudra m'aimer ? Si vous me méprisez, par qui donc serai-je honorée ? Vous connaissez ma vie ; vous pouvez, s'il vous plaît, me diffamer, mais si par ressentiment vous découvrez au roi mon secret, on vous reprochera toujours d'avoir été ma conseillère. Ce que j'ai fait, je l'ai fait par vous ; il ne doit pas y avoir d'inimitié entre nous. Je n'ai rien fait pour votre honte, mais pour le bien et pour l'honneur. En quoi serez-vous plus avancée quand je serai noircie aux yeux du roi ? Vous y perdrez l'amitié et l'estime des gens courtois. Tel pourra bien vous louer qui vous méprisera au fond de lui-même, et le roi ne pourra que vous haïr. Qu'il me fasse bonne ou mauvaise figure, ne croyez pas qu'il vous en aimera davantage. Son amour pour moi est si grand que nul ne pourrait le changer en haine ; nul ne pourra nous désunir. Il peut souffrir de ma conduite, mais à aucun prix il ne peut me haïr ; il peut détes-

ter mes folies, mais il ne peut se détacher de moi ;
son amour est tel que, bon gré mal gré, il faut qu'il
m'aime. Sachez qu'il a peu d'estime pour ceux
qui disent du mal de moi. Votre médisance n'aura
pas plus d'effet sur lui que les rapports de mes ennemis. Vous ne l'aurez pas servi, quand vous m'aurez déshonorée.

— Il vous avait fait jurer, il y a deux ans passés,
dit Brangaine, de ne plus avoir d'entretiens secrets
avec Tristan ; vous avez mal tenu votre serment.
Dès que vous en avez eu le pouvoir, malheureuse
Iseut, vous avez été parjure et foimentie. Vous
êtes si accoutumée au mal que vous ne pouvez
vous en garder. Il vous faut suivre cette vieille
habitude que vous avez prise dès l'enfance, et faire
sans arrêt ce mal où vous trouvez délectation. Ce
que poulain apprend en dressage, bon gré mal gré
il le retient toujours ; ce qu'une femme a appris,
si on ne la châtie, lui dure toute la vie, dès que son
pouvoir est aussi fort que son désir. La complai-
sance du roi vous a engagée plus avant dans les
voies de l'erreur, mais il n'a souffert vos pratiques
que parce qu'il n'en fut jamais bien certain. Je
lui dirai la vérité là-dessus : qu'il fasse ensuite à
sa volonté.

— Vous me jugez trop cruellement, répond
Iseut. Vous n'avez ni droiture ni courtoisie. Certes,
si je suis foimentie et parjure ou déshonorée en
quelque manière, vous m'avez bien conseillée et
aidée ; vous m'avez mise dans la voie ; par vous j'ai
connu les ruses, les mensonges, les craintes, les
larmes, et tout ce que l'amour traîne après lui ; tout

ce que nous fîmes, ce fut par vous. Vous me déçûtes
d'abord, ensuite Tristan, et puis le roi. Il y a longtemps qu'il aurait tout su, ne fussent vos engins
et vos tromperies. Ce sont les mensonges dont vous
l'avez entretenu qui enracinèrent le péché en nous.
Vous êtes, certes, plus à blâmer que moi dont vous
aviez la garde. Le jour où il faudra dire la vérité,
je n'en omettrai un seul point. Alors, si le roi prend
sa vengeance, qu'il la prenne de vous premièrement :
vous l'aurez bien mérité. Toutefois, à cette heure,
je vous crie merci : ne découvrez pas nos secrets
et oubliez notre ressentiment. — Non, sur ma foi,
je dirai tout au roi Marc ; nous verrons qui a tort
ou raison et avienne que pourra ! »

Brangaine a laissé la reine. Elle va trouver le roi.
Elle s'est avisée d'un nouvel engin. « Sire, lui dit-
elle, veuillez m'entendre. Je vous dois ligeance,
loyauté, fidélité et amour pour tout ce qui touche
votre personne et votre honneur, et quand j'ai
appris qu'on y attente, je ne crois pas devoir vous
le cacher. Si j'avais su plus tôt ce que je sais, soyez
sûr que je vous l'aurais révélé. Quoi qu'il en soit,
je veux vous parler d'Iseut : elle est dans une mauvaise voie ; son cœur se gâte, et si elle n'est mieux
gardée, elle fera folie de son corps : elle n'a pas
encore commis la faute, mais elle n'attend que
l'occasion. Vous avez été naguère en soupçon,
mais pour néant ; aujourd'hui je crains beaucoup,
car elle ne veut feindre à aucun prix, si elle
peut se passer son caprice. C'est pourquoi je viens
vous conseiller de la faire mieux garder. Vous savez
le proverbe : Aise de prendre fait le larron. Moi-même

j'ai partagé vos doutes et j'ai guetté nuit et jour la
reine. Mais il m'est avis que ce fut en pure perte,
car nous avons été déçus l'un et l'autre et induits
en erreur. Elle nous a tous engignés ; elle a changé
les dés ; prenons-la sur le fait, quand elle les jettera.
Certes, roi, si le scandale rejaillit sur vous, c'est
justice, puisque vous la laissez faire à sa fantaisie
et souffrez son galant auprès d'elle. En dépit
de vos feintes menaces, je vois bien que vous n'osez
pas agir. Je sais que c'est folie de ma part de vous
parler ainsi ; vous m'en saurez mauvais gré, sire,
mais c'est la vérité. »

Le roi reste d'abord ébahi de ce qu'il entend ;
puis il devient rouge de colère et crie : « Pourquoi
tant de manières ? Dis-moi la vérité. Tristan est
dans la chambre de la reine ? — Roi, dussé-je
perdre vos bonnes grâces, et être démise de mon
emploi, je ne vous cacherai son tripot amoureux,
ni la ruse dont elle s'est avisée. Vous avez cru comme
moi qu'elle aimait Tristan : elle nous l'a laissé
croire pour nous tromper. Elle a un plus riche soupirant : le comte Andret, votre privé en qui vous
avez toute confiance. Il tourne sans cesse autour
d'elle ; il l'a tant requise d'amour qu'elle ne tardera
pas, je pense, à lui céder. Je m'émerveille que vous
le laissiez auprès d'elle et pour quoi vous l'aimez
tant. Vous avez peur de Tristan seul, quand vous
n'avez rien à redouter de lui. J'ai fini par m'en apercevoir, après m'être méprise comme vous. Quand
Iseut ouït dire qu'il venait dans votre terre, c'est
elle qui envoya Andret pour lui tendre des embûches et pour l'occire au besoin. Peut-être est-il

mort à l'heure qu'il est. Ce sera grand dommage pour le royaume et pour sa parenté : il était preux et bien enseigné, et votre neveu, sire. Jamais vous ne retrouverez tel ami. »

Le roi ne sait à quoi se résoudre. Crier et menacer ne servirait à rien. Il dit tout doucement à Brangaine : « Amie, voici qui va vous convenir : je ne ferai rien contre vous, au contraire ; j'éloignerai Andret, et vous, vous prendrez soin d'Iseut. Ne lui permettez aucun parlement avec quelque baron ou chevalier que vous n'y soyez présente. Dorenavant elle sera entièrement à votre garde. »

Cependant Tristan et Caherdin avaient trouvé asile au château de Lidan ; le bon Dinas ne pouvait parvenir à les réconforter. Quant à Andret, il voit qu'il s'est travaillé sans espoir d'amour pour la reine ; et il n'ose porter son accusation devant le roi qui, de son côté, ne sait plus qui croire.

Tristan commence à regretter d'être parti si soudainement et de ne rien savoir de ce que pense et fait Iseut, non plus que Brangaine la franche. Il recommande à Dieu Caherdin ; il veut retourner sur ses pas, et jure qu'il n'aura de contentement qu'il n'ait appris ce qu'elles sont devenues. Le voilà qui s'accoutre comme coquin, d'une chape mal taillée, toute pleine de paleteaux de diverses couleurs ; des deux parts le surcot lui crève plus d'une pleine paume ; il a chaperon de guingois, heuses grimaçantes, cheveux embroussaillés, sur son œil clos un tacon de sparadrap ; il tient un flageolet à la main et un gré de bois dans l'autre.

Ce jour-là était un jour de fête. Le roi allait au moutier ouïr le grand service. Il est sorti du palais ; Iseut le suit. Tristan est à la porte de l'église, qui flageole et mendie ; il lui demande du sien pour l'amour de Dieu ; les sergents en font leur risée ; l'un le saque, l'autre le boute ; l'un le menace, l'autre le frappe, et ils l'écartent de la presse. Iseut est très ennuyée, elle va lui jeter son aumône. Brangaine s'est approchée, reconnaît Tristan et s'aperçoit de la ruse. Elle appelle les sergents : « Or çà, vilains, dit-elle, éloignez donc ce truand qui harcèle madame! » Puis à Iseut : « D'où vient que vous soyez si large aujourd'hui que vous donniez au premier venu? Avec ce que vous donnez à un seul quémand, vous pourriez en nourir une centaine. » Elle fait chasser Tristan par les sergents. Celui-ci s'éloigne sans mot dire : il en a une grande angoisse dans son cœur. Il voit que Brangaine et Iseut le haïssent, et il pleure tendrement. Un vieux palais était dans le voisinage, tout branlant et délabré. Il y entre et se cache sous le degré. Il se sent faible et las, car il n'a pas mangé depuis deux jours. Il languit et déteste la vie. Pendant tout l'office, Iseut est triste et pensive ; elle soupire et cache ses larmes. Après, la cour rentre au palais pour manger et démène grande liesse toute la journée. Mais Iseut n'y trouve nul plaisir.

Sur le soir, le portier, ayant froid dans sa loge, dit à sa femme d'aller querir de la leigne pour se chauffer. La dame n'alla pas loin ; elle pouvait trouver sous le degré bûche et vieux merrain. Elle entre dans l'obscurité et voit un homme qui dort,

roulé dans une vieille chape ; elle pousse un cri.
Son mari accourt, allume une chandelle, tâte
et trouve l'homme gisant qui lui semble près
de mourir. Il finit par reconnaître Tristan qui
s'éveille et qui lui raconte comment, mourant de
faim, il est venu s'abriter dans cette maison en
ruine. Le portier aimait Tristan, et Tristan se
fiait à lui. A grand-peine il le conduit jusqu'en sa
loge, lui fait un lit, et lui donne à boire et à manger. Il porte son message à Iseut et à
Brangaine, comme il avait coutume. Mais quoi
qu'il dise ou fasse, il ne peut trouver grâce auprès
de la meschine.

La reine implora Brangaine : « Franche demoiselle, Tristan et moi, nous vous crions pitié. Allez
lui parler, je vous en supplie. Réconfortez-le :
il périt de douleur. Vous qui l'aimiez tant, conso-
lez-le ; il désire vous voir. Dites-lui au moins ce
que vous avez contre lui, pourquoi et depuis quand.
— Pour rien au monde, répond Brangaine courroucée, il n'aura confort de moi. Désormais il ne me
sera plus reproché que je suis cause de votre déver-
gondage. Je ne veux couvrir la félonie pour être
payée de telle sorte. — Laissons cela, Brangaine.
Oubliez ce que je vous ai dit, ce que je vous ai
fait, si vraiment je me suis mal comportée à votre
égard. Pardonnez-moi pour Tristan qui ne sera
soulagé tant qu'il ne vous aura pas adressé la
parole. » Elle la flatte tant, tant la prie, tant lui
promet, tant fait appel à sa pitié que Brangaine
va à la loge. Elle trouve Tristan malade, affaibli,
pâle de visage et maigre de chair. Elle l'entend

soupirer et la prier piteusement de lui dire la raison de sa haine ; il lui jure qu'il est faux que Caherdin ait fui devant Andret et qu'il en fera la preuve.
Brangaine finit par se laisser convaincre, et ils se
raccommodent. Alors ils vont auprès de la reine,
dans la chambre de marbre. Tristan donne à Iseut
des marques de son grand amour. Mais bientôt
paraît le petit jour, et Tristan est contraint de
retourner à sa nef où Caherdin, qui a fait ses adieux
à Dinas, l'attend pour le ramener en Petite Bretagne, auprès d'Iseut aux Blanches Mains.

Quand elle se retrouva seule, Iseut la Blonde
tomba dans une grande mélancolie. Elle se repro-
chait d'avoir si mal traité son ami. N'était-elle
pas allée jusqu'à le maudire ? Elle fut prise de
remords et voulut faire pénitence. La douleur l'a
rendue pâle et décolorée ; elle ne se soucie de sa
beauté, elle fuit les aises, ne rit plus, met une brogne de crin sur sa chair nue qu'elle portera nuit
et jour, sinon quand elle sera contrainte d'entrer
dans le lit de son seigneur. Au milieu de ses tristes
pensements, il lui arriva de caresser Petit-Crû ;
elle ouït tinter le grelot par qui se dissipait tout
ennui et s'envolait toute peine. Elle se dit qu'elle
n'avait pas le droit d'être gaie lorsque Tristan
était malheureux. Alors, pour se punir, elle ôta
du collier de Petit-Crû le grelot magique et le jeta
dans la mer.

Iseut n'avait pas revu Tristan depuis le mois
d'avril. On était presque à la fin de l'été ; le temps
lui durait. Périnis prit pitié d'elle. Iseut lui ouvrit

son cœur. « Dame, lui dit Périnis, il a été si mal
accueilli à son dernier voyage qu'il craint de revenir. Envoyez-lui un message. » Il y avait alors à la
cour un vielleur, jouvenceau avisé et de bonnes
manières. La dame le fit appeler. « Écoute, Pilois,
lui dit-elle, tu connais la Bretagne, tu as passé
plusieurs fois la mer. Je vais te charger d'un
message. Tu iras à Carahès trouver sire Tristan.
Mande-lui mes saluts, dis-lui combien j'ai chagrin
et pesance de vivre loin de lui et de demeurer si
longtemps sans le voir. Dis-lui que je porte sur
ma chair une brogne de crin de cheval que je n'ôte-
rai tant qu'il revienne à Lancien ou à Tintagel. »
Pilois partit pour la terre de Tristan. Il passa la
mer et alla tant devant lui qu'il vit les tours de
Carahès. Comme il approchait du château, il
rencontra Tristan qui chevauchait, un faucon sur
le poing. Il l'arrêta, le salua ; Tristan le reconnut
et pensa bien qu'il venait de la part de la reine.
Quand il eut ouï le message, il dit à Pilois : « J'ai
promis à Gorvenal de ne revoir la reine avant un
an. Dis-lui que je reviendrai au printemps, qu'elle
ôte cette brogne qui honnit et vergonde son beau
corps, que je l'absous ainsi que Brangaine de ses
doutes et de ses soupçons, qu'elle ait foi en Tristan
qui ne vit que pour elle. » Pilois rapporta ces paroles à Iseut qui en pleura de joie. Elle enleva sa
brogne de crin et ne tarda pas à retrouver sa gaieté
et ses belles couleurs.

Quand vint le mois de mai, Tristan s'embarqua
avec Caherdin. Arrivés en Cornouaille, ils s'accou-
trèrent en pénitents ; déchaux et le bâton à la

main, ils allèrent tant qu'ils vinrent à Lidan. « Voici
Dinas, s'écria tout à coup Caherdin. — Paix! lui
dit Tristan. Ami, ne trouble pas son sommeil. »
Dinas gisait, en effet, dans l'herbe épaisse et verte,
sous un grand tilleul touffu. Vairon, son cheval,
était lié à un arbre, non loin de là. « Ne vois-tu
pas que Dinas dort profondément? Sans doute
il pense à sa belle amie ; il voit l'image adorée et
la tient dans ses bras. Il est heureux ; il converse
au Pays des Songes. » Ils demeurèrent sur le chemin une bonne heure. Dinas s'éveilla enfin. Il fut
bien aise de trouver devant lui Tristan à qui il
offrit son service. Grâce à lui, les deux amis purent
bientôt pénétrer au palais, et ils eurent les entretiens secrets qu'ils souhaitaient avec leurs chères
amies. Brangaine demanda pardon à Caherdin.
Nul, cette fois, ne soupçonna leur venue.

A quelques jours de là, le roi tenait une cour plé-
nière. Il y eut belle assemblée et grand manger ;
après quoi eurent lieu plusieurs jeux d'escrime et
de palestre, sauts gallois ou à la mode de Galvoie,
cembeaux, lancements de javelots et autres. Tristan, qui portait ses armes sous son accoutrement
de pénitent, se fût laissé pendre plutôt que de n'y
paraître à l'impourvu. Mais folie n'est pas vasselage ; il devait s'en apercevoir une fois de plus.
Il sauta, il lança le javelot ; toute l'assemblée disait
que c'était grande merveille, et qu'il n'y avait que
Tristan qui pût ainsi surmonter tous les autres
par son adresse. Voilà Dinas qui accourt très
effrayé ; il lui dit, en l'oreille : « Tristan, fuyez, vous
êtes reconnu! » Déjà Andret avait soudoyé de

nouveaux espions et ordonné l'aguet. Tristan
et Caherdin prirent en hâte les chevaux que Dinas
leur offrit, les meilleurs de tout le royaume. Ils se
lancèrent, ce jour-là, dans une terrible aventure.
Ils occirent deux barons sur la place ; l'un fut le
beau, le félon Andret, qui avait appelé Caherdin
failli et recréant : Caherdin le tua en joute : c'est
ainsi qu'il acquitta le serment fait à Brangaine, le
jour où ils redevinrent amis.

Ceux de Cornouaille voulurent venger la mort
du comte ; ils poursuivirent Tristan et son compagnon par l'espace de deux lieues, à travers les
bois, les landes, les larris, et jusqu'à la mer, mais ils
ne les purent atteindre.

XVIII

*Rébellion du comte de Nantes. — Tristan tondu. —
Il se déguise en fou. — Troisième voyage en Cornouaille.
— Tristan reconnu par son chien. — Dernières joies.*

Tristan et Caherdin étaient revenus en Petite
Bretagne. Là ils oublièrent leurs ennuis en se
déportant avec leurs amis et leurs privés ; ils
allaient giboyer en bois et en rivière et tournoyer
par les marches. Quand ils étaient de loisir, ils s'en-
fonçaient dans la forêt sauvage et rendaient visite
à la grotte merveilleuse où étaient les belles images
d'Iseut et de sa meschine ; ils repaissaient leurs
yeux de la vue des dames qu'ils aimaient tant ;
ils se dédommageaient ainsi pendant la journée
des tourments que leur réservaient leurs nuits
solitaires.

Cependant le roi Hoel était vieux et malade et ne
pouvait plus guère vaquer au gouvernement de sa
terre ; plusieurs barons jalousaient Tristan pour

l'empire qu'il avait pris sur Caherdin, et ils avaient
tenté plusieurs fois de se rebeller contre leur droit
seigneur. On dut châtier le comte de Nantes qui
était à la tête des révoltés. Tristan amena son ost
sous les murs de la ville. Le siège dura peu : le
comte Brian fut pris, tandis qu'il fuyait par une
poterne. Une seule tour, qui s'élevait hors de l'en-
ceinte, résistait encore, tenue par Gorvel au Court
Menton. A l'assaut, Tristan reçut sur la tête une
grosse pierre qui lui entama le cuir ; une autre
pierre tranchante lui fendit la joue et l'abattit
dans le fossé. Tristan commanda de miner la tour.
Les assaillants entrèrent par la brèche ; les traîtres se rendirent aussitôt. Aucuns d'entre eux
furent pendus aux portes de Nantes. Quant au
comte Brian, il fut emmené à Carahès et mis en
chartre à perpétuité.

Tristan fut tôt guéri à force d'onguents ; mais il
garda le chef tondu. Au milieu du repos où il se
trouvait condamné, il se mit de nouveau à penser
angoisseusement à Iseut, et le désir douloureux
lui vint de la revoir une fois encore. Il se prome-
nait un jour sur la marine, pourpensant engins
de mainte sorte afin de la rejoindre delà la mer ;
Gorvenal l'accompagnait en silence. Il dit sa volonté
à son vieux maître ; combien de fois il s'était
présenté devant le roi Marc, accoutré en marchand,
en jongleur, en malade, en pénitent ! Nul n'était
si savant dans l'art de se déguiser. Cette fois, il
craignait bien d'être reconnu. « Ha ! sire, pour Dieu,
lui dit Gorvenal, vous ne courez guère le danger
d'être pris pour Tristan, car vous ressemblez trop

mieux fou que soudoyer, avec votre tête rasée.
— Me dis-tu vrai? — Certes », répondit Gorvenal.

Le lendemain, en cachette, Tristan se teignit la
figure du jus d'une herbette jaune, se fit tailler
une gonelle de vieux bureau et mit dans sa besace
foison de petite monnaie. Il prit un pieu à une
cépée et s'en fit une massue. Puis il s'en va pieds
nus, ainsi affublé, la massue au cou, au bord de la
mer. Une nef était au port, qui s'apprêtait à lever
l'ancre. Tristan s'approcha des mariniers, parlant
sotois et jetant çà et là ses deniers. « Voilà un plaisant fou », dirent-ils au maître de la nef qui était
un marchand de Tintagel. Celui-ci, voyant que le
sot avait de quoi payer son passage, pensa qu'il
pourrait l'offrir au roi de Cornouaille. Il le laissa
monter à bord.

La nef cingla tant qu'ils arrivèrent à Tintagel.
Tristan sort de la nef et va droit au palais du roi.
Le portier l'appelle : « Eh! l'ami, viens çà! Il y a
longtemps qu'on ne t'a vu. Où étais-tu donc ?
— J'ai guerpi mon royaume, répond le fou; je fus aux
noces de l'abbé du Mont ; il a épousé une grosse
dame voilée ; il n'y a, de Guincêtre jusqu'à Nicole,
prêtre, moine ni clerc couronné qui ne fussent au
mariage, et tous y portaient crosses et pelisses.
En ce moment ils jouent et tournoient par la lande.
Quant à moi, je me partis d'eux, car je dois servir
le roi aujourd'hui à sa table. » Le portier ouvrit
le guichet. Tristan entra. Aussitôt la garçonnaille
lui court sus, le huant et criant au fou. Valets et
écuyers le convoient à coups de poing et de pied, lui

lancent eau de broc et vieilles savates. Mais il leur
en cuit. Tristan se retourne et de son gourdin frappe
à droite et à gauche, et il en étend plus d'un tout
plat sur le pavement.

Il traverse la cour et commence à faire ses soties ;
il semblait fou à merveille. Il voit le roi à la fenêtre ;
il entre dans la salle. « Fou, comment t'appelles-tu ?
dit le roi. — J'ai nom Picolet. — De qui es-tu fils ?
—D'un luiton. — Et qui t'enfanta ? — Une licorne
de mer. — Où ? — Sur la roche aux sirènes. J'ai
une sœur, bon roi ; je vous l'amènerai et vous me
donnerez Iseut en échange. — Si nous changeons,
dit le roi, que feras-tu ? — Écoute, roi, là-haut dans
les airs il y a une maison de cristal, toute pleine de
roses : elle pend entre la nue et le ciel, et ne se meut
par les plus grands vents. Le soleil y va rayant toute
la journée parmi les fleurs : c'est là que je conduirai
Iseut, et qu'elle et moi nous nous déduirons. »

La reine et plusieurs chevaliers s'étaient appro-
chés. « Il semble bien fou de nature, dirent quelques-uns. Sire, tu devrais le loger au château. Il te
divertirait. — Je n'ai pas encore fini mon conte,
s'écria Picolet en levant son bâton, à ces barons
à qui Dieu donne malaventure! Roi Marc, je tuai
le dragon et j'en mis la langue dans ma chausse.
Je suis allé deux fois en Irlande, et j'ai appris à
Iseut des lais de harpe. Reine, regardez-moi bien,
est-ce que je ne ressemble pas à Tantris ? — Cet
homme est ivre, dit la reine. — Oui, dame, je suis
ivre, mais c'est d'avoir bu certain breuvage, il y a
longtemps déjà. Roi Marc, demoiselle Brangaine
versa à Tristan une boisson d'herbes dont il souf-

frit depuis grand ahan. Iseut que je vois ici et
moi-même nous en bûmes. C'est un songe sans
doute, dame Iseut, car j'y ai encore songé cette
nuit. Roi, tu ne sais pas tout encore. J'ai fait un
grand saut ; j'ai jeté au ruisseau des copeaux de
bois ; j'ai vécu de racines dans la forêt et tenu entre
mes bras la reine. J'en dirai davantage encore,
s'il m'en prend fantaisie. — Repose-toi, Picolet.
Tu gaberas un autre jour. — Peu me chaut de votre
ennui ; je n'en donnerais pas une poire blette. »
Les chevaliers dirent : « Ne le contrariez pas. Parole
de fou est sans conséquence. — Qu'il vous souvienne d'une grande peur que vous eûtes, sire,
quand vous nous trouvâtes gisant sous la feuillée,
mon épée nue entre nous deux. Je faisais semblant
de dormir, n'osant fuir. Il faisait chaud comme à la
Saint-Jean ; par la loge tu vis un rai de soleil qui
luisait sur sa face. Dieu a bien travaillé pour nous :
tu boutas ton gant dans le pertuis, et tu t'en allas.
Je n'en dirai pas plus : dame Iseut doit bien se
rappeler ces choses. » Marc regarda la reine. « Mal
feu arde ces mariniers, s'écria-t-elle, qui céans vous
amenèrent, fou ! Ils eussent mieux fait de vous jeter
à l'eau ! — Dame, la male goutte prenne ce cou-
paud ! s'écrie le fou. Si vous saviez de certain qui
je suis, je crois bien qu'huis ni fenêtre ne vous
retiendraient de me suivre. J'ai encore l'anneau
que vous me donnâtes, quand nous nous sommes
dit adieu. Maudit soit ce jour ! Il m'a valu mainte
semaine douloureuse ! Dédommagez-moi, dame,
en doux baisers de fine amour et embrassements
sous courtines. Réconfortez-moi, car autrement

ma vie ne tient plus qu'à un fil. Onc Ider qui occit
l'ours n'eut tant de travail pour Genièvre, la
femme d'Artur, que j'en ai de votre fait, car j'en
meurs. J'ai laissé la Bretagne ; nul ne le sait, pas
même la sœur de Caherdin. J'ai tant erré par mer
et par terre que je suis venu vous requérir. Si
je m'en vais sans avoir joie, j'aurai perdu ma
peine. »

En la salle maints chevaliers parlaient à voix
basse du fou, et l'un disait à l'autre en l'oreille :
« Sur ma foi, ce fou en dit tant que messire finira
par le croire ! » Iseut dit : « Ne mettrez-vous pas ce
dêvé à la porte ? — Ma mie, répondit le roi, enten-
dons jusqu'au bout ses falourdes. » Et s'adressant
à Tristan : « Fou, je veux t'employer. Tu mangeras
à la maison. Mais je voudrais savoir auparavant
de quel métier tu sais t'entremettre. — Roi, j'ai
servi ducs et comtes. — Sais-tu les déduits de
chiens et d'oiseaux ? — Certes, et j'en ai vu de
beaux. Roi, quand il me plaît de chasser au bois,
je prends les grues avec mes lévriers. Mes limiers
m'attrapent à la file les cygnes et les oies, et quand
je tire à l'épieu, je tue malards, plongeons et butors. »
Le roi rit, débonnaire, et rient aussi chevaliers,
valets et sergents. « Ami, que sais-tu prendre en
rivière ? — Roi, j'y prends tout ce que j'y trouve ;
avec mes autours je vole le grand ours et le loup
des bois ; mes gerfauts me ramènent des sangliers,
et mes petits faucons des daims et des chevreuils ;
je prends le goupil à l'épervier, le lièvre à l'émerillon,
et avec mes hobereaux le chat-loup et le bièvre. »
Le roi hausse les épaules. Il a demandé ses che-

vaux ; il veut voler l'outarde : il y a longtemps
que ses oiseaux ne sortirent des mues. Tous s'en
vont. La salle est vide. Et Tristan se laisse tomber
sur un banc.

La reine entra dans sa chambre pavée de marbre.
Elle appela Brangaine. « As-tu ouï pareilles folies ?
lui dit-elle. Le diable emporte ce dêvé qui me rappelle mes faits et ceux de Tristan, ce Tristan que j'ai
tant aimé et que j'aime encore, je l'avoue. Hélas !
il m'a en dédain, et moi je languis de son absence !
Va donc me chercher ce fou. »

Brangaine fait aussitôt ce que veut sa dame.
« Sire fou, ma dame vous demande. Vous vous
êtes mis fort en peine aujourd'hui de lui raconter
votre histoire. Vous êtes plein de rêverie. Dieu
m'aide ! On ferait bien de vous couper la langue. —
Non, Brangaine : plus fou que moi va à cheval ! —
Ce sont les diables d'enfer qui vous ont appris mon
nom ! — Belle, il y a longtemps que je le sais.
Par mon chef qui fut blond jadis, j'ai perdu la
raison, et ce fut par votre faute. Mais aujourd'hui,
je vous demande en retour que la reine me paie
le quart de mon service ou la moitié de mon travail. » Là-dessus, il pousse un long soupir. Brangaine l'a bien regardé ; elle voit qu'il a beaux bras,
belle main, et corps bien compassé. Certainement
sa tête est saine, et son mal est ailleurs. « Chevalier, fait-elle, Dieu te conseille et te donne joie !
Mais qu'il ne tourne à déshonneur à la reine ni à
moi qui suis sa demoiselle et son amie. Pardonne-
moi ce que je vais te dire. Fais ce qu'il te plaît,
mais couvre-toi d'un autre nom que de celui de

Tristan. — Je le ferais volontiers, mais le boire amoureux qu'Iseut avait dans son trousseau m'a tant ravi le cœur et la raison que je n'ai d'autre pensée que de la servir en amour. Dieu m'accorde de venir à bonne fin! Ce breuvage fut apprêté pour mon malheur ; il a changé mon sens en forsenerie, et vous, Brangaine, qui nous le donnâtes, vous fîtes mal et péché. Ce boire fut fait pour nuire de plusieurs herbes maléfiques. Et certes l'effet fut différent pour Iseut et pour moi, puisqu'elle vit pour un autre et que je meurs pour elle. — Dieu! s'écrie Brangaine. Seriez-vous... — Tristan lui-même. » A ce mot, Brangaine tombe à genoux et demande pardon. Tristan lui prend la main, la relève et la baise plus de cent fois. Il la prie maintenant de l'aider dans sa besogne.

Brangaine l'emmène dans la chambre d'Iseut. La reine est toute tremblante encore de ce qu'elle a entendu. Tristan s'est avancé. « Dieu sauve la reine, fait-il, et Brangaine sa meschine! Elle aurait tôt fait de me guérir : il lui suffirait de m'appeler ami. Je suis son dru, elle est ma drue. L'amour n'a pas été partagé équitablement entre nous. Je souffre pour deux, j'ai toute l'amertume, et elle n'a nulle pitié. J'ai enduré la faim, la soif, pain sec, lit dur ; pensif d'amour, je n'ai connu qu'encombre, ennui et contrejoie et très angoisseux déplaisir. Je n'ai en rien méfait par oubli ou nonchalance. Or donc, que le Dieu qui règne sans fin et qui fut tant courtois bouteillier aux noces de l'Architriclin qu'il changea l'eau en vin, que ce Dieu lui donne désir et courage de me jeter hors de cette folie! » Iseut se tait :

« Dame, dit Brangaine, quel accueil faites-vous au
plus loyal amant que la terre ait porté ? Ne voyez-
vous pas comme l'amour de vous le tourmente ?
Qu'attendez-vous pour vous jeter dans ses bras ?
Pour vous, il s'est tondu comme fou. Doutez-vous
encore qu'il soit Tristan ? — Brangaine, tu as
tort ; c'est un rusé garçon et un vilain. On voit
bien que tu ne l'as pas entendu. Pourquoi l'a-t-on
laissé entrer au palais ? Mieux eût valu qu'il fût
enfermé dans la cale ! — Dame, si je me suis livré
à toutes ces folies, c'était pour me couvrir et pour
égarer le roi et ses gens. Je ne sus jamais le métier
de devin. Ne vous souvient-il comment je vous
ai connue ? Je fus votre harpeur, et vous fûtes ma
mirgesse et mon infirmière. Et tandis que j'étais au
bain, vous découvrîtes avec votre mère mon épée
ébréchée, et votre valet Périnis apporta la pièce
qui manquait, et vous sûtes qui j'étais. Alors toutes
deux vous vîntes à moi courroucées, et votre mère
leva sur moi pour me frapper le brant qui avait
ôté la vie au Morhout. Je vous eus bientôt dédommagée avec le conte de la Belle aux cheveux d'or,
dont j'eus depuis grand deuil. Vous me fûtes bail-
lée pour le roi Marc. Une nef nous emmena en
Cornouaille, mais, au troisième jour, le vent nous
faillit. Il faisait très chaud ; nous eûmes soif. Brangaine, qui est ici devant vous, courut en hâte à la
soute ; elle se méprit contre sa volonté. Elle apporta
un breuvage et en emplit la coupe : il était sans
couleur et innocent en apparence ; elle me le tendit
et j'en bus une gorgée. — Vous avez appris de bon
maître, dit Iseut. Mais vous en aurez peu de profit.

Que me conterez-vous encore? — Le saut de la chapelle. Quand vous fûtes jugée à ardoir et octroyée aux lépreux, ceux-ci allaient menant grande noise, et débattant qui d'entre eux vous aurait dans le bois. C'est alors que je me mis à l'aguet avec Gorvenal. Ils furent assez malmenés, non par moi qui n'en touchai un seul, mais par Gorvenal, que Dieu aide! Vous rappelez-vous notre vie dans la forêt? Est-ce que l'ermite Ogrin vit encore? Dieu lui donne bonne fin! — Assez parlé de Tristan. Vous n'avez rien de commun avec lui. Vous savez bien enginer le monde, maître truand. Vous pouvez avoir surpris des secrets et même dérobé un anneau! — Mon chien n'aurait pas besoin d'anneau pour me reconnaître. Dites-moi, qu'est devenu Husdent? On l'avait enfermé dans le donjon, et il ne voulait boire ni manger ; peu s'en fallut qu'il n'enrageât ; et quand on l'eut délié et qu'on lui eut ouvert la porte, il n'eut fin ni cesse qu'il ne m'eût trouvé dans la forêt. — Foi que je vous dois, je garde Husdent pour celui à qui je le destine, car nous ferons encore joie ensemble. — Pour moi, il laisserait Iseut la Blonde! Montrez-le donc pour voir s'il me connaît! — Je crois qu'il prisera peu votre truandise, car, depuis que Tristan s'en alla, nul n'en approcha qu'il ne voulût dévorer. Il gît en bas dans la cuisine. Demoiselle, amenez-le céans! »

Brangaine court délier Husdent. Quand le brachet entend la voix de Tristan, il fait voler le lien des mains de la meschine. Il se jette aux pieds de son maître, trépigne des pattes, aboie

joyeusement, lève le museau et lui lèche les mains
et la face. Jamais bête ne fit pareille fête à son
maître retrouvé. Tous sont ébahis. Iseut change
de couleur. Tristan dit au brachet : « Béni soit le
jour où je t'ai nourri, Husdent. Tu m'as reconnu
sous mes haillons ; tu n'as pas renié ton amour ;
tu m'as fait plus beau semblant que celle que j'ai
tant aimée. Elle croit que je feins ; elle verra le
signe de reconnaissance qu'elle me donna en me
baisant quand nous nous séparâmes : ce petit
annelet d'or fin. Il fut mon compagnon ; maintes
fois je lui parlai et lui requis conseil. Quand sa
réponse ne venait pas, j'avais envie de le fondre.
Plus d'une fois, quand j'en baisai le jaspe vert,
les pleurs me mouillèrent les yeux. » Iseut avait vu
la joie d'Husdent et reconnu l'anneau. Elle demande mille fois pardon à Tristan de l'avoir soumis
à une si longue épreuve. Elle se pend des deux bras
à son cou, et ne se lasse pas de lui baiser les yeux
et le visage. « Ha! Tristan, qui dira tout ce que
vous avez souffert pour moi ? Que je ne sois pas
fille de roi si je ne vous donne ample guerdon!
Qu'en dis-tu, Brangaine ? Prépare un bain et des
vêtements, et peine-toi de servir Tristan jusqu'à
ce que le roi revienne de rivière! » Peu de temps
après, Tristan entrait sous la courtine et tenait
dans ses bras la reine.

Iseut manda son chambellan et lui dit : « Périnis, tu feras faire un lit en bas pour ce fou qui
divertira monseigneur! » Périnis appareilla sous le
degré, en un anglet, un peu d'étrain avec deux

linceuls que la reine lui donna. Tristan coucha là et
y demeura trois semaines. Quand le roi était parti
à la chasse, il allait rejoindre la reine, sans que nul
le sût, sinon Brangaine. A chef de pièce, le roi fit une
chevauchée, et emmena grande partie de son barnage, et il laissa Iseut à la garde d'un nouveau
chambellan. Un huissier qui était à la porte de la
chambre aperçut une nuit Brangaine qui décli-
quait l'huis et Tristan qui entrait, et il ouït la clé
qui tournait et le gros verrou qu'on boutait dans
sa crampe. Il fut curieux de voir de quelle besogne
le fou allait s'entremettre en tel lieu et à telle heure.
Lors regardant par le trou de la serrure, il le vit
couché avec la reine. Le lendemain, il dit au chambellan : « Sire, la reine couche avec son fou ; j'ai
bien vu et ouï. Mais sachez pour vrai que ce fou
n'est autre que Tristan. » Le chambellan tressue
d'ire et de peur. Il se dit qu'il mettra des espions
dans la chambre, bien mussés sous des tapis de
muraille, de telle façon que la reine n'y prendra
garde.

La nuit suivante, Tristan se glissait le long
des parois quand son œil perçant lui révéla plusieurs hommes armés en l'angle d'une voûte et
dans l'ouverture d'une fenêtre. Il revint à son
grabat. Le matin, il vit Iseut et lui dit : « Amie,
je suis découvert ; il me faut partir sans délai. »
Tous deux pleurent tendrement. « Ah! Tristan,
dit Iseut, l'un de nous sera mort quand nous nous
reverrons! — Peut-être ne nous reverrons-nous
plus, dit Tristan, mais promettez-moi encore, si je
vous envoie un messager avec mon anneau, de

faire en tout point ce que je vous manderai. Qui sait ? Il en ira peut-être de ma vie. » Tristan presse une dernière fois Iseut sur son cœur ; il avale les degrés, passe le pont et s'en va, le chef tondu, la massue au cou, en sa vieille gonelle déchirée.

XIX

Tristan le Berger. — Combat des deux Tristan contre Estout l'Orgueilleux. — Blessé à mort, Tristan envoie Caherdin à Tintagel. — Embarquement d'Iseut.

Un jour, Tristan et Caherdin étaient allés à la chasse ; ils étaient seuls, sans autres compagnons. Au retour, traversant une lande et regardant vers la mer, ils virent venir un chevalier au galop ; il montait un destrier vair et était richement armé ; il portait un écu d'or frété de vair et avait de même la lance, le pennon et la connaissance. Tristan et Caherdin s'arrêtèrent, étonnés, sur le chemin, et attendirent. Arrivé près d'eux, l'inconnu les salua courtoisement. Tristan lui rendit son salut et lui demanda où il allait en si grande hâte. « Sire, dit le chevalier, pouvez-vous m'enseigner le château de Tristan l'Amoureux ? — Que lui voulez-vous donc ? repartit Tristan. Qui êtes-vous ? Quel est votre nom ? Nous vous mènerons bien à la maison, si vous le désirez, mais si vous voulez parler à Tristan, vous n'avez pas besoin d'aller plus avant, car c'est ainsi qu'on me nomme. Or dites-moi ce que vous me voulez. — Je suis heureux de ce que vous me dites. Sachez que je me nomme Bédenis et que l'on m'appelle plus communément Tristan le Berger, à cause de mon gros entendement et pour ma grande niceté et débonnaireté naturelle. Je suis de la marche de Bretagne. J'y ai château et belle amie épousée devant sainte Église. Hélas! par grand péché je l'ai perdue. Estout l'Orgueilleux de Châtel-Fier la convoitait depuis longtemps. J'ai su depuis qu'il avait pris les empreintes des serrures et qu'il avait donné à un fèvre les sceaux de cire pour qu'il lui forgeât des clés ; et avant-hier au soir, profitant d'une allée que je fis, il entra au château, et me ravit celle que j'aime plus que tout au monde. Il la retient dans son recet, et sans doute en fait ce que bon lui semble. Vous m'en voyez triste, dolent, et le cœur si serré que peu s'en faut que je ne meure de chagrin ; je ne sais que faire ; sans mon amie je ne peux pas vivre ; elle était ma joie, ma consolation, tout mon plaisir et toute ma vie. Sire Tristan, j'ai ouï dire que celui qui perd ce qui lui tient au cœur par-dessus tout, bien peu lui est du surplus. Jamais je n'ai senti telle douleur, et c'est pourquoi je suis venu à vous. Sire Tristan, vous êtes le meilleur chevalier qui soit, le plus vaillant et le plus redouté, le plus franc, le plus droit, et celui qui a le plus aimé parmi tous ceux qui furent et qui seront. Aussi je vous crie merci et requiers votre noblesse et vous prie humblement

qu'en ce besoin vous veniez avec moi et m'aidiez
à reconquérir mon amie. Je vous ferai hommage et
ligeance, si vous m'apportez votre secours. —
Ami, répondit Tristan, je vous aiderai selon mon
pouvoir ; mais allons d'abord à la maison. Demain
nous parferons la besogne. » Quand le chevalier
entendit ces mots, il s'écria courroucé : « Par ma
foi, vous me trompez, vous n'êtes pas ce que vous
dites. Je sais bien que si vous étiez Tristan, vous
auriez compassion de ma peine, car Tristan a
tant aimé qu'il sait les tourments que les autres
endurent. Si Tristan voyait ma douleur, il ne remet-
trait pas au lendemain pour me prêter aide et
secours. Qui que vous soyez, bel ami, vous ne
m'aimez pas, ce m'est avis : si vous saviez ce que
c'est que l'amitié, vous auriez pitié de moi. Mais
n'ayant jamais aimé, vous ne pouvez savoir les
angoisses douloureuses d'amour. Adieu, je vais
chercher Tristan, et je le trouverai. Je n'aurai
réconfort sinon par lui. » Tristan le Berger va prendre congé, quand l'autre Tristan a pitié de lui.
« Beau sire, lui dit-il, demeurez. Vous m'avez montré par grandes raisons que je dois aller avec vous,
étant Tristan l'Amoureux. J'irai volontiers. Attendez. Je ferai apporter mes armes. »

Un valet va aussitôt chercher sa lance et son écu,
son heaume et sa ventaille. Tristan s'atourne et
suit Tristan le Berger. Ils veulent guetter l'Orgueilleux pour lui jeter le défi. Ils ont tant chevauché
qu'ils ont trouvé son château fort. Ils descendent
à l'orée d'un breuil et là attendent l'aventure.
Estout l'Orgueilleux était un baron très redouté ;

il avait six frères, chevaliers hardis et de merveilleux vasselage, mais il les surpassait tous en
valeur. Deux de ceux-ci revenaient d'un tournoi.
Les deux Tristan s'embûchèrent dans le bois, et
dès qu'ils les aperçurent, les défièrent, et fondirent
sur eux. Les deux frères furent tués. Un troisième
frère survenant donna l'éveil. Le sire entendit
l'appel, rassembla ceux du château qui montèrent
aussitôt et coururent attaquer les deux Tristan
qui se battirent comme des lions et n'eurent de
cesse qu'ils n'en eussent occis quatre. Tristan le
Berger périt dans la bataille, et l'autre Tristan
tomba, blessé parmi l'échine, d'une lame empoisonnée. Mais avant de tomber, il se vengea bien,
car il tua celui qui l'avait blessé. Ainsi tous les
frères de l'Orgueilleux de Châtel-Fier périrent
ainsi que lui-même.

Tristan fut mené en une bière en son hôtel, et
aussitôt des mires furent mandés. L'un retira le fer
de la lance, prit l'aubun d'un œuf et le lia sur la
plaie, étancha le sang au moyen d'un emplâtre
composé de jus de plantain, d'ache, de fenouil et
de sel ; la jambe devint plus noire que charbon.
Sur ces entrefaites, vint un pauvre mire, nouvellement issu des écoles de Salerne. Quand il vit ces
grands maîtres se peiner pour néant, il dit : « Seigneurs, vous ne savez ce que vous faites ; la jambe
est déjà toute pleine de feu, et si le feu passe la
jointure nul n'y pourra plus porter remède. »
Quand les physiciens entendirent le pauvre mire
parler ainsi, ils le méprisèrent fort. « Ha ! sire, vous
n'êtes guère dans votre bon sens, il y paraît bien. »

Et comme le pauvre mire disait que c'était pitié
de traiter ainsi le seigneur Tristan, les autres le
chassèrent. « Je m'en irai, dit le pauvre mire en se
retirant, et vous resterez avec ce malheureux dont
vous aurez grand avoir pour le mettre à mort,
car je sais de certain qu'il ne vivra pas longtemps. »
Là-dessus le pauvre mire fut rebouté dehors, mais
Iseut aux Blanches Mains ne laissa pas de lui donner un marc d'argent pour sa peine.

Les jours suivants, la plaie de Tristan ne fit qu'em-
pirer ; le venin se répand par le corps qui enfle et
devient livide. Tristan voit ses forces décliner ;
il sent bien qu'il est perdu, si on ne le secourt au
plus tôt. Il n'a autour de lui personne qui puisse
le guérir. Il songe que si la reine Iseut était là, elle
saurait un remède, mais il ne peut aller vers elle,
ni souffrir les fatigues d'un voyage, et il redoute
le pays de Cornouaille où il a encore beaucoup
d'ennemis, et d'autre part Iseut ne sait pas son mal
et ne peut venir à lui. Cette pensée le désespère ;
il languit, et de jour en jour davantage le travaille
la morsure du venin. Il mande en secret Caherdin :
il se fie en lui, et Caherdin lui rend son loyal amour.
Il fait vider la chambre où il gît ; il veut éloigner
tout le monde, même sa femme, Iseut aux
Blanches Mains ; il veut parler sans témoins à son
beau-frère. Iseut aux Blanches Mains s'émerveille ; elle se demande ce que veut Tristan. Que
prépare-t-il ? Veut-il abandonner le monde et se
faire rendu ou chanoine ? Elle est en grand effroi,
et sitôt dehors, elle commande à un privé de se tenir
près de la porte, tandis qu'elle s'appuie au mur,

près du lit de Tristan, pour écouter ce qu'ils vont dire en secret.

Tristan péniblement s'est levé sur son coude et s'adosse à la paroi. Caherdin s'assied sur le lit. Et tous deux pleurent, et plaignent cette grande amitié qui bientôt sera brisée à jamais ; le deuil étreint leurs cœurs ; tous deux, ils pleurent et jettent de grands soupirs, quand va finir cette amitié si fine et si loyale. « Écoute, ami, dit Tristan, je suis en pays étranger ; je n'ai parent ni ami autre que toi, beau compagnon. Je n'eus jamais soulas ni reconfort sinon de toi seulement. Je crois bien que, si j'étais en ma terre, je pourrais guérir, mais ici ma vie est perdue sans recours. Faute d'aide, il me faut mourir ; car nul homme blessé comme je suis ne pourrait être répassé, sinon par la reine Iseut. Elle peut le faire si elle veut ; elle a le pouvoir et le remède, et si elle savait mon état, elle en aurait le vouloir. Mais, beau compain, je ne sais comment l'avertir. Comment pourrait-elle venir à mon secours? Si je savais quelqu'un qui allât en Cornouaille et y portât mon message, il me rendrait grand service en mon pressant besoin. Je suis sûr qu'elle ne laisserait pour rien au monde d'accourir à mon aide, tant son amour est ferme et stable. Nul autre que vous ne peut me rendre ce service ; aussi est-ce vous que je requiers au nom de notre bonne amitié ; mon noble compagnon, entreprenez pour moi ce voyage. Soyez mon messager auprès de la reine, par amour pour moi et sur la foi que vous jurâtes de votre main, quand Iseut vous donna Brangaine. En retour, je vous donne le mien. Si pour moi vous

entreprenez ce voyage, je deviendrai votre homme
lige et vous aimerai toujours. »

Caherdin voit Tristan pleurer ; il voit son grand
désespoir ; il en a au cœur grande tristesse et pitié ;
il lui répond doucement : « Beau compain, ne vous
désolez pas ; je ferai tout ce que vous voulez. Pour
aller chercher votre guérison, je me mettrai en
aventure de mort. Par la loyauté que je vous dois,
rien ne m'empêchera, encombres ni périls, que je
ne m'efforce de tout mon pouvoir de faire votre
volonté. Or, dites-moi ce que vous désirez que je
mande à la reine. — Je vous remercie, bon ami,
répond Tristan. Écoutez : prenez cet anneau ;
c'est un signe de reconnaissance entre nous. Vous
irez en la terre du roi Marc, déguisé en marchand ;
offrez à la reine des étoffes de soie et autres denrées, et faites qu'elle voie cet anneau ; dès qu'elle
l'aura vu et vous aura reconnu, elle trouvera le
moyen de vous parler à loisir. Dites-lui mille saluts
de ma part ; dites-lui que mon cœur la salue, requé-
rant d'elle mon salut. Le salut ne me sera rendu,
le salut de vie, ni la santé, si elle ne me les apporte.
Si elle ne vient me guérir et me reconforter de sa
bouche, ma santé demeurera avec elle. Montrez-lui
ma détresse, la langueur qui me consume. Qu'il
lui souvienne de nos joies, des délices que nous
avons goûtées par les longs jours et les longues
nuits, des peines, des tristesses, et aussi des dou-
ceurs de ce véritable et profond amour, quand elle
m'eut guéri jadis de ma blessure, du breuvage que
nous bûmes ensemble sur la mer. En ce breuvage
fut notre mort ; nous n'en aurons plus jamais de

joie ; il nous fut donné à telle heure que nous y
avons bu notre mort. Qu'Iseut se remembre les
épreuves que j'ai souffertes pour elle ; j'ai perdu la
confiance de tous mes parents, de mon oncle le roi
et de sa cour ; j'ai été honteusement chassé et
exilé en d'autres terres. J'ai tant enduré peines et
travaux que je vis à peine et ne vaux plus guère.
Il n'est au pouvoir de nul homme de briser notre
amour, de changer nos désirs ; les tourments, le
malheur ne peuvent détruire le lien qui nous unit
à jamais. On a pu nous séparer, mais rien n'a pu
ôter l'amour de nos cœurs. Qu'il lui souvienne de
la convention que nous avons faite à l'heure des
adieux, dans le jardin, quand elle me donna cet
anneau : elle me demanda de n'aimer autre qu'elle,
en quelque terre que j'allasse. Et depuis j'ai tenu
ma promesse ; je n'ai pas pu aimer votre sœur
et ne pourrai aimer nulle autre femme, tant que
j'aimerai la reine. Mandez-lui sur sa foi qu'elle
vienne, à cette heure dernière ; qu'elle m'accorde
ce dernier témoignage de son amour. Tout ce qu'elle
a fait pour moi vaudra peu, si en ce grand besoin
elle ne vole à mon secours, si elle ne m'aide contre
la mort. Caherdin, je n'ai pas d'autre prière à vous
adresser ; allez vers la reine. Faites au mieux que
vous pourrez, et saluez Brangaine de ma part, et
dites-lui que mon mal est tel que je n'espère plus
vivre longuement ; si Dieu n'y pourvoit, je mourrai avant longtemps. Pensez, mon cher compagnon,
à aller vite, et revenez au plus tôt, si vous voulez
me revoir. Je vous donne un répit de vingt jours.
Qu'Iseut vienne avec vous, mais que nul ne le

sache. Celez la chose à votre sœur, qu'elle ne puisse rien soupçonner de notre entretien. Iseut la Blonde passera ici pour mirgesse venue pour me soigner. Vous partirez sur ma belle nef, et vous emporterez double voile ; une blanche et une noire. Si vous avez Iseut avec vous, hissez le sigle blanc à votre arrivée ; si vous n'amenez pas Iseut, alors mettez le sigle noir. Je ne sais plus que vous dire, ami. Notre Seigneur vous conduise à bon port et vous ramène sain et sauf ! »

Tristan pleure et soupire, et Caherdin pleure aussi ; il baise Tristan et prend congé. Il se hâte de faire ses apprêts ; il mène avec lui belle bachelerie, emporte des étoffes de soie ouvrée, de toutes couleurs, riche vaisselle de Tours, vins du Poitou, oiseaux d'Espagne, pour couvrir la véritable raison de son voyage. Au premier vent, il se met en mer ; les mariniers halent les ancres, lèvent la voile, et la nef gagne bientôt la haute mer.

Ire de femme est chose à redouter, chacun s'en doit bien garder en toute occurrence, car une femme se vengera d'autant plus qu'elle aura plus aimé ; l'amour leur vient légèrement, et de même à son tour leur vient la haine, et l'inimitié dure plus que ne fait l'amitié. Rien ne saurait tempérer la haine de la femme jalouse, en proie à la colère. Iseut aux Blanches Mains, l'oreille au mur de la chambre, n'a pas perdu un mot de ce qu'a dit Tristan ; elle a entendu tout ce qu'il a arrangé avec Caherdin. Elle a grand dépit au cœur de s'être tant attachée à un homme qui n'a pas cessé d'aimer ailleurs.

Elle fait semblant de ne rien savoir, mais elle ne sera aise qu'elle n'ait pris sa vengeance. Dès que l'huis est ouvert, Iseut est entrée en la chambre. Elle cèle à Tristan son chagrin, le sert de son mieux, lui parle doucement, et souvent le baise et l'accole, comme amie fait l'amant ; elle s'informe quand Caherdin doit revenir avec le mire qu'il est allé chercher delà la mer.

Cependant la nef vogue à pleine voile vers l'Angleterre. Neuf jours dura la traversée. Enfin Caherdin touche au port de Tintagel. Il décharge ses denrées. Il se présente à la cour avec ses étoffes, sa vaisselle et ses oiseaux. Il tient en son poing un grand autour et un drap d'étrange couleur, et il prend une coupe ouvrée à niellures. Il l'offre au roi Marc et lui dit qu'il est venu en Cornouaille pour gagner et vendre sa marchandise, qu'il désirerait avoir bonne sauvegarde dans la région afin de n'être pris à partie et de ne subir tort ou dommage de chambellan ou de vicomte. Le roi lui donna ferme assurance devant tous ceux du palais, et comme le marchand lui semblait courtois, il lui dit : « Ami, je veux que tous les jours que tu séjourneras ici, tu viennes manger à ma cour ; je retiens tous tes vins et je te ferai délivrer ton paiement. — Sire, répondit Caherdin, je vous remercie, mais je ne boirai ni mangerai hors de ma nef, sauve votre grâce, car j'ai promis et juré à ma femme, lorsque je partis, qu'en autre lieu je ne dînerais à l'aise. » Le roi sourit et dit qu'il était loyal homme.

La reine s'est approchée. Caherdin lui fait voir
sa marchandise. Il lui met dans la main une agrafe
d'or. « Reine, voyez, il est des plus fins. » Et ce
disant, il tire de son doigt l'anneau de Tristan qu'il
place à côté de l'agrafe. « L'or de l'agrafe est plus
coloré que l'or de cet anneau, voyez, reine : et
pourtant celui-ci est beau à merveille, ne trouvez-
vous point ? » La reine regarde l'anneau et reconnaît Caherdin. Son cœur oisèle, mais bientôt elle
pâlit et pousse un long soupir ; tant elle redoute
d'entendre la nouvelle qu'il apporte ! Elle tire à
part le faux marchand et lui demande combien il
veut vendre son jaspe, et s'il a d'autres joyaux.
Elle fait tout cela adroitement, car elle doit se
tenir sur ses gardes.

Maintenant Caherdin est seul avec Iseut.
« Dame, fait-il, écoutez bien ce que je vais vous
dire. Tristan, comme ami, comme dru, vous salue
et vous requiert amitié, service et salut, comme à
sa dame en qui résident sa vie et sa mort. Il est
votre ami et homme lige ; il m'envoie à vous en
un grand besoin. Il vous mande qu'il n'échappera
à la mort, si vous ne lui apportez la guérison et
le salut. Il est navré à mort d'un épieu envenimé.
Nous ne pouvons trouver nul mire qui sache médeciner son mal. Plusieurs s'en sont déjà entremis,
et son corps en est tout empiré. Il languit en
angoisse et en douleur, tandis qu'une pueur mal-
saine se répand de sa plaie. Il vous mande qu'il ne
vivra guère si vous faillez à son secours ; il vous
mande ceci par moi et vous semond, par cette
foi et cette loyauté que vous lui devez, que vous ne

laissiez pour rien au monde de venir à lui : jamais
nécessité ne fut si pressante, et ce serait péché de
vous y refuser. Tristan vous rappelle vos grandes
amours, les joies que vous avez partagées et les
terribles épreuves que vous avez souffertes ensemble. Il voit sa jeunesse périr et s'éteindre la flamme
de sa vie. Il fut exilé pour vous, et plusieurs fois
chassé du royaume. Il a perdu l'amitié du roi.
Pensez aux peines et ahans qu'il a endurés! Il
doit vous souvenir de la promesse qui fut faite entre
vous, dans le jardin où vous lui donnâtes le baiser
d'adieu, quand vous lui remîtes cet anneau en
lui jurant un éternel amour. Venez donc, reine,
secourez Tristan, ou jamais vous ne le recou-
vrerez. »

Quand Iseut entend le message, elle pleure de
grande pitié, de grand amour ; elle voudrait voler vers Tristan, sans délayer. Mais comment?
Elle appelle Brangaine. La meschine, voyant les
larmes de sa maîtresse, éclate en sanglots. Iseut
lui conte toute l'aventure du messager, le dernier
combat de Tristan, comment il gît en martyre,
plaïé à mort, et comment elle doit le rejoindre
en Bretagne, ou sa blessure ne sera jamais guérie.
Elle requiert de celle qui l'a toujours loyalement
servie un conseil sur ce qu'il convient de faire.
Alors recommencent les pleurs et les soupirs,
et les gémissements. « Embarquez-vous tout de ce
pas, dit Brangaine ; je vous suivrai. » Aussitôt les
deux femmes font leurs apprêts de voyage. Sitôt
que la nuit est tombée, elles s'enfuient par une
poterne ; elles vont en silence ; cachées sous leurs

manteaux, elles gagnent le rivage. Caherdin les attendait. Un bateau les conduit à la nef. Elles y entrent. Caherdin crie de lever l'ancre et de tirer amont le tref. Ils ont vent fort et portant à souhait, et cinglent droit vers la Petite Bretagne.

XX

*Terrible tempête. — Testament de Tristan. — La voile
noire et la voile blanche. — Mort de Tristan. — Mort
d'Iseut. — Funérailles des amants; leur sépulture.*

Tristan gît sur sa couche en langueur grevaine
à démesure ; oignements, baumes, électuaires,
rien ne peut assouager son mal ; il n'est remède
qui ait puissance de le sauver. Il souffre son
martyre en grande patience ; il désire la venue
d'Iseut ; il ne convoite autre chose ; c'est pour
elle qu'il s'efforce encore de vivre. S'il doit guérir,
c'est d'elle seule que viendra la guérison ; un seul
regard de sa drue peut lui rendre la vie ; et s'il
doit mourir, sa présence adoucira ses derniers
moments. Tous les jours, il envoie au rivage pour
voir si la nef revient, et souvent il se fait porter en
litière sur le bord de la mer, et il attend et regarde au loin, en proie aux tourments de l'espérance. Toutes ses pensées sont pour Iseut, toute
sa volonté est de vivre assez pour apercevoir

à l'horizon la voile blanche qui lui apportera le
salut. Si la nef de Caherdin revient sans Iseut,
tout ce qu'il y a au monde lui est néant. Dans
le doute, il se fait rapporter à la maison, car il
craint qu'elle n'exauce pas sa prière et ne tienne
sa promesse, et il aime mieux apprendre par un
autre la triste nouvelle. Gorvenal et Iseut aux
Blanches Mains sont près de lui, nuit et jour.
Souvent il se plaint à sa femme, mais il n'ose lui
dire pourquoi l'attente lui est si douloureuse.

Mais oyez la piteuse aventure qui fera à jamais
couler les larmes des amants, et dites s'il fut
plus triste destinée et amours plus malheureuses!
Tristan attend Iseut. Iseut a hâte de se jeter dans
ses bras ; elle est déjà près du rivage, déjà les
mariniers crient : Terre, terre! et l'équipage est
en liesse. Tout à coup l'air se trouble ; des trou-
peaux de dauphins fuient et trébuchent par les
flots, annonçant la tempête. Et bientôt un vent
félon se lève du Sud et frappe parmi la voile et
fait tourner toute la nef. Les mariniers courent
au lof, gauchissent la voile ; quelque désir qu'ils
aient d'avancer, il leur faut revenir en arrière.
Le vent redouble, l'air s'obscurcit de plus en plus,
la grêle et la pluie font rage ; il tonne et foudroie :
les ondes combattues par plusieurs vents contrai-
res se soulèvent jusqu'au ciel, puis redévalent
vers l'abîme, heurtant et défoulant la nef, dont
craquent les chevilles et rompent boulines et
haubans. Caherdin commande d'abattre le sigle.
Ils se prennent aux avirons et vont louvoyant
selon l'onde et le vent. Mais le vent est tel qu'il

n'est notonnier qui puisse se tenir debout. Pour
l'odeur de la mer plusieurs se couchent pâmés
sur le pont et sont emportés par les flots. La
chaloupe qu'ils avaient descendue vole en éclats.
L'angoisse est à son comble ; le maître marinier
arrache sa barbe et déchire sa robe de désespoir.
Caherdin, alors, saisit le gouvernail et rassure ses
hommes. Brangaine à genoux prie Notre-Dame
et réclame saint Nicolas, seigneur de ceux qui
vont sur la mer. Iseut, outrée de lassitude et de
douleur, gémit : « Lasse ! chétive ! Dieu ne veut
pas que je vive pour revoir Tristan ! Il veut que
je sois noyée en mer. Que m'importerait de mourir, si seulement j'avais pu lui parler une dernière
fois ! Bel ami, quand vous apprendrez ma mort,
je sais que tout espoir de guérison sera perdu
pour vous. La douleur que vous éprouverez sera
telle que votre fin en sera avancée. Mais il ne dé-
pend plus de moi que j'arrive au port. Si Dieu
avait voulu que je vinsse, je me serais entremise
de votre mal, car je n'ai d'autre désespoir que de
vous savoir sans secours. J'ai au cœur ce chagrin
et cette grande pesance que vous n'aurez, ami,
quand je serai morte, nul recours contre la mort.
Notre amour est de telle sorte que je ne puis
périr sans que vous périssiez aussi. Je vois votre
mort devant moi, et je sais que je dois bientôt
mourir. Mais mon désir aurait été de mourir entre
vos bras, et d'être ensevelie dans le même cercueil
que vous. Hélas ! mon tombeau sera la mer. Mais
il ne se trouvera nul homme pour vous le dire.
Peut-être vivrez-vous, et vous attendrez ma venue.

Dieu vous accorde la guérison! Je la désire plus
que d'échapper à la tempête. Mais je vous aime
tant, ami, que je dois redouter, après ma mort, si
vous guérissez, que vous ne m'oubliiez en votre
vie, ou que vous ayez joie d'autre femme, ami
Tristan, après la mienne mort. Je crains, ami,
Iseut aux Blanches Mains; je ne sais si cette
crainte est raisonnable, mais il est sûr que, si
vous fussiez mort avant moi, j'eusse vécu bien
petit espace de temps après vous. Certes, je ne
sais ce que je doive faire, mais par-dessus tout
je vous désire. Dieu nous donne de nous rassembler vivants ou de mourir tous deux d'une même
angoisse! »

Tant que dura la tourmente, Iseut remua ces
tristes pensées. Plus de trois jours dura la tempête hideuse, la pluie, le vent furieux, la foudre
et le tonnerre, et la mer démontée à démesure,
et le ciel si noir qu'ils ne savaient où ils étaient.
Enfin le vent tomba, le ciel s'éclaircit peu à peu,
et la mer devint coie et rassise. Les mariniers
ont tiré amont la voile blanche et cinglent de
grand randon. Caherdin voit la rive de Bretagne.
La joie envahit le cœur d'Iseut et de Brangaine;
les mariniers en liesse tirent le sigle bien haut pour
qu'on puisse l'apercevoir de loin; il convient que
Tristan puisse voir sans doute possible la couleur
de la voile, car on est au terme du délai que
Tristan assigna lorsque Caherdin partit du pays.
Tandis qu'ils cinglent joyeusement, l'air s'échauffe
et bientôt tombe jusqu'au moindre souffle de
vent, si bien que la nef ne va plus, sinon pour

autant que l'onde la tire dans son flux. De nouveau,
l'émoi est grand parmi ceux qui voient le rivage
et ne peuvent arriver au port. Ils vont donc
louvoyant amont, aval, avant, arrière, et la nef
n'avance pas. Iseut, les yeux tendus vers la terre
désirée, tord ses bras de désespoir, déteste autant
le calme du vent que naguère sa fureur ; elle se
tient à l'avant du navire ; un triste pressentiment
la glace d'épouvante.

Tristan, cependant, brisé par l'attente autant
que par la plaie qui le dévore, sentait sa faiblesse
augmenter d'heure en heure. Il semble qu'il ait
épuisé toutes les forces de son corps et toutes
les larmes de ses yeux. Il sent qu'il se meurt et
de la plaie envenimée et du désir qui ne trouve
pas son accomplissement ; il fait un retour sur sa
vie passée, il pense au roi Marc qui l'aima tant, il
pense à sa dure destinée qui va toucher à son
terme. Son vieux maître Gorvenal est là encore
pour le servir et le reconforter. Tristan lui mande
ce qu'il lui est venu en l'esprit ; qu'un saint
ermite soit appelé qui mette en écrit ses dernières
volontés. Le prudhomme vient, écoute la confession de Tristan ; il prend penne et encre, avec
charte de parchemin, et enrôle ce que lui dicte
le mourant. Ce bref scellé à la cire est adressé
au roi Marc et ne devra être ouvert que devant
lui, quand la mort aura fait son œuvre.

La journée s'écoule, et tandis que Tristan se
recueille en son pourpens, parfois soupirant et
criant de la douleur que lui arrache le poison qui
travaille dans ses veines, voici Iseut aux Blanches

Mains qui accourt : « Ami, crie-t-elle, Caherdin arrive : j'ai vu la nef entrer dans le port ; je l'ai aperçue qui cinglait à grand-peine ; néanmoins je l'ai bien reconnue pour la vôtre. Dieu vous donne qu'il vous apporte telles nouvelles dont vous ayez joie au cœur ! » Tristan a tressailli ; il se lève sur son coude : « Amie belle, dit-il, savez-vous pour vrai que c'est la nef conduite par Caherdin ? Or, dites-moi comment est la voile ? — Noire : ils l'ont tirée amont et levée haut, parce que le vent leur manque. — Ha ! » dit Tristan. Il se couche contre la paroi et murmure tout bas : « Dieu sauve Iseut et Dieu me sauve ! Puisque vous ne voulez pas venir à moi, il me faut mourir pour mon amour. Je ne puis plus tenir ma vie. Iseut, je meurs pour vous. Vous n'avez eu pitié de mon mal, mais vous pleurerez ma mort, et ce m'est, amie, grande consolation. » Puis il a dit trois fois : « Amie Iseut. » A la quatrième il a rendu l'esprit.

La nouvelle se répand dans la maison qui s'emplit de cris et de pleurs. Les chevaliers, les bons compagnons du preux, accourent en larmes ; hommes, femmes, démènent grand deuil, tordent leurs bras, s'arrachent les cheveux. Gorvenal a fermé les yeux de celui qui lui fut si cher. Chevaliers et sergents prennent le corps, l'ôtent de son lit, le lavent, le revêtent et le couchent sur un riche drap de soie. Et toute la ménie à genoux prie pour l'âme que Dieu absolve.

Cependant le vent balaie derechef la grande mer, la voile s'enfle, et bientôt la nef arrive à terre.

Iseut sort la première : elle voit une foule se presser sur le port, entend les plaintes, les cris et les sonnis des seings des moutiers et des chapelles ; elle demande pourquoi on fait telle noise et tel branle de cloches, et d'où vient que le peuple mène tel deuil. Un ancien lui dit alors : « Belle dame, nous avons ici telle douleur que jamais nulle part il n'y en eut plus grande. Tristan le preux, le franc, est mort. Il était le soutien de tous ceux du royaume ; il était large aux besogneux et charitable envers les malheureux. Il mourut en son lit tout à l'heure d'une plaie qu'il avait au flanc. » Iseut, quand elle entend la nouvelle, ne sonne mot de la douleur qui l'accable. Elle va, par la rue, désaffublée, devant tous les autres, au palais. Les Bretons n'avaient jamais vu femme de telle beauté ; ils s'émerveillent et demandent d'où elle vient et qui elle est. Elle entre dans la chambre de Tristan ; elle le voit étendu sur un ais couvert d'un paile rayé. Elle s'agenouille piteusement, lui prend les mains : « Ami Tristan, dit-elle, quand je vous vois mort, je n'ai plus de raisons de vivre. Vous êtes mort pour mon amour, et je meurs de tendresse et du regret de n'avoir pu vous secourir. Ami, ami, je n'aurai plus jamais soulas, confort, joie et santé. Maudite soit cette tempête qui me fit demeurer en mer ! Si je fusse venue à temps, je vous eusse rendu la vie, et vous eusse parlé longuement, doucement de nos amours ; je vous eusse rappelé nos aventures, nos joies et nos peines, tout ce qui fut notre étrange destinée. Puisque je n'ai pu vous rappeler à la vie, qu'au moins je vous rejoigne dans la mort, que j'aie confort avec vous, comme autrefois, du même breuvage. » Alors elle l'accole, lui baise la face et les lèvres, l'embrasse étroitement, s'enlace à lui corps à corps, bouche à bouche, et à ce moment jette un long soupir ; son cœur lui manque et l'âme s'envole : Iseut est morte pour son ami.

Gorvenal et Caherdin tinrent parlement ensemble. Ils furent d'avis qu'il convenait de ramener les corps en Grande Bretagne. On les embauma et chacun fut cousu dans un cuir de cerf, puis on les mit dans une nef qui partit pour la Cornouaille. Sur ces entrefaites, le duc Hoel mourut, et Caherdin hérita de sa terre. Iseut aux Blanches Mains, accablée par le deuil et le remords, s'enfuit dans une abbaye de nonnes où elle s'enferma pour la fin de ses jours.

Gorvenal et Brangaine s'étaient embarqués avec les dépouilles des deux amants. La nef arriva à Tintagel. Gorvenal descendit, laissant la garde des corps à Brangaine, et fut au palais. Le roi Marc, à qui on avait annoncé sa venue, le fit entrer dans sa chambre. Gorvenal le salua et lui dit : « Roi, celui qui s'afflige en son cœur et meurt en ire, il se sépare de Dieu et donne son corps et son âme au diable. C'est pourquoi je te prie de ne point être courroucé pour chose que tu entendes ou voies. » Le roi fut surpris de ces paroles ; il demeura un moment silencieux, puis il dit : « S'il plaît à Dieu, je ne serai si hâtif ni si ireux que l'Ennemi ait pouvoir sur moi. Dis sans crainte

tout ce que tu voudras. — Sire, vous avez sagement répondu ; aussi je vous dirai la vérité.
Sachez que Tristan votre neveu et Iseut votre
femme sont morts ; leurs corps vous sont envoyés
de Bretagne. A l'épée de Tristan est pendu un
écrin à votre adresse qui contient ses dernières
volontés. Sachez que Tristan était malade d'une
plaie dont nul ne le pouvait guérir, hormis Iseut ;
aussi lui manda-t-il de venir, par son frère Caherdin, mais avant qu'elle fût là, Tristan mourut,
et elle mourut aussi de douleur. Hâtez-vous
donc d'aller au port, voyez ce qu'il y a dans l'écrin,
puis faites des corps à votre volonté. » Quand le
roi ouït ces nouvelles, le sang lui mua, à peu
qu'il ne tombât de son fauteuil : « Ha! beau
neveu, soupira-t-il, tu m'as fait tant souffrir!
Tu m'as déshonoré et aussi ma femme. Jamais,
par l'âme de mon père, tu ne seras enfoui en mon
pays! »

Là-dessus, il se rend au port. Le peuple sut le
serment que le roi avait fait ; tous s'écrient d'une
seule voix : « Ha! roi, prends tout ce que nous
avons, mais mets en terre à grand honneur celui
qui nous ôta du servage. Or il ne pourra plus nous
défendre contre les Irois et les Saînes... » Le roi
entend les supplications de son peuple, il a pitié.
Il prend l'écrin, l'ouvre et y trouve une charte
écrite et scellée du sceau de Tristan. Il la donne à
l'évêque, qui lit ce qui suit : « A son cher oncle,
le roi Marc de Cornouaille, Tristan son neveu,
salut. Sire, vous m'envoyâtes en Irlande pour
querir Iseut votre femme. Quand je l'eus conquise

et qu'elle me fut livrée pour que je vous l'amenasse,
sa mère fit remplir une boute de vin herbé, fait de
ses mains, et qui avait telle vertu que celui qui
en boirait aimerait celle qui en boirait après lui,
et elle à son tour l'aimerait. Ce vin fut baillé à
Brangaine pour qu'elle vous en fît faire usage
la nuit de vos noces. Or il avint qu'en mer nous
eûmes, un jour, très chaud : je demandai à boire,
et Brangaine, qui n'y prit garde, me donna de
ce boire herbé, croyant que ce fût eau douce ou
cervoise, et Iseut, qui avait soif, but aussi ; de
là vint qu'il ne fut heure de notre vie que nous ne
nous entr'aimâmes. Sire, pour Dieu, regardez si
je suis coupable d'avoir aimé Iseut, quand je
l'ai fait, déterminé par force surhumaine. Après,
faites votre plaisir et que Dieu vous garde. » —
Sire, dit l'évêque, c'est tout ce qu'il y a dans
cette lettre. Or dites votre volonté. »

Quand le roi Marc eut appris que Tristan avait
aimé Iseut par la vertu du vin herbé, en dépit
de sa volonté franche, il fut très dolent et se mit
à pleurer : « Hélas! dit-il, pourquoi n'ai-je pas
su cette aventure? Je les eusse plutôt mariés ensemble, et il ne se fût parti de moi! Or j'ai perdu
mon neveu et ma femme! »

Les gens disent que c'est la plus grande merveille qui jamais avint en nulle contrée, l'histoire
de ces amants qui finirent l'un pour l'autre : ils
ont montré bien manifestement que l'amour
dont ils s'entr'aimaient n'était pas feint ; c'est
le passe-amour dont l'on parlera tant que le monde
durera.

Le roi annonce qu'il leur fera funérailles hono-
rables, comme il convient à haute gent, et qu'ils
seront enterrés ensemble puisqu'ils se sont tant
aimés l'un et l'autre.

Le service eut lieu dans la maître-église de
Tintagel. Après quoi, le roi leur fit faire une
sépulture, telle qu'on n'en avait jamais vue
devant si riche et si somptueuse en toute la
Cornouaille. Le tombeau fut construit devant le
grand moutier de Tintagel. Sous deux arcs voûtés
à colonnettes de porphyre mis côte à côte, au
fronteau desquels étaient inscrits en lettres d'or
les noms de Tristan et d'Iseut, on plaça les images
d'un chevalier et d'une dame, fondues en cuivre
et ciselées, droites et de grandeur d'homme. Le
chevalier est si bien ouvré qu'on le croirait vivant ;
il a le bras gauche plié, la main sur les attaches de
son manteau et le bras droit tient l'épée nue, celle
même dont fut tué le Morhout, et sur le plat de
l'épée le roi fait graver ces mots : « De cette épée
fut occis le grand géant irois nommé le Morhout,
et ce chevalier qui ci-gît fut appelé Tristan de
Loonois, et il délivra Cornouaille du servage
d'Irlande. » Et l'autre image fut faite en semblance de dame, une couronne sur la tête, les
deux mains croisées sur sa ceinture, le visage tourné
vers le chevalier en manière de femme enfélonnée
d'ardeur amoureuse. Sur la tombe était encore
taillé un bateau au milieu de la mer, sans avirons,
le mât brisé et la voile affalée.

On rapporte qu'une vigne fut plantée près du
tombeau, d'une part, qui devint feuillue à mer-

veille, et que, d'autre part, une graine apportée par un oiseau sauvage donna naissance à un beau rosier, et les branches de la vigne passaient par-dessus le monument et embrassaient le rosier, mêlant fleurs, feuilles et grappes, et les boutons doux flairants et les roses épanouies. Et les anciens disaient que ces arbres entrelacés étaient signifiance des amours de Tristan et d'Iseut que la mort même n'avait pu désunir.

NOTES ET GLOSES

LA LÉGENDE

Les aventures amoureuses et tragiques de Tristan et d'Iseut ont été, plus que toutes les autres légendes qui forment la « matière de Bretagne », le sujet de prédilection des conteurs du Moyen Age. Les poèmes les plus anciens ont pâti de ces remaniements continuels. Les rimes de La Chèvre, l'histoire « du roi Marc et d'Iseut la Blonde », par Chrétien de Troyes, ont péri tout entières. De Béroul, poète normand, qui écrivit entre 1165 et 1170, il reste 4 485 vers ; du roman de Thomas, composé en Angleterre quelques années plus tard, 3 144 vers sur 19 000 environ. Quant à la compilation en prose du XIIIᵉ siècle, plusieurs fois refondue et démesurément allongée jusqu'aux approches de la Renaissance, elle offre, avec de précieux vestiges de la fable primitive, des altérations et des interpolations qui n'ont plus aucun rapport avec elle. Par bonheur, Béroul et Thomas ont eu, à l'étranger, des émules ou des imitateurs dont le temps a mieux respecté les ouvrages : tels sont Eilhart d'Oberg qui représente ce qu'on est convenu d'appeler la version commune, à laquelle se réfèrent également les parties anciennes du roman en prose, et Gottfried de Strasbourg, traducteur libre de Thomas d'Angleterre, qui a renchéri sur la courtoisie de son modèle. A côté de ces romans qu'on pourrait qualifier de biographiques, puisqu'ils suivent le héros principal de sa naissance à sa mort, il existe des lais ou contes qui relatent simplement un épisode de sa vie : tels sont la Folie Tristan, le Chèvrefeuille, le Rossignol. Il y a enfin les nombreuses allusions ou traits particuliers qu'on relève dans les œuvres de Chrétien, de Jean Renart, Gerbert de Montreuil, le *Roman de la Poire*, le *Novellino*, etc. Autant de matériaux d'importance inégale qui permettent de reconstituer la légende dans son intégrité.

Dans cette légende on rencontre des éléments divers : un élément mythique, le héros vainqueur de monstres ; un élément de conte plaisant, les ruses et les déguisements d'amour ; un élément merveilleux, le philtre, qui est à la source de son développement pathétique. Quelle que soit l'origine picte, galloise ou saxonne des protagonistes, il est certain que l'agencement de ces divers éléments fut, dès le début, l'œuvre d'écrivains de langue française ; il est non moins certain que ces poètes étaient des clercs lettrés ayant quelques notions, par Ovide, Virgile et le commentaire de Servius, des légendes de la Grèce, telles que les légendes de Thésée et du roi Midas. Dès le commencement aussi perça le même dessein courtois qu'on trouve dans les auteurs des romans d'*Énéas*, de *Thèbes* et de *Troie*. Tristan, dans la suite, fut transformé en l'un de ces vastes romans de chevalerie dont le comte de Tressan au XVIIIe siècle recueille le dernier écho. Il était réservé à Francisque Michel de réunir, le premier, les vieux textes anglais et normands. Mais déjà l'Allemagne s'était préoccupée d'éditer et de vulgariser Gottfried de Strasbourg. C'est par l'édition de Fr. H. von der Hagen (Breslau, 1823) et par la traduction en allemand moderne d'Hermann Kurz (Stuttgart, 1844) que Wagner eut connaissance de la légende : il ne retint d'ailleurs qu'un petit nombre de détails appropriés à l'action scénique, en dehors du thème essentiel qu'il imprégna de panthéisme et de pessimisme schopenhauérien ; son drame musical, interprété pour la première fois à Munich en 1869, fut joué à Paris en 1899. C'est vers ce temps que M. Joseph Bédier, savant éditeur du poème de Thomas, entreprit de donner au public français, des aventures de Tristan et d'Iseut, son célèbre renouvellement.

Les grands sujets forment une matière éternelle ; ils peuvent toujours tenter l'écrivain. J'ai pensé qu'après ce récit bref et un peu grêle, il y avait place pour un roman plus étoffé, dans le ton des vrais conteurs de jadis. Reprenant l'ensemble de la tradition et des textes connus, j'ai donc cherché à marier le familier et le pittoresque de Béroul, le pathétique de Thomas et le raffinement de Gottfried, et à mettre dans ma prose le mouvement, le coloris, l'ampleur de ces récits, tels que les aimaient les contemporains de la reine Aliénor ou de Philippe Auguste.

LES TEXTES

VERSION DITE COMMUNE. — Béroul, *Le Roman de Tristan*, édité par Ernest Muret, Paris, 1913. — Eilhart von Oberg, *Tristrant*, herausgegeben von Kurt Wagner, Bonn, 1924. — Sur la version tchèque d'Eilhart et sa traduction allemande, comme sur la bibliographie détaillée du sujet, voir J. Kelemina, *Geschichte der Tristansage...*, Vienne, 1923. — E. Lœseth, *Le Roman en prose de Tristan*, analyse critique d'après les manuscrits de Paris, Paris, 1890. — Eugène Vinaver, *Étude sur le Tristan en prose*, Paris, 1925. Les parties anciennes (mss 103 et 757 de la B. N.) ont été publiées par M. Joseph Bédier dans le tome II de son édition de Thomas, pp. 321-395.

Le fragment de Béroul occupe les chapitres VIII-XIII de ma version : j'y ai intercalé le portrait des trois félons et une description de la vie des amants dans la forêt ; j'ai, en outre, éclairci et complété les passages relatifs à la vengeance de Tristan sur ses ennemis.

Eilhart m'a fourni quelques détails sur le Morhout, sur le conte de l'hirondelle, sur la demande en mariage, et je l'ai suivi en partie dans les voyages de Cornouaille (chap. XVI et XVII).

J'ai tiré en grande partie du Roman en prose l'épisode du Morhout, le voyage à l'aventure, dans le combat contre le Dragon ce qui a trait à la tricherie du sénéchal et à la brèche de l'épée, Brangaine livrée aux serfs, le testament de Tristan et le retour des corps à Tintagel.

VERSION DITE COURTOISE. — Thomas, *Le Roman de Tristan*, publié par Joseph Bédier, 2 vol., Paris, 1902-1905. — Gottfried von Strassburg, *Tristan*, herausgegeben von Karl Marold, Leipzig, 1906. Traduction en allemand moderne par Karl Simrock, Leipzig, 1875. — Sur les diverses rédactions du Roman en prose, voir, outre Lœseth cité plus haut, B. N., Réserve nos 57-70 ; Comte de Tressan, *Corps d'extraits de romans de chevalerie*, Paris, 1782.

Thomas, tantôt traduit, tantôt résumé, m'a fourni la matière de mes chapitres XV, XVII, XIX-XX, c'est-à-dire le séjour de Tristan en Espagne et en Petite Bretagne, le mariage, partie des voyages en Cornouaille, Tristan le Berger (surnommé le Nain dans Thomas), le message de Caherdin et la mort des amants.

J'ai emprunté à Gottfried quelques détails pour le chapitre I, par ailleurs fondé sur le thème folklorique de l'accouchée à qui l'on cache la mort de son mari, le chapitre III (Tantris), enrichi de traits dans le caractère du temps, et je me suis inspiré de son récit de la traversée pour le chapitre VI. En deux ou trois endroits, Gottfried faisant défaut, j'ai ouvré librement sur un canevas bâti d'après les autres représentants de la tradition thomasienne, *Sir Tristrem* et la *Saga* norvégienne dont J. Bédier, dans son édition de Thomas, a donné les extraits essentiels (Petit-Crû et la Salle aux Images.)

Enfin j'ai pris à deux remaniements du Roman en prose ce qui a trait à la sépulture de Tristan et Iseut, et aux arbres entrelacés.

POÈMES ÉPISODIQUES. — Tristan Fou : *Les deux poèmes de
la Folie Tristan*, publiés par Joseph Bédier, Paris, 1907. *La
Folie Tristan de Berne*, pub. par G. Hœpffner, Paris, 1934.
J'ai combiné les deux récits dans mon chapitre XVIII. — Le
Chèvrefeuille : Marie de France, *Lais*, éd. par G. Hœpffner,
Strasbourg, 1921 (Bibl. romanica), IV, utilisé dans mon cha-
pitre XIV. — Tristan rossignol : dans le *Donoi des amants* (Fran-
cisque Michel, *Tristan, recueil de ce qui reste des poèmes relatifs
à ses aventures*... Londres et Paris, 1835-1838 ; Gaston Paris,
Romania, XXV, 1896), traduit dans mon chapitre VII. — La
Franchise Tristan : mentionnée (chap. XIV) d'après l'allusion
du Roman en prose (Lœseth, § 61). — Tristan ménestrel : dans
Gerbert de Montreuil, Continuation de *Perceval*, éd. par Mary
Williams, Paris, 1922 (Classiques du Moyen Age) : quelques
traits descriptifs ont été transportés dans les voyages de
Cornouaille. — Le rendez-vous épié : *Le cento novelle antiche*
(*Il Novellino*), LXV, Strasbourg, 1909 (Bibl. romanica). — La
feuillée : Messire Thibaut, *Li Romanz de la Poire*, herausg. von
Stehlich, Halle, 1881. Ces deux épisodes ont été examinés
comparativement avec le texte de Béroul (vers 1572 et 1801-
2062).

Dans ce dénombrement de mes sources, je n'ai pas fait entrer
les très nombreux écrits (autant vaudrait énumérer toute la
littérature épique et narrative, morale et didactique du XIIᵉ
et du XIIIᵉ siècle) où j'ai puisé maints renseignements sur la
vie privée (mœurs et coutumes, joutes, combats, navigation,
architecture, éducation, foires et marchés, vénerie, fauconnerie,
etc.) ainsi que les couleurs dont j'ai formé ma palette.

LES LIEUX DE L'ACTION

Le roman de Tristan se passe en Grande Bretagne, en Irlande
et en Bretagne armoricaine. La Cornouaille britannique (Cornwall) où a lieu la plus grande partie de l'action est assez mal

définie ; les terres du roi Marc paraissent s'étendre jusqu'à
l'estuaire de la Severn, puisque le Loonois, qu'on place généralement aux environs de Carleon sur Usk, « marchit » c'est-à-dire
confine, suivant un de nos anciens textes, au royaume de
Cornouaille. Du Loonois on peut gagner cette contrée indifféremment par terre ou par mer. Les principales résidences du
roi Marc sont Tintagel, sur la côte ouest, Lancien au sud, sur la
rivière de Fowey, et Bodmin entre les deux. Les autres lieux
signalés sont le château de Lidan, possession du sénéchal
Dinas, et le Mont Saint-Michel, près Marazion, à l'extrémité
est de la baie de Penzance. L'identification faite par J. Loth
de la forêt de Morois avec la région de Moresc, près Truro, en
Cornwall, ne présente pas grand intérêt.

Au nord de la Severn sont les États du roi Artur qui ont
comme centre politique le pays de Galles et comprennent le
nord de l'Angleterre et partie de la région nommée Logres
(entre la Severn et l'Humber) ; principales villes : Carlion (qui
est aussi la capitale du Loonois), Carduel, Camalot, Caradigan
(Cardigan), Senaudon (Snowdon ?), Cêtre (Chester), Nicole
(Lincoln), Guincêtre (Winchester), Dureaume (Durham).

La Galvoie est le Galloway, au sud-ouest de l'Écosse ; la
Frise dont il est question au chapitre XI serait, selon M. E.
Muret, le pays de Dumfries en Écosse ; on appelait mer de
Frise l'estuaire du Forth.

Les deux villes d'Irlande où a lieu l'action des chapitres II et
III sont Duveline (Dublin) et Weisefort (Wexford).

Les noms ethniques correspondant à ces divers pays sont les
Cornouaillais ou Cornots, les Gallois, les Saînes (Saxons, c'est-à-
dire Anglais), les Pis (Pictes), Escots (Écossais) et Irois
(Irlandais).

La Bretagne armoricaine ou Petite Bretagne, où règne le
duc Hoel, a pour capitale Carahès (Carhaix) et pour limites
extrêmes Nantes et Tréguier. On peut placer la Salle aux
Images, soit dans les montagnes Noires, soit dans les monts
d'Arrée. Le manoir où Tristan mourant attend la venue d'Iseut

et le port où la reine débarque peuvent être situés indifféremment soit sur la côte nord, entre Kersaint et Roscoff (le château
de Penmarch en Saint-Frégant qu'on a proposé a le tort d'être
un peu trop éloigné de la mer), soit sur la côte ouest, rade de
Brest ou baie de Douarnenez. Les anciennes voies rayonnaient
de Carhaix dans ces diverses directions. (Voir F. Cornou, *Histoire et géographie du Finistère*, Quimper, 1924.)

LES PERSONNAGES

J'ai adopté les formes Rouaut et Morhout au lieu de Rohalt
et Morholt (comme Iseut au lieu d'Isolt), Brangaine au lieu
de Bringvain, Brengain ou Brengien, Gormond, Anguin, Gondoïne, Denoalan, Ganelon, Caherdin. Béliagog, le géant de
Sir Tristrem, m'a paru préférable au Moldagog de la *Saga*;
j'ai restitué d'autre part à quelques comparses leurs noms
bretons, Gorvel par exemple au lieu de Corbel; pour éviter
une confusion possible, l'Orgueilleux d'Espagne s'appelle
l'Outrecuidé; Estout de Châtel-Fier conserve son surnom;
Tristan le Nain, création courtoise de Thomas d'Angleterre,
est devenu Tristan le Berger, c'est-à-dire le Simple, appellation
qui lui sied d'autant mieux qu'un vrai nain figure dans le
roman, selon la version commune que j'ai suivie ailleurs.

Une de mes innovations a consisté à rendre au personnage
d'Andret toute l'importance qu'il devait primitivement avoir.
Andret se nomme Mariadoc dans Gottfried; il paraît invraisem-
blable que ce Mariadoc ne soit pas le même que le Cariado de
Thomas. Je n'ai donc pas hésité à attribuer au chef sournois de
la conspiration contre Tristan les « rampones » et les provoca-
tions de Cariado terminées par son combat mortel avec Caherdin. Ainsi a disparu un personnage épisodique complètement
inutile, et le récit y a gagné en unité.

De nombreuses allusions sont faites dans notre roman à des
personnages de la légende épique et arturienne : tels sont, outre

les chevaliers mentionnés à l'assemblée de la Blanche Lande, Ider, héros d'un célèbre poème de la Table Ronde, Otrant, roi sarrasin de Nîmes dans la geste de Guillaume d'Orange, les géants Fièrebrace, Braihier, Ferragus, Isoré, Agolafre, qui appartiennent à diverses chansons. Citons encore la fée Morgue, Guiron et Graelent, héros de lais bretons, Richeut, l'entremetteuse célèbre du curieux fabliau qui porte son nom. L'Antiquité est représentée par Aristote portant la bride et la selle, et Segoçon, nain difforme aimé, selon la tradition, par la femme de l'empereur Constantin. Plusieurs adages et proverbes sont attribués à Salomon ou tirés des *Disticha Catonis*, selon l'usage constant du Moyen Age. Il n'est pas jusqu'au nom d'Ovide qui ne soit invoqué dans la lutte intérieure que soutient Tristan (chap. xiv), lorsque, le boire herbé ayant épuisé ses effets, il se trouve en proie aux remembrances d'amour.

GLOSSAIRE

Comme je l'ai dit plus haut, j'ai tâché à rendre mon récit vivant et coloré, et à lui garder le caractère et l'allure qu'un arrangeur de goût, exploitant les mêmes sources que moi, lui aurait donnés au Moyen Age. La langue moderne, avec ses abstractions et ses prosaïsmes, si on ne la retrempait à cette fontaine de Jouvence qui est l'ancien français, serait incapable d'atteindre à cette naïveté qui fait le charme de la narration médiévale. J'ai donc mis tout mon soin et ma diligence à en éliminer les lourdeurs et à l'enrichir des mots et des tours d'autrefois. Là où il s'agissait de traduire, j'ai exprimé tout le suc des vieux poèmes et l'ai fait passer dans ma phrase : ce qui a pu y être transporté tel quel a déterminé la tonalité du reste ; dans les parties empruntées aux littératures étrangères ou tirées de mon cru, quand il m'a fallu combler des lacunes ou procéder aux développements nécessaires, j'ai employé la même langue épurée et relevée des mêmes épices, en évitant de mon mieux les heurts et les disparates. Certains de ces termes sont là pour désigner avec précision les choses spéciales à l'époque ; d'autres ont été choisis pour leur saveur, leur beauté, si propres à créer l'atmosphère : tous appartiennent au vieux fonds national et ont leurs quartiers de noblesse ; les premiers viennent tout naturellement sous la plume de l'antiquaire ; pour les autres, c'est une affaire de métier, et je ne pense pas qu'il y ait honte au littérateur de les remettre en usage.

On les trouvera ci-dessous classés en deux séries, l'une par matières, l'autre par ordre alphabétique.

TERMES TOPOGRAPHIQUES. — *Larri*, terrain inculte et montueux ; *tertre, pui*, colline ; *chaume, chaumois*, plateau dénudé ; *pas, trépas*, passage, détroit en mer, en montagne, ou en forêt ; *fraite*, brèche ; *dérube, dérubant*, escarpement ; *pendant*, pente ; *gaudine*, bois ; *brosse*, buisson ; *essart, gâtine*, friche ; *marchais*, marais ; *croulier*, fondrière.

MŒURS ET INSTITUTIONS DE LA FÉODALITÉ. — L'*alleu*, terre franche possédée en toute propriété, s'oppose au *fief* grevé de services féodaux, pour lequel est dû au suzerain l'hommage lige ; les petits *fiévés* sont appelés *chasés*, et les tenanciers d'arrière-fiefs *vavasseurs*. L'*honneur* s'oppose au *domaine* propre ; c'est l'ensemble de la terre seigneuriale, inféodée ou non. Le *barnage* est l'ensemble des barons au service d'un roi, d'un prince ; la *ménie*, la maisonnée, les familiers qu'on appelle indifféremment *privés, nourris* ou *drus* ; le mot *dru* et son féminin *drue* ont passé dans le langage galant avec le sens d'amant, amie. Les grands feudataires (anciennement des fonctionnaires) ont le titre de *duc, comte, marquis, vicomte*. Le marquis est primitivement le gardien des *marches* ou frontières ; le vicomte est souvent un administrateur ou officier de justice, comme le *prévôt*. Dans la maison d'un prince, le *sénéchal* occupe une place de choix : c'est une espèce de ministre de l'intérieur et de la justice ; le *maréchal*, avant de devenir le maître de l'ost, était simplement le chef des écuries. Au *cham-*

bellan ou *chamberlain* (fém. *chamberlaine*) échoit le service de la chambre ; au *bouteiller* l'échansonnerie, aux *queux*, la cuisine. Les jeunes nobles non *adoubés*, c'est-à-dire non armés chevaliers, se nomment *bacheliers, valets, demoiseaux* ; ils sont préposés à divers offices de la cour, comme de trancher les viandes et servir à table. *Veneurs* et *fauconniers* ont la garde des chiens et des oiseaux. *Meschin* se dit encore des valets, *meschine* des servantes et chambrières. Le personnel domestique comprend encore les *sergents*, serviteurs en général, et les *garçons* : *cuistrons* (marmitons), *courlieux* (courriers) *berniers* et *veautriers* (valets de chiens). En cas de chevauchée, les *hébergeurs* préparent les logis ; les *tentes* ont des noms divers, *héberges, aucubes, trefs, pavillons*. L'armée s'appelle *ost* ; elle se compose de chevaliers, d'archers, et de piétaille ou gent menue, ayant pour toute arme défensive la *targe* ou bouclier rond ; l'artillerie qui manie les balistes, *arbalètes à tour, perrières* et *mangonneaux*.

CHEVAUX. — On distingue le *palefroi*, cheval de parade ; le *destrier*, cheval de guerre ; le *roncin*, à tous usages ; le *sommier*, bête de somme ; le *chasseur*, cheval de chasse. Les chevaux sont désignés par la couleur de leur robe ; *bai*, châtain ; *ferrant*, gris fer ; *vair*, gris pommelé ; *liard*, couleur de lie ; *sor*, isabelle ; *baucent*, pie. Un cheval de grand prix se nomme *milsoudor*, cheval de mille sous. Les harnais comprennent le *chanfrein*, la *rêne*, les *lorains*, les *sangles* et *sursangles*, le *poitrail*, la *selle* avec les *auves, panneaux, arçons, étrivières* ; la cravache s'appelle *courgie* ; la selle pour dames, *sambue*. Les chevaux des grands personnages ont des noms : ici, le cheval d'Artur s'appelle *Passelande*, celui de Tristan *Le Beau Joueur*.

ARMES. — Les armes du chevalier sont le *heaume*, casque pointu dont le cercle est parfois de métal précieux et orné de pierres, avec un prolongement devant, appelé *nasal* ; l'*écu*, bouclier long, de bois avec une bosse de métal au milieu ; le corps est encore protégé par les *chausses* de fer et par la *brogne* ou le *haubert*, l'une formée de plaquettes de métal cousues sur une étoffe, l'autre fait d'anneaux ou de mailles d'acier ; il se prolonge par une *coiffe* nommée aussi *ventaille* qui couvre la nuque et s'ouvre sur le visage. Les armes offensives sont le *brant* ou épée, et la *lance* à laquelle pend une banderole appelée *pennon*. D'autres armes sont utilisées à la guerre : la *guisarme*, arme d'hast à tranchant long et pointe d'estoc, le *fauchon*, couteau en forme de faux, la *miséricorde*, sorte de poignard d'arçon. Les armes de chasse sont l'*épieu* et l'*arc* ; le bois des *saïettes* (flèches) est appelé *boujon*.

Vénerie et Fauconnerie. — La principale chasse est la chasse à courre. On chasse aussi aux filets, aux *panneaux*, à la *haie*. Les chiens le plus souvent mentionnés sont le *brachet*, le *lévrier*, le *veautre* ou chien à sanglier. Sous le nom de *gous*, *gocets*, on désigne de petits chiens d'appartement ou de dames.

Le langage de la fauconnerie n'a pas changé depuis huit siècles. Je signale seulement les mots *mue*, cage pour les faucons et les éperviers, *gorge*, repas des oiseaux, *aire*, nid d'oiseau de proie, d'où race, origine ; les expressions *de bonne aire*, *de mal aire*, *de pute aire* s'appliquent à l'homme.

Navigation. — La nef est le navire à voiles et à rames, comme la *galée* dont il n'est point question ici ; pour barque, on dit au Moyen Age *barge*. Beaucoup de termes de la navigation sont encore usités de nos jours : tels sont *barre*, *guindeau*, *hauban*, *bouline*, *lof*, etc. Quelques-uns sont désuets : *funains*, *filins*, *gardinges*, cargues, *ralingues*, cordages cousus autour de la voile pour la renforcer.

Villes, Chateaux. — Le mot *ville* désigne aussi bien la ville que le village ; parfois on y joint le qualificatif *champêtre*. Un *bourg* est une petite ville entourée de murs ; *ferté* désigne une forteresse, une place fermée ; *recet* un château fort, parfois simplement un repaire. La *salle*, qui a parfois le sens de palais, s'entend le plus souvent de la pièce principale de l'habitation féodale ; la *chambre* se dit des appartements privés. Le *donjon* est la demeure du seigneur ; le *baile* est la cour qui le sépare des *courtines* ou murailles à créneaux, bastillées de tours où veille l'*échauguette*, la sentinelle. La principale porte est précédée d'un pont ; les portes de derrière se nomment *poternes* ou *potis*.

MOBILIER, USTENSILES. — Pour désigner les meubles et les ustensiles de ménage ou *aisements* j'ai employé différents mots encore connus : *forme*, stalle, *boute*, tonneau ou bouteille, *hanap*, verre à boire. On en trouvera quelques autres sous la rubrique Mots divers.

METS, BOISSONS. — Les festins se composent principalement de gibier rôti et de pâtés de venaison. Comme boissons, citons le *piment*, vin de liqueur, les bières appelées *cervoise*, *goudale*, et l'hydromel, *moré*. On appelle *boire herbé*, ou simplement *herbé*, tout breuvage fait d'herbes macérées ; l'herbé peut être un philtre ou un poison ; *enherber* a signifié empoisonner.

ÉTOFFES, VÊTEMENTS. — Les grosses laines sont le *bureau*, le *cordé*, le *camelin* ; les draps fins sont l'*écarlate*, le *grisain*, le *vert*, le *pers*, la *brunette*. Le *samit* est une sorte de satin ; le *cendal*, une demi-soie ; les étoffes de soie riche et brochée sont le *paile*, le *diapre*, le *baudequin*, le *ciglaton*. Les vêtements de dessous sont le *chainse*, d'où *chainsil*, toile fine, et plus tard la *cotte* qui se portait sur la chemise. Les vêtements de dessus sont le *bliaut*, ancêtre de la blaude ou blouse, et le *surcot*, vêtement plus long. Les femmes ont par-dessus le bliaut ou le surcot une ceinture, *courroie* ou *tissu*, à laquelle pend l'*écharpe* ou l'*aumônière*, sortes de sacoches. La *gonelle*, la *souquenie* sont des robes longues, l'*esclavine* un manteau de pèlerin d'étoffe velue ; la *chape* ou manteau s'agrafe sur l'épaule par un *fermail* dont la plaque, souvent ornée, est appelée *tasseau*. Chaussures : les *heuses* ou houseaux, qui sont des bottes, *estivaux*, brodequins, *échapins*, escarpins, souliers d'appartement légers et découverts. Fourrures : les plus communes sont le *vair* et le *gris*, faits du ventre et du dos de l'écureuil, l'*hermine* et la *martre zibeline* appelée aussi *sable*.

COIFFURES : le *chaperon*, sorte de capuchon, l'*aumusse*, chaperon à bout pendant ; pour les femmes la *guimpe*, pièce de toile enveloppant le chef, le cou et les épaules : la guimpe est l'attribut des femmes mariées. Hommes et femmes portent, en certaines circonstances, des *chapelets* de fleurs. Les femmes ont les cheveux tressés et galonnés, les jeunes filles (*pucelles, bachelles, touses, tousettes*), rognés à la manière des chevaliers. Le blond est la couleur favorite : il y a le *sor*, blond vif, doré, l'*auborne*, blond cendré ; il semble que l'*auburn* des Anglais correspondrait plutôt au mot *aubornas* : M. L. Constans, dans le *Roman de Troie*, traduit ce mot par châtain ; on prise aussi les cheveux *avelins*, ou couleur de l'aveline.

ARTS ET MÉTIERS. — Le travail de l'artiste, tout ce qui était *ouvré*, était très estimé au Moyen Age. La sellerie de luxe, l'orfèvrerie, la mosaïque, les étoffes brochées et historiées, jouent un grand rôle dans les descriptions du temps. On désigne par *trifoire* la ciselure à jour ou les incrustations. L'or, signe de l'opulence, est conservé en *masses* (lingots), enrichit les *filatères* (phylactères), les *fiertes* ou *saintuaires* (reliquaires). Les machines, les automates, œuvres de *merveille* ou de *nigromance*, étaient des accessoires chers aux vieux romanciers et à leur auditoire (*Pèlerinage de Charlemagne, Roman de Troie, Huon de Bordeaux*, etc.). Je leur ai donné une place dans la Salle aux Images (chap. xv).

POÉSIE, MUSIQUE, DANSE. — Jusqu'à la Renaissance le poète était doublé d'un musicien. L'office de fableur, chanteur et joueur d'instruments et leur corps s'appelaient *ménestrandie*. Le *lai* est une sorte de chanson d'histoire, la *rotruenge* une chanson à refrain, la *pastourelle* un poème chanté sur le thème de la rencontre de la bergère et du chevalier ; le *motet* est une brève pièce amoureuse. Les paroles chantées s'appellent *son*, l'accompagnement *note*. Certaines danses comportent une partie de chant : telles sont la *carole* (la ronde), la *ballette*, l'*estampie*, ainsi appelée de l'air vif qui se marquait au pied.

Voici les principaux instruments de musique dont il est fait mention dans mon ouvrage : la *harpe* ; les instruments à archet : *vielle, viole, gigue, rote ;* le genre cornemuse : *chevrette, estive, chifonie* (vielle) ; les flûtes à bec : *freteau, chalemie ;* les tambours: *timbre, bedon.* Outre les danses citées plus haut, il convient de mentionner l'*espinguerie*, danse haute, la *trèche*, farandole.

JEUX. — Les jeux originaires de l'Antiquité, la course, le saut, le lancement du disque, la paume, etc., ont gardé chez les lettrés le nom de *palestre.* Le sport par excellence est le tournoi appelé souvent *cembel.* La joute à deux est nommée *bouhourd*, d'où *behourder*, et celle contre un mannequin, *quintaine.* Les *tables* sont une espèce de trictrac. Dans le jeu d'échecs, la reine s'appelle *fierce* (persan *ferz*, général), le fou *aufin* (arabe *al-fil*, l'éléphant), la tour *roc*, les pions *péonnets* ou *courlieux.*

MESURES. — Parmi les mesures de longueur et de surface, mentionnons la *lieue*, l'*arpent*, le *pas*, la *paume*, le *pied*, l'*archée*, le *trait d'arbalète* (aussi loin qu'un arc ou une arbalète peuvent tirer) ; parmi les mesures de capacité, le *muid*, le *setier.* Le jour est divisé par les heures canoniales : *prime*, six heures du matin, *tierce*, neuf heures, *none*, trois heures de l'après-midi ; par *basse none* on entend six heures du soir ou environ.

MONNAIES. — Les monnaies dont il est question dans *Tristan* sont celles qui avaient cours en Angleterre et en Normandie. Le *marc*, unité de poids pour les métaux précieux, est aussi une monnaie de compte. Le *marc d'argent* valait dix sous ; le *sou*, monnaie de compte, est la vingtième partie de la livre *esterlin ;* il est divisé en 12 *deniers*, 24 *mailles* et 48 *ferlins.* La maille beauvoisine était une petite monnaie émise par les évêques de Beauvais. Sept *sous d'Angers* valaient un *besant*, monnaie byzantine en or qui a eu cours dans tout le Moyen Age. Suivant M. Ernest Muret (éd. de Béroul, glossaire), vers 1200, la valeur d'échange, le pouvoir d'achat des métaux précieux était quatre fois et demi plus fort qu'en 1913.

FORMULES DE POLITESSE. — Il est d'usage de mêler le tutoiement au voussoiement, avec intention parfois, souvent sans dessein prémédité. On dit *sire* indifféremment au roi, à un noble ou à un bourgeois ; c'est l'équivalent de monsieur, de même que *dan* (domine). A un homme du peuple on dit familièrement *frère* ou *ami*.

MOTS DIVERS. — *Acêmer*, orner; *affaiter*, dresser ; *affaitement*, éducation ; *affubler*, habiller ; *alléger*, disculper ; *ardoir*, pp. *ars*, brûler ; *arraisonner*, adresser la parole ; *assouager*, soulager ; *avaler*, faire descendre.

Bandon (à) à discrétion, à volonté ; *barat*, ruse, d'où *barater*, *barateur ;* *baut*, joyeux, hardi ; *béasse*, jeune fille, servante ; *berser*, tirer à l'arc ; *bondir, rebondir*, retentir ; *buron*, cabane ; *bricon*, fou.

Canivet, canif, petit couteau ; *chalenge*, revendication, défense; *chane*, broc ; *chapelet*, petit chapeau, couronne ; *chapuis*, charpentier ; *chercher*, parcourir, explorer ; *chère*, visage, accueil ; *chétif*, captif, malheureux ; *chétivaison*, captivité ; *cohue*, marché ; *contrait*, infirme ; *convenant, convenance*, convention ; *converser*, séjourner ; *coquard*, sot, dupe, d'où *coquardie ; coquin*, mendiant, truand ; *cuivert*, esclave affranchi, homme vil.

Déconnu, déguisé ; *déhaité*, malade ; *déliter* (se), se réjouir ; *dévé*, fou ; *dévoyable*, impraticable ; *donoyer*, faire la cour aux dames, flirter, d'où *donoi* et *donoyeur ; douloir*, souffrir, plaindre ; *druerie*, galanterie ; cadeau d'amitié, de *dru, drue*, fidèle, ami, amie.

Ebanoyer (s'), se divertir ; *échars*, avare ; *élaisser* (s'), galoper ; *embatre* (s'), tomber sur, s'élancer vers ; *engigner*, tromper ; *engin, engigne*, esprit, ruse ; *erre*, voyage ; *esturman*, pilote ; *étage*, estrade ; *étape*, marché public ; *étriver*, quereller.

Familleux, famélique ; *féé*, enchanté ; *fèvre*, forgeron, serrurier ; *foimenti*, parjure ; *forain*, étranger (personnes et choses), écarté (choses) ; *frapier* (se mettre au), fuir.

Gab, plaisanterie ; *gagnerie*, culture ; *gauchir*, changer de direction ; *gésir*, coucher, pp. *ju* ; *gré*, sébile ; *grève*, jambe ; raie dans les cheveux ; *grevance*, douleur ; *grevain*, douloureux ; *guerpir*, quitter ; *guette*, échauguette, sentinelle ; *guile*, ruse, fraude.

Haité, bien portant ; *hardement*, bravoure ; *héberge*, tente ; *huant*, *huard*, hibou, milan ; *huron*, homme à *hure* ou chevelure ébouriffée ; *hutin*, bruit, tumulte.

Jarron, branche de chêne ou d'arbre dur ; *joli*, joyeux ; *joliveté*, joie.

Landon, billot de bois pour entraver les chiens ; *lanier*, sorte de faucon peu estimé ; *lâche* ; *lardanche*, mésange ; *latinier*, interprète, précepteur ; *léans*, là-dedans, opposé à *céans*, ici dedans ; *leigne*, bois à brûler ; *lorain*, harnais de chevaux ; *lormerie*, art du lormier ou fabricant de harnais ; *losenger*, flatteur, courtisan ; *luiton*, lutin de mer ; parfois phoque.

Marmion, singe ; *mauparlier*, médisant ; *mécroire*, soupçonner ; *méhaigné*, infirme, estropié ; *meschin*, *ine*, jeune garçon, jeune fille; valet, servante; *meschinette*, fillette; *méseau*, lépreux; *mier* (or), or pur ; *mire*, médecin ; *mirgesse*, femme médecin ; *musard*, naïf, insensé, d'où *musardie*.

Nigromance, magie ; art secret ; *noise*, bruit ; *nourriture*, éducation.

Ombroyer, mettre à l'ombre ; *orière*, orée.

Paleteau, petit morceau d'étoffe ; *parlement*, conversation ; *pautonnier*, gueux ; *pensement*, pensée, préoccupation ; de penser viennent *apenser*, réfléchir, *apensé*, avisé, *pourpenser*, méditer, imaginer, projeter ; *pourpens*, réflexion ; *pesance*, chagrin ; *physicien*, médecin ; *pis*, poitrine ; *pitié* signifie souvent émotion, attendrissement ; *plenté*, quantité ; *pourparler*, entrer en pourparlers ; *prouvaire*, prêtre.

Quarantaine (la sainte), le Carême.

Ramage (homme), sauvage ; *randon*, *randonnée*, impétuosité ; *randonner*, poursuivre avec acharnement ; *rame*, feuillage; *ramponer*, persifler ; *rampone*, raillerie ; *record*, souvenir, d'où *recorder ; recréant*, qui perd courage, qui renonce au combat, d'où *recréantise ; regardure*, mine ; *remembrer*, doublet de remémorer, d'où *remembrance ; repairer*, revenir ; séjourner ; *revercher*, fouiller ; *riote*, querelle ; *romier*, pèlerin ; *roncinaille*, troupe de roncins ; *route*, en plus du sens actuel, signifie détachement, troupe, cortège.

Seing, cloche (signal) ; *semondre*, inviter, convoquer ; *siècle* a souvent le sens de monde, vie terrestre ; *sigle*, voile de navire ; *sorcerie*, sorcellerie.

Tacon, petite pièce d'étoffe ou de cuir ; *tondre*, amadou servant, avec le *galet* et le *fusil*, à allumer le feu ; *traversain* (regard), regard de travers ; *tref*, mât, d'où voile, tente ; *treille*, grillage ; *trémuer*, bouleverser ; *tripot*, machination ; *truage*, tribut ; *truand*, mendiant ; *tupin*, pot de terre.

Vair qualifie à la fois les yeux à la couleur changeante ou brillante, et les chevaux pommelés ; *vaisseau*, vase ; *vassal*, noble ; *vasselage*, courage ; *vêpre*, soir ; *vitupère*, reproche.

Table 313

Impression Bussière à Saint-Amand (Cher),
le 22 novembre 1984.
Dépôt légal : novembre 1984.
1er dépôt légal dans la collection : juillet 1973.
Numéro d'imprimeur : 2791.
ISBN 2-07-036452-6./Imprimé en France.